"十一五"国家重点图书 计算机科学与技术学科前沿丛书

计算机科学与技术学科研究生系列教材（中文版）

动态Web服务组合关键技术与性能分析

何炎祥 吴钊 等 著

清华大学出版社

北京

内 容 简 介

本书从概念建模、基于服务质量的服务选择、设计阶段的仿真模拟、运行阶段的性能分析和性能优化等方面,对 Web 服务组合的关键技术和性能分析方法进行了探索性的研究与系统论述,是国家 863 计划"动态 Web 服务组合关键技术及其性能分析"项目的一个重要科学研究成果和专门总结。

本书可供从事相关教学、科研工作的师生和科技工作者阅读和选用。

图书在版编目(CIP)数据

动态 Web 服务组合关键技术与性能分析 / 何炎祥,吴钊等著 . —北京:清华大学出版社,2011.6

(计算机科学与技术学科前沿丛书　计算机科学与技术学科研究生系列教材(中文版))

ISBN 978-7-302-26193-3

Ⅰ．①动…　Ⅱ．①何…②吴…　Ⅲ．①网络编程　Ⅳ．①TP393.09

中国版本图书馆 CIP 数据核字(2011)第 137193 号

责任编辑:张瑞庆　顾　冰
责任校对:焦丽丽
责任印制:李红英

出版发行:清华大学出版社　　　　　　　　　地　　　址:北京清华大学学研大厦 A 座
　　　　　http://www.tup.com.cn　　　　　　邮　　　编:100084
　　　　　社　总　机:010-62770175　　　　　邮　　　购:010-62786544
　　　　　投稿与读者服务:010-62795954,jsjjc@tup.tsinghua.edu.cn
　　　　　质　量　反　馈:010-62772015,zhiliang@tup.tsinghua.edu.cn
印　刷　者:北京富博印刷有限公司
装　订　者:北京市密云县京文制本装订厂
经　　　销:全国新华书店
开　　　本:185×260　　　印　　　张:10.25　　　字　　　数:255 千字
版　　　次:2011 年 6 月第 1 版　　　印　　　次:2011 年 6 月第 1 次印刷
印　　　数:1~3000
定　　　价:25.00 元

产品编号:041189-01

前　言

W eb 服务组合是面向服务的架构（Service Oriented Architecture, SOA）的一个重要的拓展方向。 Gartner 首次提出 SOA 的概念，SOA 是一种全新的技术框架，"面向服务"的概念更贴近业务，但还不是业务的表达方法。 它在相对较粗的粒度上对应用服务或业务模块进行封装和重用，服务间保持松散耦合，并且基于开放的标准，服务的接口描述与具体实现无关。 SOA 拥有灵活的架构，服务的位置乃至服务请求的底层协议都相对透明。 SOA 涉及企业应用集成、新一代电子商务、网格服务集成等多个应用领域，引起了诸如 IBM 公司、微软公司、Sun 公司、BEA 公司、惠普公司、Oracle 公司、SAP 公司、Siebel 公司等诸多国际知名企业的关注，它们纷纷制定了 SOA 的发展战略。

在软件与信息服务业全球化的态势下，本土因素开始逐步消失，跨国公司所具有的全球研发、技术标准、全球采购和营销网络则是中国软件企业的软肋。 我国软件企业正面临着巨大的压力和危机。 在这种情况下，中国的软件产业要么加快掌握核心技术和标准，逐步形成自己的产业链，要么沦为市场代理和加工厂，直至整个产业完全被淘汰出局。 国内企业界已经认识到面临的危机和挑战，纷纷制定自身的应对策略。 北京软件与信息服务业促进中心号召应该以 SOA 和 Web Services 为契机，以开放标准为基础，倡导软件设计的最佳实践原则，着力构建由中国 IT 公司组成的长风联盟（长风软件生态系统 SOA-RA-TF 组），推动中国 SOA 的发展。 SOA 已成世界软件产业的潮流，将改变整个 IT 产业的格局。 SOA 正在成为国内外 IT 厂商抢滩登陆的新起点，同时，它也是中国民族软件产业的一个新机遇。 在市场竞争中，谁占领了先机，谁就获得了主动权。

采用传统的系统架构技术和传统的 EAI 和 B2B 技术存在系统封闭、厂商依赖性强、耦合度高、重用性差，扩展性不好、无法和上下游企业的系统建立统一的接口等问题。 目前，商业企业信息系统多数处于封闭运行的状态，企业之间、企业与上游供应商、下游消费者之间信息不对称。 商业企业之间无法形成协同效应。 信息系统既无法满足消费者的综合需求，也无法达到企业间的商务协同自动化和智能化的需求。 信息化的经济效益难以有效发挥。 同时信息化标准不健全，如电子交换接口标准、业务流程协同标准，流通中的票证、单据格式标准，电子数据交换所必需的结构化数据标准等。 而采用服务计算技术则可以有效解决上述问题，由于服务计算技术是基于 HTTP/SOAP/WSDL 等开放式技术，对于特定厂商产品依赖性小，系统开放、互操作性强，可以建立统一的 Web 服务用于和不同的上下游企业信息系统实现供应链协同。 由于服务计算技术的松耦合特性、比较符合集团和各下属机构的商业关系，业务流程整合和项目协调的阻力会有效降低。

Web 服务组合技术提供了一种高度互操作、跨平台和松耦合的，通过小粒度的 Web 服务之间的通信和协作来实现大粒度服务的新途径。 采用 Web 服务组合技术构建 IT 基础架构将使企业获得新的 IT 商业价值。 Web 服务组合技术以服务为核心，将企业的 IT 资源整合成可操作的、基于标准的服务，使其能被重新组合和应用，从而实现更低的开发成本、更低的维护成本、更高的服务质量、更低的集成成本和降低风险。 Web 服务组合技术有助于企业快速和有效地响应市场变化，协助企业统一基建设施，提升营运效率和速度。 Web 服务组合及其性能优化技术涉及到企业应用集成、新一代电子商务、网格服务集成等多个应用领域，是服务计算技术的发展方向之一。 各个行业的用户，包括能源界、金融服务、政府、医疗界、保险业、旅游业、制药业、制造业、出版界、零售业、运输业和电讯业等都可以从中获益。 国内外诸多市场调研公司的调研结果显示服务计算技术具有良好的市场前景。

本书从概念建模、服务选择、设计阶段的仿真模拟、运行阶段的性能分析和性能优化等方面对 Web 服务组合的关键技术和性能分析方法进行了探索性的研究和系统论述。 本书也是国家 863 计划“动态 Web 服务组合关键技术及其性能分析”项目的一个重要科学研究成果。

本书主题新颖，结构清晰，内容翔实，可读性强。 可供从事相关教学、科研工作的师生和科技工作者阅读和选用。 但愿读者通过阅读这部著作，对 Web 服务组合技术获得更新、更深刻的理解，并取得较好的收获。

作　者

于武大珞珈山

2010.10

前　言

近年来，基于 Web 服务的分布式计算模式成为 WWW 发展的主要趋势。随着 Web 服务技术的不断应用与发展，特别是面向服务的体系架构（Service Oriented Architecture, SOA）的成熟和推广，使得面向服务的计算（Service Oriented Computing, SOC）逐步发展成为一门新兴的计算学科，并得到了学术界和工业界的广泛关注。

单个 Web 服务的功能有限，只有通过组合多个 Web 服务，实现服务增值和服务重用，Web 服务的潜力才能得以发挥。Web 服务组合技术提供了一种高度互操作、跨平台和松耦合的，通过小粒度的 Web 服务之间的通信和协作来实现大粒度服务的新途径，成为解决困扰 B2B 电子商务、跨组织流程管理和企业应用集成等诸多难题的新方法。

以 Internet 为代表的分布、异构、多自治域的广域网环境向 Web 服务组合提出了更高的要求。动态变化的运行环境和业务需求要求 Web 服务组合跳出静态模式，能够在运行中动态调整组合服务来适应变化，最终完成用户提交的任务。因此，适应环境和需求的动态变化成为动态 Web 服务组合技术走向实际应用所面临的关键问题。

同时，在满足功能需求的前提下，组合服务的性能是赢得用户的关键，最终体现在组合服务提供的服务质量上。组合服务之所以难以向用户提供满意的服务质量，主要是由于组合服务中的某些 Web 服务的性能不高和组合结构不合理，导致出现性能瓶颈。因此，如何在动态变化的环境下发现和消除性能瓶颈成为应用推广动态 Web 服务组合技术面临的重大挑战。

针对上述问题和挑战，本书分别从 Web 服务组合的概念建模、基于服务质量的服务选择、Web 服务组合设计阶段的仿真模拟、运行阶段的性能分析和性能优化等方面，结合武汉大学计算机学院的多年研究成果，全面介绍了 Web 服务组合的关键技术及其性能分析方法。

本书第 1 章首先介绍了 Web 服务组合的概念建模和基于服务质量的组合方法相关的概念，分析了基于仿真方法和基于数学分析方法的两种性能分析技术各自的优点和不足；阐明了本书所介绍工作的研究动机和主要内容及全书的组织结构。第 2～5 章分别从模型、方法、技术和实验的角度探讨了 Web 服务组合的概念建模、服务选择、仿真模拟、性能分析以及性能优化。第 6 章总结了全书的内容，并展望了未来技术的发展趋势。

本书所介绍的工作是经过武汉大学计算机学院众多科研人员多年学习、研究和工程实践的成果。参与本项研究和本书编写工作的人员有：彭晓明、李飞、刘浩文、赵亮、沈华、马超、沈坤、陈晃君、林露、方其庆、阎兰海等。在此对他们表示衷心的感谢。

本书得到了国家高技术发展计划（863计划）（2007AA01Z138）、国家自然科学基金（60703008、60773008）、湖北省自然科学基金（2008CDA007、2008CDZ088）等项目的资助，是863计划"动态 Web 服务组合关键技术及其性能分析"项目的一个科学研究成果和专题总结。

    Web 服务组合是当前处于科学前沿的论题，许多理论和思想还处于探索阶段，由于作者的水平和经验有限，错误和不妥之处在所难免，恳请读者给予批评指正，共同推进服务计算技术研究的进步和发展。

作　者

2010.10

目 录

1.1 Web 服务组合相关方法概述

1.1.1 Web 服务组合的建模方法概述

在 Web 服务组合的生命周期内,整个 Web 服务组合系统中有两类参与者:用户和 Web 服务提供者。其中 Web 服务提供者设计并部署具体的 Web 服务实例,并将该 Web 服务实例的相关描述、访问信息在 Web 服务注册中心进行注册。用户则基于 Web 服务注册中心的相关信息对所需要的 Web 服务实例进行访问。在整个 Web 服务组合生命周期内包含 5 个主要阶段:服务注册、需求翻译、控制数据流建模、性能评价、服务执行。

通俗地讲,Web 服务组合概念建模方法就是要解决如何把用户的抽象 Web 服务组合需求转换成为一系列有序执行、包含丰富语义信息的 Web 服务实例序列的问题。Web 服务组合概念建模方法主要应用于 Web 服务组合的"需求翻译"和"控制数据流建模"这两个阶段。

在 Web 服务组合的"需求翻译"阶段,对于用户而言,需要有一种简单易行的外部 Web 服务组合描述语言使得用户可以表达出其需求,而对于 Web 服务组合系统而言,则需要一种形式化的、更精确的内部 Web 服务组合描述语言。在 Web 服务组合的"控制数据流建模"阶段,Web 服务组合系统需要按照一定的数据控制流逻辑把多个 Web 服务实例组合在一起以满足用户的服务组合需求。因此,在 Web 服务组合概念建模方法中,其根基是一种可以把用户的抽象服务组合需求描述转换成形式化的、可被计算机理解的、控制逻辑明确的 Web 服务组合的语言。研究者首先想到了使用已经很成熟的工作流描述语言来描述用户的服务组合需求,然而传统的工作流描述语言只能描述整个服务组合的控制逻辑信息,而不能对包含丰富语义信息的服务组合需求进行精确的转换。因此,研究者提出了一种能够描述丰富语义信息的本体 Web 语法 OWL,在 OWL 语法的基础上,提出了一种符合 Web 服务组合系统要求的 Web 服务组合本体语言 OWL-S。该语言可以很好地将用户的服务组合需求转换为形式化的、可被计算机理解的服务组合需求,从而使得用户的 Web 服务组合需求得以正确执行,获得预期的结果。

Web 服务组合概念建模方法的新技术、新思想层出不穷,但是其主旨思想都在于如何准确、简捷地将用户的抽象服务组合需求转换成形式化、可被计算机理解、控制逻辑明确的服务组合需求。不同在于,各项技术和思想的出发点不同,有些从语义推理角度出发,有些从控制逻辑角度出发。但是,最终 Web 服务组合概念建模技术的发展目标是统一的,即实现从抽象用户服务组合需求到实际可运行的 Web 服务组合需求的准确高效转换。

1.1.2 基于服务质量的 Web 服务组合方法概述

在针对 Web 服务组合的研究中,基于服务质量(QoS)的服务选择研究是一个重点。目前主要分为两大途径:基于语义和基于 QoS 属性计算。而在基于 QoS 属性计算的研究领域,根据研究背景的不同,可以大致分为工作流、构件组装和形式化三种思路。本文主要关注基于工作流的动态 Web 服务组合中 QoS 驱动的服务选择。来自工作流研究领域的研究者将流程 QoS 表达和计算方法应用于 Web Service 的 QoS 建模及组合服务的服务质量计算。

基于 QoS 的服务选择实质上是一个优化问题,即从一组功能相同或相似的中选择性能最优的服务。基于工作流的 Web 服务组合过程可以分为两个部分:在每个流程节点,对所有具有相似功能的同类候选服务需要进行一个优劣排序;分别从每个流程节点挑选服务,组合成一个整体,要求这个整体服务的 QoS 最优。相应地,选择优化可以分为两类:

(1) 单一服务选择。针对每个流程节点,只需选择一个服务,其一个或几个性能达到最优。例如选择一个网格游戏服务,使多个玩家的最大网络延迟最小,也可以称为基于局部 QoS 约束的服务选择。

(2) 多个服务选择。针对整个组合流程,选择多个不同服务,它们协同工作,共同完成某个任务,此任务的一个或几个性能达到最优。需要注意的是,在这种多个服务组合的优化问题中,各单个服务的一个或一组性能最优并不能保证使整个任务的这个或这组性能达到最优,需要整体考虑,也被称为基于全局 QoS 约束的服务选择。

这两种服务选择优化方式没有绝对的孰优孰劣,各自有其应用场景,多数情况下需要协同使用,特别是在动态 Web 服务组合环境下。如要对组合方案进行重调度,考虑成本,一般不会再次重复整个组合过程,而可以采取从现有服务队列中选择排序最靠近需替代服务的候选服务,而这个排序过程就需要利用基于局部 QoS 约束的服务选择方法。

近年来,越来越多的从事 SOA 计算和 Web 服务组合研究的学者关注基于 QoS 的服务选择研究,也涌现了不少研究成果。Zeng 等人利用了整数规划方法自动得到满足用户需求的服务序列,满足全局和局部质量约束和用户喜好的同时,大大改善了算法的时间效率[1,2]。文献[3]介绍了一种基于知识的规划算法。文献[4,5]将服务的动态选择问题看作一个 Markov 决策过程,寻求能够使服务质量最优的决策方案。

印度科技学院的 Megha Mohabey 提出了一种新的支持 QoS 感知的组合拍卖算法[6],该拍卖算法不仅支持单个 Web 服务的 QoS 计算,也能提供对组合 Web 服务的 QoS 计算。法国巴黎第九大学的 Joyce El Haddad1 提出了一个支持 QoS 的 Web 服务组合计算模型,该模型通过对 QoS 特征赋予不同权重和定义不同的风险级别来满足客户对不同服务的偏好和选择[7]。文献[8]对基于 QoS 进行服务组合的选择算法进行了概括,主要有穷举搜索算法、动态规划算法、人工智能的方法以及基于神经网络的遗传算法。牟玉洁、代钰等在自己提出的 QoS 模型基础上,分别给出了基于服务上下文的服务质量动态计算方法,和 Qos 驱动的基于智能规划方法的组合服务选择算法[9-11]。郭得科等讨论了服务效能的概念和量化方法,并设计基于服务效能的排序模型,对服务选择算法的结果排序并进行二次筛选[12]。Liu Qing 等把寻求满足多 QoS 属性约束的最优服务组合问题转化为在有向图中搜索最优多约束路径问题,采用有向图对组合服务建模,设计了多 QoS 属性约束的服务选择模拟退火优化算法,进行组合服务 QoS 属性的归一化处理和二次寻优[13]。

总结目前国内外的研究进展,对基于局部和全局 QoS 约束的 Web 服务选择问题的研究还存在以下一些不足:

(1) 对 QoS 属性的处理能力不足。大部分研究只能处理以精确数表达的服务质量,部分研究可以单独处理区间数或语言表达 QoS 属性,对混合 QoS 属性进行统一处理的高效综合评价方法刚刚起步。同时,由于各种 QoS 属性存在巨大差异,对其标准化处理的方法也需要进一步探讨,目前多采用的"极差法"对原始数据间关系的刻画能力较弱。

(2) 对于各 QoS 属性赋权方法的研究。Web 服务 QoS 属性的种类多样,不同环境、应用中,用户对 QoS 属性的偏好不同,各种 QoS 属性对服务的重要性也不同,因此需要赋予 QoS 属性合适的权重。目前的研究多采取固定权重、单一权重赋权方法,对于主客观综合赋权方法在本领域中的应用研究不够深入。同时,针对动态 Web 服务组合应用特点,赋权应具备一定的伸缩性,能够支持模糊赋权,这些问题都有待进一步研究。

(3) Web 服务的排序。对于局部 QoS 约束的服务排序和选择,目前多依据 QoS 属性权重,对各个 QoS 值进行加权综合,得到综合评价值后,直接按综合评价值排序。这类方法的简洁,但不够准确。因为可能存在这种情况:某个服务因为某项 QoS 属性特别优秀而拉高其综合评价值排序,但其他几项关键属性和综合评价值次高的服务相比都有差距,此时选择评价值次高的服务更符合客户要求。因此,合理的排序方法应能综合考虑各 QoS 属性间的关系以及用户的总体需求。

(4) 对于不完备 QoS 信息下 Web 服务选择方法的研究不足。目前研究多在 QoS 数据完整,权重信息已知的信息完备情况下进行。但动态 Web 服务组合应用环境下,各种不可测因素易导致 QoS 数据缺失。同时,在海量 Web 服务应用中,不能保证能够获得权重信息,而客观赋权方法要求数据完整。而对 QoS 数据不完整、权重未知等信息不完备情况下 Web 服务选择的研究还很少见。

1.2　Web 服务组合性能分析概述

1.2.1　基于仿真方法的 Web 服务组合性能分析概述

目前开展 Web 服务动态组合研究的方法有基于工作流(workflow)的方法及基于 AI Planning 的方法和基于软件工程的方法。国内外主流工作大多在工作流的方法基础上,利用 Web 服务业务流程执行语言 BPEL 来实现对业务流程的建立,并部署到 BPEL 执行引擎上展开执行,然而一旦部署在 BPEL 执行引擎环境中执行,就很难从中获取自定义的性能指标,进行详细分析,而即使能够获取数据并进行分析,也无法改变组合服务的重新设计。

在实际业务场景中,无论采取哪种动态 Web 服务组合方法,所构成的原子服务在面临大量组合任务的请求时,服务质量都会受到不同程度的影响,如果能够动态地模拟各原子服务的运行情况,验证各个服务之间的合作关系,对复杂服务做出整体上的性能评价,对可能存在的瓶颈作出预测和评价,将会有助于改善 Web 服务的组合。

为了分析动态 Web 服务组合的性能,首先要对其进行性能建模。动态 Web 服务组合的性能建模和性能分析可以采用基于数学分析的方法和基于仿真的方法。基于仿真的方法可以详细地刻画组合服务的配置、负载,弥补基于数值分析方法过于简化假设的不足,能够详细记载组合服务运行过程和性能指标,从而深入地研究组合服务和性能指标之间相互关系。

当前尝试围绕着构建模拟仿真环境、构建性能分析模型等方面展开研究工作的主要成果集中在美国斯坦福大学的 KarmaSim 平台和美国乔治亚州立大学的 SCET 平台。两者均以图形化的方式展示组合 Web 服务的业务流程和运行过程,对实际的组合服务性能分析中具有重要的辅助价值,但由于缺乏通用性,无法直接加以利用。

1.2.2　基于数值分析的 Web 服务组合性能分析概述

运用数值分析解决问题的一般过程为:首先分析并简化实际问题;然后选择合适的建模工具对其建模,得到问题的数学模型;在数学模型的基础上应用各种数值计算方法对模型进行分析;根据分析阶段得到的各种分析方案设计具体算法,并得到相应的程序集,即相应的软件系统;运行软件系统得到分析结果。

因此,基于数值分析的 Web 服务组合性能分析关键在于根据 Web 服务组合的特点选择合适的建模工具,然后采用适当的数值计算方法对模型进行分析。

根据建模工具的不同,目前常用的基于数值分析的 Web 服务组合性能分析的技术方案有:基于自动机理论的技术方案、基于 Pi 演算的技术方案、基于 Petri 网的技术方案、基于进程代数的技术方案。

基于自动机理论的技术方案的目标主要是建立一个能证明 Web 服务设计成功或失败的自动验证器,并且该验证器满足一定的前置服务属性集,从而确保在 Web 服务部署之前 Web 服务设计的正确性。基于 Pi 演算的技术方案主要是基于 Pi 演算对 Web 服务及其组合进行形式化描述和建模,并利用形式化工具验证建立的组合模型是否正确和是否满足需求。基于 Petri 网的技术方案主要解决以下技术问题:利用 Petri 网构建 Web 服务组合模型;服务组合运算的形式化定义;服务组合运算的运算性质的分析。进程代数是对并发系统进行建模和对其结构和行为进行推理的数学理论。进程代数的思想是将系统抽象成某种元素,提供严格的语义描述系统及行为,并以确定的语法规则来演算系统的动态行为。换句话说,进程代数的基本思想是由小的构造块系统地构造复杂系统,并形式化地检查系统行为是否等价。基于进程代数的技术方案主要是对 Web 服务组合的性能与可靠性进行分析。

1.3　研究动机与主要研究内容

1.3.1　研究动机

1. Web 服务组合概念建模方法研究

已有的大量研究成果表明,可以用于 Web 服务组合建模的方法包括 UML、Pi 演算、Petri 网、图文法、进程代数、状态图、活动图等。由于上述方法都各自存在着一定的局限性,目前动态 Web 服务组合概念建模尚缺乏合适的方法和技术的支持。

首先,基于 UML 的建模方法并不适合动态 Web 服务组合建模。这是由于 UML 是通过状态图、顺序图、合作图和活动图来描述系统的动态行为,它缺乏灵活的手段来动态调整原有模型以适应需求的频繁变化。换句话说,若采用 UML 方法对动态 Web 服务组合概念建模,只能通过人工修改原有设计来应对网络环境和用户需求的变化。显然,这不能适应 Web 服务组合模型的动态性要求。

其次,在诸多研究中直接采用诸如 Pi 演算、Petri 网等数学方法对动态 Web 服务组合建模。然而,直接采用数学方法建模存在以下缺点:

(1) 不利于 Web 服务组合系统的需求分析。复杂 Web 服务组合系统的建模不是一蹴而就的过程,需要通过对系统的功能和性能的多次抽象和细化才能得到全面的功能需求和性能需求。Pi 演算、Petri 网等数学方法不具备表达需求和分析需求的能力,所以,对于规模较大和复杂的 Web 服务组合系统,直接采用上述的数学方法建模有很大的难度。

(2) 不利于用户对模型的理解。从软件工程的角度看,任何系统的设计都必须得到用户的认可。一般用户难以理解诸如 Pi 演算、Petri 网等数学方法的描述方式,妨碍了组合服务的设计者与用户交流,容易使用户对基于上述方法的 Web 服务组合模型产生误解。

(3) 不利于在业务层面上对模型进行检验。上述的数学描述方法能够描述组合语义和执行语义,但是对业务逻辑的描述不能提供良好的支持,难以在业务层面上检验模型的正确性。

(4) 不利于模型的重用。直接采用数学方法建立的模型,缺乏根据用户需求变化自动修正模型的能力,只能通过人工方式改变模型,降低了模型的可重用性。

针对现有 Web 服务组合概念建模方法的不足,第 2 章将对 Web 服务组合的概念建模技术展开研究。

2. 基于服务质量的 Web 服务选择方法研究

目前对于 Web 服务的服务质量模型的研究已经有了一些成果,但多是对 Web 服务静态地、单方面地进行建模和评价,不能全面、客观地反映服务组合的服务质量。由于服务组合过程应该对最终用户透明,最终用户最关心的是组合服务的功能和 QoS 属性是否满足他的要求,并且,随着 Web 服务应用的迅速普及,用户不仅对组合服务的功能提出更高的要求,也对组合服务的服务质量等提出更高的要求。如何在海量的组合方案中,快速灵活地为用户选择出满足用户 QoS 需求的服务组合是 Web 服务组合发展的主要目标之一,在 Web 服务组合技术发展过程中扮演着相当重要的角色[14]。只有根据用户需求的改变,随需改变服务组合的选择结果,才能极大地提高 Web 服务应用在深度和广度上的发展。因此,本书关注动态 Web 服务组合中 QoS 模型和基于 QoS 的服务选择问题,对其进行深入研究,不仅具有重要的理论意义,还具有重大的实用价值,它是 Web 服务研究领域中的一个重要的研究分支。

结合国家 863 项目研究过程中的实际需要,本书定义了具有丰富的语义操作信息和可扩展性 QoS 模型,能够满足对 Web 服务 QoS 信息的描述需求,也是基于 QoS 的其他处理、应用的基础。同时,将动态 Web 服务组合中基于 QoS 的服务选择问题,区分为在完备信息条件下和不完备信息条件下两种情况分别进行研究。它们既能够独立实现针对某种应用情况的服务选择,结合到一起又是一个较为完整的基于 QoS 的服务选择解决方案,能够较好地满足实际应用和研究的需要。

3. 基于仿真方法的 Web 服务组合性能分析方法研究

由于 Web 环境所特有的复杂性和多变性,组成复合 Web 的服务组件,在复合服务的执行过程中,可能发生动态变化,而复合服务本身的商业需求也可能是变化的,这使得组成复合服务的服务组件很难在设计阶段或编译运行阶段确定下来,因此,需要进行动态服务组合,来适应动态变化的复杂业务环境。而在 Web 服务动态组合的研究中,一般会结合业务功能需求以及非功能需求,因而在满足业务功能需求的前提下,Web 服务组合的性能是赢得用户的关键。

在本书研究中,以 WS-BPEL 描述语言对 Web 服务组合进行业务建模与表示,为了分析动态 Web 服务组合的性能,需要对其进行性能建模。我们考虑到 Petri 网在形式化方面和性能建模方面的优势,特别考虑到动态 Web 服务组合过程较为复杂,如存在并发、冲突等情形时,采用 Petri 网建立动态 Web 服务组合模型,对其进行性能分析有明显的优势;此外随机 Petri 网在基本 Petri 网的基础上将变迁与随机的指数分布的实施延时相关联,使得它可以描述和分析不确定的系统。所以我们会将 WS-BPEL 转换成随机 Petri 网,更加合理地刻画动态 Web 服务组合系统中的复杂因素,通过随机 Petri 网的模拟运行,抽取每一时刻的运行输出统计值,全面反映组合服务在各种不确定因素下的系统特征。

4. 基于数值分析的 Web 服务组合性能分析方法研究

在满足业务功能需求的前提下,动态 Web 服务组合的性能是赢得用户的关键。为了分析动态 Web 服务组合的性能,首先要对其进行性能建模。动态 Web 服务组合的性能建模和性能分析可以采用基于仿真的方法和基于数值分析的方法。

仿真方法和基于数学分析方法具有各自的优点和不足之处。基于仿真的方法可以较详细地刻画动态 Web 服务组合,得到的系统指标较精确,仿真实验结果对设计动态 Web 服务组合有更强的指导作用。但同时基于仿真的方法需要构造、调整仿真模型,需要进行大量的重复模拟并统计和分析观测数据,成本代价都比较高,不适合在时间受限的场合中采用。同时,仿真数据需要人工参与分析,不适合在要求自动化性能分析的场合中采用。此外,因为仿真方法是对实际系统运行的模拟,所以仿真实验结果不能清晰、明确地表明系统中各因素之间的关系。

为了弥补仿真方法的不足和更好地刻画、反映 Web 服务组合的性能,我们开展了基于数值分析的 Web 服务组合性能分析方法和性能瓶颈定位的研究。之所以选择数值分析的方法去弥补仿真方法的不足是基于以下的考虑:

(1)数值分析方法具有良好的理论基础,可以详细地刻画动态 Web 服务组合系统中各因素之间的关系,能够从分析结果中得出性能变化的因果联系。

(2)采用数学方法能够以较低的成本构造性能模型,能够利用分析工具以较低的时间代价完成性能分析。

(3)易于实现无人工参与的自动化性能分析,可以用于时间受限和自动化要求较高的场合。

但数值分析方法也存在它固有的缺陷,即必须对动态 Web 服务组合系统进行简化和假定,从而导致刻画系统的详细程度较弱,与实际系统性能指标有一定的误差。

1.3.2 主要研究内容

1. Web 服务组合概念建模方法研究内容

在 Web 服务组合概念建模中我们有五个研究目标。

（1）概念模型应易于用户理解，便于用户与设计人员交流。

（2）概念模型能够描述业务逻辑，易于实现业务层面上的模型验证。

（3）概念模型能够在不同抽象层次上刻画组合服务，提高了模型的可重用性。

（4）概念模型为性能建模和分析奠定了良好的基础，从概念模型易于导出性能分析模型，可提高性能分析和优化的效率。

（5）概念模型的分布式结构可有效地避免性能瓶颈，提高动态 Web 服务组合系统的效率。

对于第一个研究目标，因为在 Web 服务组合概念建模方法中采用的是语义 Web 本体描述语言 OWL-S，其本身就含有丰富的语义信息，且能够以更加接近自然语言的方式准确地描述某个领域的业务逻辑，因此是易于被用户和设计人员理解，自然也是使得用户与设计人员的沟通无障碍化。

对于第二个研究目标，我们设计了基于树形结构的 Web 服务组合控制数据流逻辑树构造规则，从而使得用户服务组合需求和本体所支持的服务组合能够统一的形式化，从而使得业务层面上的模型验证变得高效、可行。

针对第三个研究目标，在 Web 服务组合功能规划层我们可以直接重用 OWL-S 的服务组合描述逻辑，因为在某个领域，OWL-S 所描述的业务逻辑在一个较长的时期内都是被大家认可的，所以只要保证该 OWL-S 本体的可重用性，既是保证了该本体所描述的服务组合的可重用性。而且最后导出的可部署执行的 Bpel 脚本也是可重用的，这是因为 Bpel 脚本和 OWL-S 领域本体所描述的服务组合的数据控制流逻辑是一一对应的，因此只要 OWL-S 领域本体所支持的服务组合没有发生变化，则其对应的 Bpel 脚本也是保持不变且可以被重复使用的。

针对第四个研究目标，由于我们从用户需求获取到业务逻辑验证，最后产生的是广为工业界所支持认可的规范的 Bpel 脚本，对于后续的性能分析模型而言可以快速、准确地解析该 Bpel 脚本并将其转换成为所需的性能分析模型。由此可见，基于本体的 Web 服务组合概念建模应用框架为后续的 Web 服务组合性能建模和仿真数学分析奠定了良好的基础。

最后，考虑到当前的网络应用现状（客户机一般都具有较强的存储、计算能力），在基于本体的 Web 服务组合概念建模应用框架中我们采用的是分布式结构，即由客户机在本地对用户 Web 服务组合完成从概念建模、功能规划到 Web 服务实例选择绑定的工作，这样可有效地避免服务组合期间的性能瓶颈，相对传统的集中式 Web 服务组合方式可有效提高 Web 服务组合系统的用户需求获取和部署实施效率。

2. 基于服务质量的 Web 服务选择方法的研究内容

针对 1.1.2 节中对现有研究存在不足的分析和国家 863 项目的实际需要，确定针对基于服务质量的服务选择方法的具体研究内容。

（1）统一的综合 QoS 模型。Web 服务 QoS 模型是关于 Web 服务 QoS 属性元素及其关系的定义和保证其 QoS 时所涉及的机制。为了准确描述 Web 服务和组合的特性与用户需求，一个实用的 QoS 模型必须是多侧面、多维度、可测度的，一个能够准确描述和深刻规划服务质量各因素的 QoS 模型是有相当难度的工作。因此有必要建立一种多侧面、层次化、统一的综合 QoS 模型。该模型的指标体系采用维度类嵌套结构，在包含传统通用 QoS 指标的同时，有充分的可扩展性，通过领域专属服务质量（Domain Specific QoS）刻画具体应用领域中的特殊 QoS 需求。在此模型基础上,进一步研究组合服务 QoS 的聚合计算,提出相应的模型与计算方法。

(2) 基于局部 QoS 约束的 Web 服务选择方法。由于动态 Web 服务组合环境的特殊性,因此分别考虑在信息完备和信息有缺失情况下的服务选择方法。

① 信息完备情况下,利用模糊集理论处理多种混合表达的 QoS 属性,研究相应的数据精确化、标准化方法。研究采用主客观结合的赋权方法来保证兼顾权重客观性和用户的倾向性,并且能够对只提供部分权重信息数据的处理,具有一定的柔性,可以通过系统参数的设置来调节属性权重之间的大小差别程度。对目前多数研究采用的按综合评价值简单排序的方法进行改进,采用灰色关联度隶属关系进行排序。

② 信息不完备的情况下,利用粗糙集理论进行 QoS 驱动的 Web 服务选择。首先利用基于粗集改进量化容差关系的数据补齐方法对不完备 QoS 数据进行补齐。由于粗糙集理论只能处理离散化数据,因此需要采用基于信息依赖度的整体离散化方法将连续 QoS 数据转换为离散化数据。在 Web 服务选择空间较大时,可以采用粗集扩展区分矩阵对候选Web 服务进行预筛选方法。在粗糙集属性约简的基础上,可以利用粗集相似度权重的方法转化得到候选服务的排序。

3. 基于仿真方法的 Web 服务组合性能分析方法的研究内容

基于 Web 服务组合设计阶段的仿真需求,我们借鉴国内外仿真模型和方法,构建了一个基于 Petri 网的组合服务性能仿真平台,能评估动态 Web 服务组合的性能状况和出现的性能瓶颈及其优化的方法,即在动态 Web 服务组合的设计阶段采用基于仿真的方法详细地刻画组合服务,并深入地研究组合服务的配置、负载和性能指标之间相互关系的分析方法,主要工作包括以下几个方面内容。

(1) 基于 Petri 网的仿真平台框架以及仿真工具的实现。

(2) 基于该仿真平台的性能分析、瓶颈定位和优化方法研究。

4. 基于数值分析的 Web 服务组合性能分析方法的研究内容

对基于数值分析的 Web 服务组合性能分析的研究主要是寻求一种(基于数值分析的)Web 服务组合性能分析和瓶颈预测的方法体系,包括以下内容:

(1) 提出一种基于数值分析的动态 Web 服务组合的性能模型,并给出建模方法。

(2) 提出性能分析所需的各项性能指标(如风险系数 $\varGamma$ 等),给出并实现这些指标的求解。

(3) 实现对动态 Web 服务组合性能模型的静态分析。

(4) 根据各项性能指标,提出并实现动态 Web 服务组合性能瓶颈定位策略及优化方法,即对动态 Web 服务组合性能模型的动态分析。

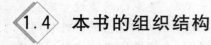

1.4　本书的组织结构

本书 2.1 节详细介绍 Web 服务组合生命周期的 5 个主要运行阶段,主要目的在于使得读者对 Web 服务组合概念建模方法的使用范围有一个明确的了解;2.2 节介绍 Web 服务组合概念建模技术的研究现状,以使得读者对当前 Web 服务组合概念建模方法的发展现状具有一个全局的理解;2.3 节详细阐述主流 Web 服务组合标准 OWL-S 的相关理论基础;2.4 节介绍一种基于 OWSCCM 模型的 Web 服务组合概念建模方法,其中在 2.4.1 节详细阐述了 OWSCCM 模型的定义,从 2.4.2 节至 2.4.5 节对该 Web 服务组合概念建模方法的体系结构、工作机制及各个子逻辑模块分别进行详细介绍;2.5 节介绍一种支持 OWSCCM 模型的 Web 服务组合概念建模工具——VFWCT,在 2.5.1 节和 2.5.2 节对 VFWCT 的设计目标、体系结构及工作机制分别进行了介绍,在 2.5.3 节对 VFWCT 与同类的工具进行了对比分析,体现了 VFWCT 在进行 Web 服务组合概念建模的优势所在;最后,通过一个会议旅行的 Web 服务组合实例,在 2.6 节展示了运用 VFWCT 进行 Web 服务组合概念建模的详细步骤,体现了 OWSCCM 模型及基于该模型的 Web 服务组合概念建模方法的合理性。

第 3 章主要针对基于服务质量的 Web 服务选择方法进行研究。首先分析动态 Web 服务组合环境下 Web 服务 QoS 的特点,然后提出 Web 服务 QoS 概念模型,并在此基础上,进一步给出 Web 服务 QoS 描述模型,并总结研究 QoS 属性的度量及聚合计算方法。然后针对信息完备条件下,研究基于模糊集理论支持混合 QoS 综合评价的 Web 服务选择方法。通过分析 Web 服务 QoS 属性的特点,确定合适的模糊表达、精确化和标准化方法,得到归一化判断矩阵,在此矩阵基础上采用主客观结合的赋权方法,最终确定服务排序。最后研究不完备信息条件下,基于粗糙集理论 QoS 驱动的 Web 服务选择方法。通过采用数据补全方法、连续数据离散化方法、服务预筛选方法,最后,给出基于粗集相似度和权重的服务排序算法,并通过实例说明了其应用方法和有效性。

第 4 章主要针对基于仿真的 Web 服务组合性能分析方法进行研究。其中,第 1 节简要概述动态 Web 服务组合性能仿真的研究背景、研究动机以及相关研究工作;第 2 节讨论基于 Petri 网的性能仿真框架,以及对该框架的设计与实现;第 3 节基于上述仿真框架下,对动态 Web 服务组合进行性能分析,分别提出两种瓶颈定位方法,以及两种优化方法研究,并在仿真工具环境性进行模拟实验,证实其有效性。

第 5 章主要介绍作者提出的一种基于数值分析的 Web 服务组合性能分析方法体系。5.1 节主要是介绍研究背景、研究内容,并提出整体技术方案。5.2 节首先回答了建模工具是什么、为什么选择它这样两个问题,然后提出性能模型,最后给出性能模型的生成方法。得到性能分析模型后,下面进入对模型的分析阶段。

在我们提出的基于数值分析的 Web 服务组合性能分析方法体系中,主要是根据两条线对性能模型进行性能分析:一条线是对模型进行静态分析(5.3 节),另一条线是对模型进行动态分析(5.4 节)。5.3 节主要介绍对性能模型进行静态分析所需要的性能参数以及静态分析的实现。5.4 节首先介绍模型动态分析方法的选定,接着提出了动态分析过程所需的性能指标,并给出它们的求解算法,最后在得到所需性能指标的基础上提出并实现了两种性能瓶颈定位策略。

参 考 文 献

[1] Liangzhao Zeng, Boualem Benatallah, Anne H H Ngu, etal. QoS-Aware Middleware for Web Services Composition. IEEE Transactions on Software Engineering. 2004,30(5):311-327.

[2]　Yu T, Lin K J. Service Selection Algorithms for Web Services with End-to-end QoS Constraints. IEEE International Conference on E-Commerce Technology（CEC'04），California，USA，2004：129-136.

[3]　Marco Pistore, Marconi A, Piergiorgio Bertoli, Paolo Traverso. Automated Composition of Web Services by Planning at the Knowledge Level. IJCAI, Edinburgh, Scotland, July-August 2005：1252-1259.

[4]　Prashant Doshi, Richard Goodwin, Rama Akkiraju, Kunal Verma. Dynamic Workflow Composition Using Markov Decision Processes. International Journal of Web Services Research. Jan-March 2005，2(1)：1-17.

[5]　Gao A Q, Yang D Q, Tang S W, Ming Zhang. Web Service Composition Using Markov Decision Processes. In Proceedings of the 6th International Conference on Web-Age Information Management，Hangzhou, China，2005：308-319.

[6]　Megha Mohabey, Narahari Y, Sudeep Mallick, et al. A Combinatorial Procurement Auction for QoS-Aware Web Services Composition，Proceedings of the 3rd Annual IEEE Conference on Automation Science and Engineering Scottsdale，AZ，USA，Sept 22-25，2007：716-721.

[7]　Joyce El Haddad，Maude Manouvrier，Guillermo Ramirez，et al. QoS-driven Selection of Web Services for Transactional Composition. 2008 IEEE International Conference on Web Services，653-660.

[8]　Michael C Jaeger, Gero Muhl, Sebastian Golze. QoS-Aware Composition of Web Services：A Look at Selection Algorithms. ICWS, Orlando, Florida, July 2005：807-808.

[9]　牟玉洁，曹健，张申生，等. 扩展的 WebService 服务质量模型研究，计算机科学，2006,33(1)：4-9.

[10]　代钰，杨雷，张斌，高岩. 支持组合服务选取的 qos 模型及优化求解，计算机学报，2009,29(7)：1167-1178.

[11]　Dai Yu，Yang Lei，Zhang Bin. Business domain oriented AI planning forweb service composition，Journal of SoutheastUniversity（EnglishEdition），2007,123(3)：421-424.

[12]　郭得科，任彦，陈洪辉，等. 一种基于 QoS 约束的 Web 服务选择和排序模型，上海交通大学学报，2007,(6)：870-875.

[13]　Liu Qing，Zhang Shilong，Yang Rui，Lian Xiangjian. Web services composition with QoS bound based on simulated annealing algorithm，Journal of Southeast University（English Edition）. 2008,24(3)：308-311.

[14]　Menasce D A. Composing Web Services：A QoS View. IEEE Internet Computing，2004，8(6)：88-90.

第 2 章

Web 服务组合概念建模

2.1 节用独立于具体的描述语言、运行平台和算法对 Web 服务组合的运行框架进行了详细的介绍。2.2 节则对 Web 服务组合概念建模的研究现状做了介绍,力图使读者对于 Web 服务组合概念建模技术的发展有一个全面深入的了解。2.3 节着重阐述了主流语义 Web 标准 OWL-S 的理论基础。2.4 节介绍了一种基于 OWSCCM 模型的 Web 服务组合概念建模方法,分别从 OWSCCM 模型的定义、体系结构和工作机制及相关模块设计方面进行了详细介绍。2.5 节介绍了一种支持 OWSCCM 模型的 Web 服务组合概念建模工具——VFWCT,并分别对 VFWCT 的设计目标、体系结构和工作机制进行了详细介绍,最后将 VFWCT 与当前主流的同类工具进行了对比分析。在 2.6 节用一个 Web 服务组合概念建模实例对 VFWCT 的使用步骤和运行机制进行了详细说明,使得读者对于 VFWCT 的使用有一个直观的印象,并印证了支持 OWSCCM 模型的 VFWCT 对于解决 Web 服务组合概念建模问题的有效性。

Web 服务组合运行框架

要了解 Web 服务组合的相关技术和解决方案,必须首先了解 Web 服务组合的运行框架。此处,不考虑具体的描述语言、运行平台和算法,我们给出一个高度抽象和比较通用的 Web 服务组合运行框架。该运行框架旨在明确 Web 服务组合的整个生命周期中每个阶段的任务和运行流程,如图 2.1 所示。

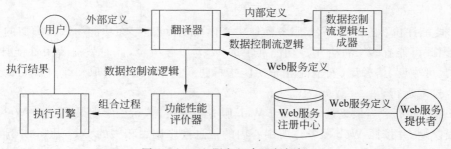

图 2.1 Web 服务组合运行框架

在 Web 服务组合的生命周期内,整个系统中有两类参与者:用户和 Web 服务提供者。其中 Web 服务提供者设计并部署具体的 Web 服务实例,并将该 Web 服务实例的相关描述、访问信息在 Web 服务注册中心进行注册。用户则基于 Web 服务注册中心的相关信息对所需要的 Web 服务实例进行访问。整个系统中还包含其他 4 个组件:需求翻译器、数据控制流逻辑生成器、Web 服务注册中心、功能性能评价器、执行引擎。主要 Web 服务组合步骤如下:

（1）用户以自身可以理解的语言作为需求翻译器的输入，用以描述其对 Web 服务组合的功能和性能需求。

（2）需求翻译器接收到用户的输入请求后，经过一个 Web 服务组合概念建模过程将用户的抽象、非形式化的需求转换成为具体、形式化的描述输出到数据控制流逻辑生成器。

（3）数据控制流逻辑生成器接收到需求翻译器的输入请求后，经过一个数据控制流逻辑生成过程将具体、形式化的需求描述转换成为符合某个具体标准的数据控制流逻辑再反馈到需求翻译器。

（4）需求翻译器接收到数据控制流逻辑生成器反馈的数据控制流逻辑后，将该数据控制流逻辑与 Web 服务注册中心内的相关 Web 服务访问信息绑定后形成可执行的 Web 服务组合数据控制流逻辑，并将其发送到功能性能评价器进行评价。

（5）执行引擎接收通过功能性能评价器的可执行 Web 服务组合数据控制流逻辑并执行，最后将执行后的 Web 服务组合结果反馈给用户。

归纳而言，在整个 Web 服务组合生命周期内包含以下 5 个主要阶段。

（1）服务注册：首先，Web 服务提供者需要利用如 UDDI 或者 OWL-S Profile 标准在 Web 服务注册中心发布其所拥有的 Web 服务，其注册信心主要包括输入输出参数、状态、性能指标，其中性能指标又包含如开销、服务质量以及安全相关的参数。

（2）需求翻译：在多数 Web 服务组合系统中，都存在内部和外部服务定义语言之分，这是因为对于用户而言，需要有一种简单易行的外部 Web 服务组合描述语言使得用户可以表达出其需求，而对于 Web 服务组合系统而言，则需要一种形式化的、更精确的内部 Web 服务组合描述语言，如数据控制流逻辑语言，而需求翻译器的职责就是把用户以外部语言所描述的 Web 服务组合按照一定的规则转换成为更加形式化、更精确的内部语言提交给数据控制流逻辑生成器。

（3）控制数据流建模：当数据控制流逻辑生成器接收到来自需求翻译器的输入时，就按照用户的需求，如 Web 服务组合初始和终止状态，并结合 Web 服务注册中心内的 Web 服务实例，按照一定的数据控制流逻辑把多个 Web 服务实例组合在一起以满足用户的需求。

（4）性能评价：由于在 Web 服务注册中心内，很有可能存在功能一致或类似的 Web 服务实例，因此可能有多个符合用户功能需求的 Web 服务组合，此时就需要由性能评价器对诸如开销、可靠度、信誉度、安全性等非功能指标进行评价，最后选取一个性能最好的 Web 服务组合投入运行。

（5）服务执行：当最终选定了一个 Web 服务组合后，执行引擎将装载这个 Web 服务组合的过程模型，并按照 Web 服务注册中心内的信息按序调用相关的 Web 服务实例，驱动所有 Web 服务组合内的 Web 服务实例按照一定的控制逻辑完成数据处理和数据传递的任务，从而最终完成整个 Web 服务组合的功能并将最终的执行结果返回给用户。

本章所介绍的内容主要围绕 Web 服务组合的阶段 2 和阶段 3 的方面展开，其中 2.2 节介绍 Web 服务组合概念建模技术的研究现状，2.3 节阐述 OWL-S 标准的相关理论基础，2.4 节介绍一种基于 OWSCC 模型的 Web 服务组合概念建模方法，在 2.5 节介绍一种支持 OWSCC 模型的 Web 服务组合概念建模工具——VFWCT，最后在 2.6 节展示了运用 VFWCT 进行 Web 服务组合概念建模的详细步骤。

2.2　Web 服务组合概念建模研究现状

随着互联网的不断发展以及网络应用形式的日新月异,用户已经不满足于仅仅从互联网上获取简单的信息,而是更加渴望在互联网上获取更多更实用的"服务"以满足自身的需要。Web 服务结合了面向组件的方法和 Web 技术的优势,利用标准网络协议如简单对象访问协议 SOAP 和统一的 XML 数据格式进行通信,能实现不同平台上不同语言编写的服务之间的无障碍交互。电子政务、电子商务的迅速发展,对跨企业的应用集成以及企业内部应用的集成提出了需求。而 Web 服务的出现正好为这些应用的松耦合集成提供了一个很好的解决方案,使企业内部和企业之间现存应用的集成成为可能,而且使应用的集成更加快捷和方便。因此,Web 服务在企业和政府的电子商务及电子政务系统中得到了广泛的运用。

单个 Web 服务通常只提供唯一的调用函数完成单一的功能,Web 服务组合能够利用 Internet 上分布的易于执行的轻量级服务创建功能丰富且易于用户定制的复杂服务,将多个相关小粒度的 Web 服务有机组织成能够实现复杂功能具有增值潜力松散耦合的大粒度的 Web 服务。

Web 服务组合技术和方法多种多样,有的基于成熟的工作流机制[28],有的基于 Petri 网理论[27,29,34],有的从语义角度出发[26,30,31,35],有的更侧重 Web 服务组合的 QoS[32],有的提出基于马尔可夫链的数学分析方法[36],有的在进程代数的基础之上提出相应的 Web 服务组合方法[33]。

文献[8]提出了复杂 Web 服务(complex Web service)的概念及其解决方案:共享上下文及 Web 服务组合。而在共享上下文的环境中进行 Web 服务的组合需要解决以下几个主要问题:

(1) 对于 Web 服务组合内的单个物理 Web 服务,如何定义它们之间的数据控制流逻辑,以实现复杂 Web 服务执行的自动化。

(2) 如何实现单个物理 Web 服务之间的数据交互、协调及状态保持,以保证 Web 服务组合执行的有序性。

(3) 如何保存 Web 服务的语义信息,如何验证和测试 Web 服务组合,以保证 Web 服务组合执行结果的正确性。

文献[3,4]以动态 Web 服务组合为出发点,基于物理 Web 服务的分布和部署透明性的基本要求,直接针对服务本身提出了 Web 服务组合及管理的有效策略。其中提到的基本服务,是外部用户可以引用的物理 Web 服务[2,7]。

文献[6]从物理 Web 服务部署管理的角度提出了一种对物理 Web 服务的提供者进行操作控制的动态调整算法,并扩展了 Web 服务描述语言(WSDL),使之能够描述不同类型的 Web 服务之间的约束、依赖关系及认证策略等。文献[1]则从更高的层次,以物理 Web 服务作为构成复杂的 Web 服务组合的最小单位,并基于状态保持机制提出了查阅状态表的解决方案。

文献[9]分析了目前 Web 服务编程语言及各种数据源之间存在的不匹配问题,以设计一种非过程化,专门用于 XML 应用和 Web 服务的描述性高级语言为目标,并提出了一种以 Web 服务的定义和组合为核心的 XML 编程语言 XL。而文献[10]则在此基础之上,实现了用 XL 描述的 Web 服务组合原型系统。

为了实现 Web 服务的自动组合,一种方法是基于 Web 服务组合系统中已有的 Web 服务组合模板,选择能够匹配该模板的具体物理 Web 服务[4, 18, 19, 23]。然而,在实际的 Web 服务组合过程中,现有的很多方法都是基于用户服务组合需求关键词的匹配[20, 21, 22]。由于没有考虑 Web 服务的语义信息,因此这类方法在解决 Web 服务自动组合问题上具有很大的局限性。

由于标准的 Web 服务缺乏必要的语义信息,导致 Web 服务功能得不到准确的描述,无法消除服务语义的模糊、理解的歧义性等问题,因此不能被计算机系统正确无误地理解,从而影响了 Web 服务的自动发现、匹配、组装和运行。语义 Web 服务将语义 Web 的概念和 Web 服务研究相结合,利用语义本体对 Web 服务建模,在语义层面对服务接口、服务消息、服务结构、服务交互等各种 Web 服务的行为进行了无二义性的描述,并且结合语义推理技术达到支持 Web 服务自动发现、匹配、组装、调用和监控等关键过程的目的。语义 Web 服务具影响力的代表性工作包括:

(1) OWL-S[5, 11](Web Ontology Language for Services):前身为 DAML-S,基于可判定的描述逻辑,将 Web 服务的本体分成三个上层本体,目前在语义 Web 服务领域最具影响力,也是各国工业界和学术界研究最多的语义本体语言,也是我们进行 Web 服务组合概念建模技术研究的主要理论基础。

(2) WSMO[12, 13](Web Service Modeling Ontology):基于框架逻辑,从四个方面描述语义 Web 服务:Ontology、Web Service、Goal 和 Mediator。

(3) WSDL-S[14]:独立于语义表达语言,允许开发人员选择本体语言,如 OWL 或者 UML。与其他工作相比,WSDL-S 基于标准 WSDL 扩展,与已有的工具平台有更好的适应性。

Web 服务组合技术主要涉及以下几个关键技术:服务创建技术,服务发布和发现技术,服务组合技术,服务部署和运行技术,服务监控技术,服务容错和安全技术。本章内容主要是围绕 Web 服务组合概念建模技术以及 Web 服务监控技术展开的。

在基于本体的 Web 服务组合建模技术方面,当前比较成熟并广为接受的是基于三层视图的本体 Web 服务组合建模方法。如图 2.2 所示,最上层是 Web 服务组合的本体视图,这

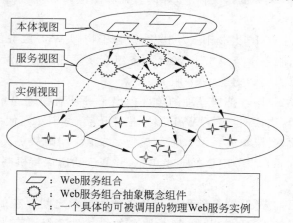

图 2.2　Web 服务组合三层视图模型

一层视图的是给出在某个领域内的多个 Web 服务组合列表,如图所示 WSC1、WSC2 和 WSC3 分别表示 3 个不同的 Web 服务组合;三层视图的中间层视图是 Web 服务组合的服务视图,这一层视图的任务是描述本体视图内的某个 Web 服务组合的控制流和数据流逻辑及其他相关语义信息;最底层视图是 Web 服务组合的实例视图,这一层视图是在前两层视图工作的基础上,把具有确定的控制流数据流逻辑的 Web 服务组合通过如 BPEL4WS、OWL-S Grounding 等技术绑定到具体的一系列可调用的物理 Web 服务实例上去,从而最终实现从抽象的 Web 服务组合到可运行的 Web 服务组合实例序列的转换。

　　这种把 Web 服务组合的本体视图与服务视图以及实例视图分隔开的方式,使 Web 服务组合的三层视图之间的耦合度得到了最大程度的降低。因此 Web 服务组合的控制数据流逻辑的变化不会影响到实例视图,同理本体视图与实例视图的改动也不会影响到 Web 服务组合的本体视图。我们在 Web 服务组合概念建模方面的研究工作也是以这个三层视图模型作为基础框架展开的。

2.3　Web 服务组合概念建模理论基础

　　目前语义 Web 服务的主要方法是利用 Ontology(本体)来描述 Web 服务,然后通过这些带有语义信息的描述实现 Web 服务来实现服务的自动发现,调用和组装。Semantic Web 和 Web Services 是语义 Web 服务的两大支撑技术。OWL-S 是连接两大技术的桥梁,目前 Semantic Web Services 的研究主要围绕 OWL-S 展开。在此,我们重点介绍 OWL-S 的相关技术。

　　OWL-S(Web Ontology Language for Services)是用 OWL 语言描述的 Web 服务的 Ontology。它也是一种具有显式语义的无歧义的机器可理解的标记语言(markup language),用来描述 Web 服务的属性和功能。OWL-S 的早期版本称为 DAML-S(DARPA Agent Markup Language for Services,基于 DAML+OIL)。

　　OWL-S 中 Service 的顶层本体视图如图 2.3 所示。在遵循 OWL-S 标准的本体中,一个 Service 由三个部分来描述:Service Profile、Service Model、Service Grounding。简而言之,Service Profile 是用来描述一个服务能够提供什么样的功能,Service Model 是用来描述这个服务是如何按照一定的数据控制流逻辑把多个 Web 服务实例组装起来并最终实现这个功能,而 Service Grounding 则是用来描述 Service Model 里面所描述的服务组合如何访问所需调用的物理 Web 服务。一个 Service 由且仅由一个 Service Process Model 描述,一个 Service Grounding 必须与唯一的一个 Service 相关联(注:在本章中 Service 即服务,Web Service 即 Web 服务,二者均为同一术语,我们不加区分)。

图 2.3　OWL-S 的顶层本体视图

2.3.1　OWL-S Service Profile

Service Profile 描述一个服务主要包含三方面信息。首先,服务提供者的白页和黄页信息。比如服务提供者的联系方式。其次,服务的功能信息。主要是指服务的 IOPE:Input、Output、Precondition、Effect。IOPE 是 OWL-S 中用来描述 Service 功能的主要内容之一,Service Profile 的 IOPE 应该是和 Service Model 的 IOPE 保持一致的。在 Service Model 中我们还会对 IOPE 进行详细的描述。最后,Service Profile 可以提供服务的所属的分类,服务 QoS 信息。Service Profile 也提供了一种机制来描述各种服务的特性,服务提供者可以根据需要自己定义。Service Profile 最大的特点就是双向的,服务提供者可以用 Profile 描述服务的功能并发布对应的服务,服务请求者可以利用 Profile 描述服务组合的需求来完成服务选择。另一方面,Service Profile 是服务模型中立(registry-model-neutral)的,也就是说,Profile 支持各种各样的注册方式,最常用的注册方式是 UDDI 的基于服务注册中心的集中式解决方案。而在特殊情况下,如某个服务供不应求,可以建立服务请求的注册中心,对每个服务请求进行注册,当服务响应完一个请求后,从注册中心中取出下一个进行响应。这与 UDDI 是完全相反的一个过程。由于 Service Profile 是双向的,它完全支持这种方式的注册方式。对于 P2P 方式的注册方式,不同于传统的 UDDI 的集中式注册中心,Service Profile 也能够提供很好的支持。

基于 OWL-S 规范的本体 BookPrice 中关于 Service Profile 的描述部分如图 2.4 所示(由于篇幅原因,这里做了适当的删减,但不影响对 Service Profile 的理解)。

```
<mind:BookInformationService rdf:about="#BookPriceProfile">
    <service:presentedBy rdf:resource="#BookPriceService"/>
<profile:serviceName xml:lang="en">Book Price Finder
</profile:serviceName>
< profile: textDescription xml: lang="en"> Returns the price of a book.</profile:
textDescription>
<profile:hasInput>
    <process:Input rdf:ID="BookName">
        <rdfs:label>Book Name</rdfs:label>
      </process:Input>
  </profile:hasInput>
  <profile:hasOutput>
  <process:Output rdf:ID="BookPrice">
      <rdfs:label>Output Price</rdfs:label>
      <process:parameterType rdf:datatype="&xsd;#anyURI">
&concepts;#Price
</process:parameterType>
    </process:Output>
    </profile:hasOutput>
</mind:BookInformationService>
```

图 2.4　一个 Service Profile 例子

2.3.2　OWL-S Service Model

Service Model 主要是服务提供者用来描述服务的内部数据和控制流程。一个 Service 通常由一个 Process(过程)来实现。Process 的 Ontology 形式结构定义如图 2.5 所示。

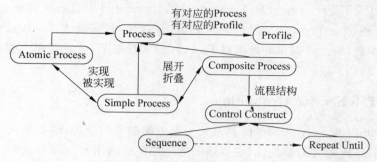

图 2.5　定义 Process 的 Ontology

Process 有三个子类：Atomic Process（AP）、Composite Process（CP）、Simple Process（SP）。基于 OWL 语法表达的 Process 的定义如图 2.6 所示。

```
<owl:Class rdf:ID="Process">
<owl:unionOf rdf:parseType="Collection">
  *<owl:Class rdf:about="#AtomicProcess"/>
  <owl:Class rdf:about="#SimpleProcess"/>
  <owl:Class rdf:about="#CompositeProcess"/>
</owl:unionOf>
</owl:Class>
```

图 2.6　基于 OWL 语法的 Process 定义

AP(Atomic Process,原子过程)是不可再分的过程,其对应一个具体存在的可以直接被直接调用的 Web 服务。每一个原子过程都必须与提供一个对应的 grounding 信息,用于描述如何去访问这个原子过程。

CP(Composite Process,复合过程)是由若干个原子和其他复合过程构成的过程。每个 Composite Process(CP)由一个 Control Construct （CC） 定义。Control Construct 定义了复合过程中每个子过程的执行顺序。OWL-S 中定义的控制流有 Sequence、Split、Split＋Join、Unordered、Choice、If-Then-Else、Iterate、Repeat-Until 等。

SP(Simple Process,简单过程)是一个抽象概念,它不能被直接调用,也不能与 Grounding 绑定。观察一个服务通常可以有不同的粒度,当我们不需要关心一个服务的内部细节而只需要关心一个服务的输入和输出信息时,可以将这个服务定义成 Simple Process。一个 Atomic Process 可以 realizes 一个 Simple Process,一个 Composite Process 可以 collapseTo 一个 Simple Process。

IOPE 是 OWL-S 中一个非常重要的概念。IOPE 分别是指 Inputs、Outputs、Preconditions、Effects 这四个 OWL-S 的参数。Inputs 和 Outputs 是指服务的输入和输出

参数列表，可以理解为数据经过相应 Process 处理后的变换；Preconditions 和 Effects 是指调用 Process 的前提条件和运行后的效果，即 Process 执行前应该满足的条件和 Process 执行后实际产生的效果，可以理解为状态的改变。OWL-S 中可以定义条件式 Outputs 和 Effects，即只有在某种条件满足的情况下，Outputs 和 Effects 才能产生。另外，在 OWL-S 1.1 规范中还引入了 Perform 元素，Perform 是把 Process 封装后形成的新元素，其设计初衷是：Perform 通过 setProcess 指定封装的 Process 以便调用，通过 hasDataFrom 声明运行时所需的输入参数，因此可以很好地隐藏 Process 的实现细节，并且可以方便准确地调用其所封装好的 Process。

2.3.3　OWL-S Service Grounding

Service Profile 和 Service Model 都是关于服务的抽象的描述，而 Service Grounding 涉及服务调用的具体规范。简单地说，它描述服务是如何被调用的。在 Service Grounding 中需要指定服务访问的协议、消息格式、端口等。但是 OWL-S 规范中并没有定义特定的语法成分来描述这些信息，而是利用已有的 WSDL 规范。在 OWL-S 中选择 WSDL 的原因，一方面是因为 WSDL 已经是对具体消息进行描述的成熟且重要的规范，另一方面因为它得到了工业界的强大支持和认可。由于 OWL-S 利用了 WSDL 来描述具体的消息，所以在 OWL-S 和 WSDL 之间需要进行概念的映射，映射关系如图 2.7 所示。

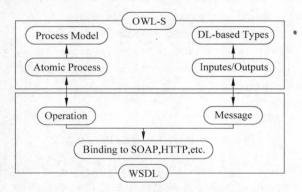

图 2.7　OWL-S 与 WSDL 映射关系图

OWL-S 和 WSDL 之间需要进行两个方面的映射。

(1) OWL-S 的 AP（Atomic Process，原子过程）映射到 WSDL 中的某个具体的 Operation（操作）。

(2) OWL-S 中 Atomic Process 的 Inputs（输入参数）和 Outputs（输出参数）映射到 WSDL 中的 Message（消息）。

从图 2.7 可以看到，OWL-S 中的 Service Grounding 比 WSDL 更抽象一些，两者之间有良好的对应关系，可以很好的实现映射。

综上所述，我们认为 OWL-S 规范在 Web 服务组合领域是一种成熟且被广泛应用的技术规范，其具有坚实的理论基础和强大的工业界的支持，因此在 Web 服务组合概念建模中我们以 OWL-S 规范作为研究工作的基础。

2.4　基于 OWSCCM 模型的 Web 服务组合概念建模方法

2.4.1　OWSCC 模型定义

Web 服务组合概念建模的过程既是对服务提供者所发布的组合服务和用户组合服务需求的获取、理解和组合的过程。

OWSCCM(Ontology-based Web Service Composition Conceptual Modeling)模型的理论基础主要是对于 OWL-S 规范的 Service Model 中的各种元素进行形式化的定义,并在此基础之上设计一个完整的规范使得完整描述 Web 服务组合的各项信息(如:输入参数信息、输出参数信息、数据控制流逻辑信息等)成为可能。其中基于 OWL-S 规范的 Service Model 含有四种顶层元素:

- AP;
- CP;
- SP;
- Perform(行为)。

由于 AP 是不可再分的过程,SP 是抽象的过程,Perform 是封装了 AP 和 CP 的元素,因此这三种元素都不包含控制逻辑。实际的 OWL-S 控制连接符 Control Construct 是仅仅包含在 CP 中的。因此对于 CP 中的 Control Construct 的理解和定义是整个 Web 服务组合流程控制逻辑正确与否的关键所在。

这 4 种 Service Model 里面的顶层元素的定义如下所示(未指明定义的缩写参数含义请见其后的“参数解释”)。

定义 2.1　SM(Service Model)

```
SM={Process}
```

SM(Service Model,服务模型)是一个一元组,Service 是服务提供者发布的 Web 服务,而该服务并不定义控制数据流细节,而是指定一个 Service Model 中的 Process 来完成指定的任务。

定义 2.2　Process

Process 是 Service Model 中定义 Web 服务组合的控制数据流的实体,其定义为:

```
Process=AP∪CP∪SP
```

定义 2.3　AP

AP 是本体 Service Model 中的原子过程,是不可再分的过程,它是构成 Composite Process 的子元素类型之一,其定义为:

```
AP={IPL, OPL, PL, EL}
```

定义 2.4　CP

CP 是本体 Service Model 中的复合过程,由一个或者多个 AP,CP,或者 Perform 按照一定的数据和控制流逻辑由 CC 连接而成的复杂过程,其定义为:

```
CP={IPL, OPL, PL, EL, CC}
```

定义 2.5 Perform

Perform 是本体 Service Model 中封装了一个 AP 或 CP 且仅绑定该 AP 或 CP 的输入参数列表后的 Process 元素类型之一,其定义为:

```
Perform={IBL,AP∪CP}
```

由于在 Web 服务组合概念建模阶段,简单过程 SP 因其不可调用性及高度抽象性而不会被使用,因此我们在 SM 不需要定义简单过程 SP。

参数解释:

- SP:本体 Service Model 中的简单过程,通常是一个 AP 或 CP 的抽象表达形式,为了扩展本体 Service Model 的可规划和可推理性所定义;
- IPL(Input Parameters List):Process 的输入参数列表;
- OPL(Output Parameters List):Process 的输出参数列表;
- PL(Preconditions List):Process 的前提条件参数列表;
- EL(Effects List):Process 运行后的状态改变参数列表;
- IBL(Input Bindings List):Perform 的输入参数绑定列表;
- CC:CP 中用来定义控制流逻辑的子元素,包含 Sequence。Split、Split + Join、Unordered、Choice、If-Then-Else 等具体控制逻辑。

基于以上的对于 Web 服务组合的 Service Model 的理论基础,我们设计了"Web 服务组合控制数据流逻辑树"的数据结构将 Service Model 中所有 AP、CP、Perform 这三种顶层元素组织起来,按照相应的控制和数据流逻辑将所有的子元素以树的形式组合成为具有完整语义信息和控制数据流逻辑的 Web 服务组合。"Web 服务组合控制数据流逻辑树"是本方案得以实现的核心数据结构,它不仅存储了 Web 服务组合发布者所提供的组合服务的语义信息,还包含了完整的 Web 服务组合的控制数据流逻辑。

"Web 服务组合控制数据流逻辑树"的 7 条构造规则如下:

(1) AP、CP、Perform、CC 都是"Web 服务组合控制数据流逻辑树"中的一个节点。

(2) AP 只有入边没有出边,即"Web 服务组合控制数据流逻辑树"的所有叶子节点都是 AP。

(3) 对于 CP 的 composedOf 的 CC 中引用的控制结构如 Sequence 等,则从该 CP 到所含控制结构节点在"Web 服务组合控制数据流逻辑树"中有一条出边。

(4) 对于 CP 中 composedOf 的所有 first 标签中引用的 AP、CP、Perform,则从该 CP 的控制结构节点到所含子元素在"Web 服务组合控制数据流逻辑树"中有一条出边。

(5) SM 中的顶层元素 AP、CP、Perform 在 Web 组合服务中的解析顺序是外部到内部,其在"Web 服务组合控制数据流逻辑树"中的对应组织顺序是从上至下。

(6) CP 的 composedOf 的 CC 中引用的控制结构如 Sequence 等所包含的引用子元素的解析顺序是从最外层的 first 标签到最内层的 first 标签,其在"Web 服务组合控制数据流逻辑树"中的对应组织顺序是从左至右。

(7) 对于 Perform 的"process:process"标签中引用的 AP、CP,则从该 Perform 到所含 AP 或 CP 在"Web 服务组合控制数据流逻辑树"中有一条出边。

遵循以上规则构造出 OWL-S 本体所支持的"Web 服务组合控制数据流逻辑树"集合后,即可得到一个基于树型结构含有丰富语义信息和完整控制数据流逻辑的 OWL-S 本体 Service Model,为下一步引导用户通过图形化界面上的可视化拖拽操作组合服务生成满足自身需要的 Web 服务组合打下了坚实的基础。

2.4.2　体系结构及工作机制

基于 OWSCCM 模型的 Web 服务组合概念建模方法总体是分作三个子步骤来完成包括用户需求建模和 Web 服务组合控制数据流建模的在内的 Web 服务组合概念建模工作的,其流程如图 2.8 所示。

（1）用户需求建模阶段。用户需要从图形化界面上载入所需要的本体,然后通过拖拽操作将可视化的 OWL-S Service Model 元素组合成逻辑 Web 服务组合。

（2）本体服务组合控制数据流建模阶段。后台系统将自动从 Service Model 中抽取服务提供者发布的 Web 服务组合的控制结构和数据流结构,生成 Web 服务组合控制数据流逻辑树。

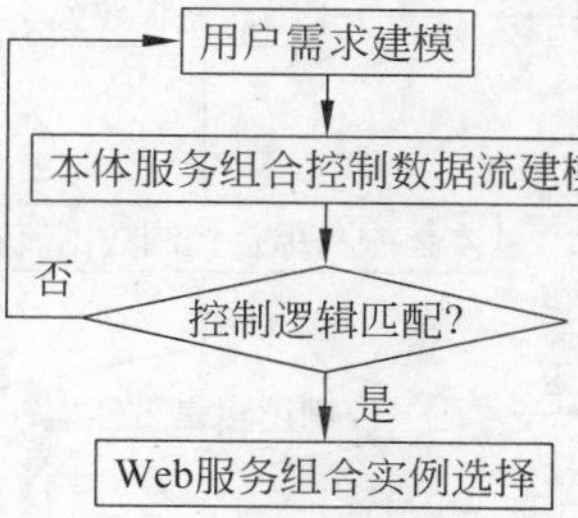

图 2.8　基于 OWSCCM 模型的 Web 服务组合概念建模方法总体方案

（3）形式化用户需求提交阶段。当用户需求通过系统的 Web 服务组合控制结构正确性检查后,由用户输入 QoS 参数以及 Web 服务组合必须的启动参数后形成形式化的 Bpel 需求文档提交给 QoS 驱动的服务实例选择模块完成服务实例选择的工作。

每个步骤的细节信息将在后续章节中进行详细的阐述和说明。

以上是基于 OWSCCM 模型的 Web 服务组合概念建模方法的总体性介绍,在图 2.8 的基础上详细描述了基于 OWSCCM 模型的 Web 服务组合概念建模方法在"用户需求建模"、"本体服务组合控制数据流建模"以及"控制逻辑匹配"三个步骤的细节步骤,其流程如图 2.9 所示。在"用户需求建模"阶段,首先用户需要在 Web 服务组合概念建模软件——VFWCT 内载入所需要的本体,由"用户需求建模"模块完成本体所包含的 AP、CP、Perform、CC 等 Process 元素的可视化工作;然后按照 2.4.1 节给出的构建"Web 服务组合控制数据流逻辑树"的规则,通过可视化界面上的对可视化组件的拖拽操作,完成构造用户服务组合控制数据流逻辑树的工作,从而达到无二义性地表达用户需求的目的。

在"本体服务组合控制数据流建模"阶段,不同于"用户需求建模"阶段的子步骤（3）,"基于本体的 Web 服务组合概念建模软件"将自动从所加载的本体中抽取 Service Model 的控制数据流逻辑并按照"Web 服务组合控制数据流逻辑树"的 7 条构造规则自动构建本体服务组合控制数据流逻辑树。

当获取到用户服务组合控制数据流逻辑树和本体服务组合控制数据流逻辑树集合后,在控制逻辑匹配阶段,将调用控制逻辑树匹配算法把对用户构建服务组合控制数据流逻辑正确性的检查转换成对用户服务组合控制数据流逻辑树与本体服务组合控制数据流逻辑树集合中的每个本体所支持的服务组合控制数据流逻辑树进行包括树的同构性、节点类型性质、节点之间关系一致性的检查。从而保证用户所构建的 Web 服务组合在控制数据流逻辑上的正确性。若通过该检查，则允许用户输入 QoS 参数和服务组合启动参数，然后从 Web 服务注册中心选取符合用户 QoS 约束的 Web Service 实例并将其绑定到具体的可部署执行的 Bpel 脚本中去，最终输出的是一个满足用户功能和性能需求且可部署执行的 Bpel 脚本文件；若本体中不支持当前的用户服务组合需求，则提示用户修改当前服务组合的控制数据流逻辑并重新输入 QoS 参数和服务组合启动参数。

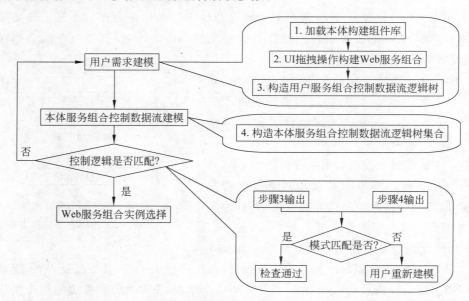

图 2.9　基于 OWSCCM 模型的 Web 服务组合概念建模方法详细方案

在 QoS 参数选择方面，选取了 5 个比较有代表性的 QoS 参数类型：响应时间、成本、安全性、可靠性、信誉度。考虑到实际情况中，可供选择的服务实例数量是十分庞大的，而且不同类型的服务的各种 QoS 参数值可能在量纲上和数量级上都难以统一起来。为了获取到最优的 Web 服务而牺牲了 Web 服务组合的效率，在实际运行中这样的做法是不可取的。因此，本书中把同一类型的服务实例的统一 QoS 参数划分为 4 个离散值选项：“高”、“较高”、“中”、“低”。借鉴考试用的 ABCD 百分制，“高”对应不低于同类服务实例最高值 85% 的服务实例集合，“较高”对应介于同类服务实例最高值 75%～85% 的服务实例集合，“中”对应介于同类服务实例最高值 60%～75% 的服务实例集合，“低”对应低于同类服务实例最高值 60% 的服务实例集合。这样做可以预先对各类服务实例进行预处理，当用户确定了 QoS 约束后，在服务实例选择过程中可以有效减少 Web 服务组合方案解空间的搜索范围，因此对于提高服务实例选择的效率是比较有效的。

在介绍了上述的基于 OWSCCM 模型的 Web 服务组合概念建模方法详细设计方案的基础上，下面我们给出整个基于 OWSCCM 模型的 Web 服务组合概念建模方法详细设计方案总体算法 2.1 submitWSC 的形式化描述。submitWSC 算法的主体流程是包含 5 个主要步骤：

（1）调用算法 2.2 对加载的本体 SM 元素进行可视化转换。

（2）调用算法 2.3 获取用户服务组合控制数据流逻辑树。

（3）调用算法 2.4 获取本体服务组合控制数据流逻辑树集合。

（4）调用算法 2.6 对用户服务组合控制数据流逻辑树（userProcess）及本体服务组合控制数据流逻辑树集合（exeProcessVec）中的所支持的所有服务组合进行匹配检查。

（5）提交用户输入的 QoS 约束、Web 服务组合启动参数、Web 服务组合对应的 Bpel 脚本及绑定的 Web Service 实例信息到 Web 服务组合引擎 WSCBM。整个流程仅仅需要用户通过拖拽的方式刻画自身的服务组合需求，然后输入 QoS 约束及必要的服务组合启动参数即可。

算法 2.1 的名称、函数功能、入口参数、出口参数及详细算法结构如下所示。

算法 2.1：submitWSC

函数功能：完成 Web 服务组合概念建模

入口参数：Ontology-UTL

出口参数：用户 QoS 约束 QoS；服务组合启动参数 IL；Bpel 脚本 Bpel；绑定 Web Service 信息 WSI

```
1   LoadOntology (Ontology-URL);
2       setCurrentProcess (root, edageArr);
3   for (all ontology supported Web Service Compositions)
4       add getExeProcess (cpVec, exeProcessName) to exeProcessVec;
5   for (all exeProcesses in exeProcessVec)
6       if (canBeMatched(exeProcess, userProcess) returns true)
7           input QoS and IL;
8           get Bpel of exeProcess;
9           get Web Service Information WSI;
10  return QoS, IL, Bpel, WSI;
```

2.4.3 用户需求建模

用户需求建模的子步骤流程如图 2.9 所示，在该阶段我们首先需要载入所需的本体并将其所有的 SM 元素进行可视化处理，为下一步构建用户服务组合控制数据流逻辑树打下基础。

在将本体 SM 内的所有元素可视化的任务中，我们的设计想法是：首先利用 OWL-S API 提供的现有功能，当接收到用户从对话框中输入的本体 URL 地址后，解析该本体并获取其中的所有的 AP、CP、Perform 及 CC 元素，并将这些元素分别存储到 4 个数组中去，当存储完所有这些类型的元素后，对 4 个数组分别进行一次遍历，将这四种元素的 IOPE 及控制数据逻辑封装到图形化界面内的一个可视化元素中去并将这些可视化元素以不同的图标方式显示在"组件库"的标签区域内。算法 2.2 名为 LoadOntology，其输入是本体的 URL 地址（Ontology-URL），在算法 2.2 中用 Ontology-URL 来代替，用来存储 AP、CP、Perform 及 CC 的数组分别用 atomicVec、compositeVec、performVec 及 controlConstructVec 来表示，"组件库"用 EditorPalette 表示，mxCell 是可视化的元素。本体 SM 元素可视化算法 2.2 如下。

算法 2.2：LoadOntology

函数功能：对 SM 元素进行可视化

入口参数：Ontology-URL

出口参数：加载 SM 可视化元素后的组件库 EditorPalette

```
1    SM-parser=getSMparser(Ontology-URL);
2    processList=getProcessList(SM-parser);
3    for (all processes in processList)
     //获取所有的 SM 元素,并分类存储到相应的数组中
4        if (process(i) is an AP)
5            process(i) added to atomicVec;
6        else if (process(i) is an CP)
7            process(i) added to compositeVec;
8            CC=process(i).getComposed();
9            CC added to controlConstructVec;
10       else if (process(i) is a Perform)
11           process(i) added to performVec;
12   for (all in atomicVec compositeVec performVec controlConstructVec)
     //从相应的数组中提取各类 SM 元素,并封装到可视化元素中
13       import(AP CP Perform and CC)to mxCell;
14     mxCell added to EditorPalette;
15   return EditorPalette;
```

在本体 SM 元素可视化算法中,若将本体 SM 元素的个数记为 n,则算法 2.2 主要执行时间消耗在遍历各类元素相应数组元素上,因此算法 2.2 的时间复杂度为 $O(n)$。

而用来存储本体 SM 元素的数组所需要的额外存储空间为 n,因此算法 2.2 的空间复杂度为 $O(n)$。

在运行了本体 SM 元素可视化算法 2.2 后,可在"组件库"标签区域看到形状各不相同的可视化、可拖拽的组件分别用来标识不同的 SM 类型的元素。在此基础上,我们可以利用简单的鼠标的拖拽操作按照"Web 服务组合控制数据流逻辑树"的 7 条构造规则构建我们自己的服务组合控制数据逻辑。当完成该操作后,还需要在后台将图形化界面上的用户设计的 Web 服务组合需求转换成为机器可识别的用户服务组合控制数据流逻辑树。因此还需要设计一个用户服务组合控制数据流逻辑树构造算法。

设计用户服务组合控制数据流逻辑树构造算法 2.3(setCurrentProcess)的主要思想是：由于 Web 服务组合是一个多重嵌套的、自顶向下的复杂结构,因此很适合采用试探性扩充的策略方式进行从树的根节点开始一直扩展成为完整的用户服务组合控制数据流逻辑树。先设定 2 个标志位 x 和 y 分别代表一次树扩充前和扩充后的节点数量,如果经过至少一次扩充后 y 大于 x 则说明可能树还不完整,需要再试探性地进行一次扩充以确定是否所有的节点都被用户控制数据流逻辑树包含进来了。扩充内循环的具体步骤是：首先获取树的根节点 root；从根节点开始,若 root 没有叶子节点,则返回一个只有一个节点的树；若 root 有叶子节点,则先把所有的叶子节点作为 root 的子节点加入到用户控制数据流逻辑树,且每增加一个子节点 y 要加 1,然后遍历其所有的叶子节点看是否有叶子节点的叶子节点具有

可扩充性,若该条件成立,则按照前述规则进行递归扩充,直到 x 和 y 的值一样。在每次试探性扩充的开始前,需要把 y 赋值给 x,且在扩充循环外 x 和 y 的值分别为 0 和 1,这样可以保证至少扩充一次。算法 2.3 详细描述如下。

算法 2.3:setCurrentProcess
函数功能:获取用户服务组合控制数据流逻辑树
入口参数:root;edgeArr
出口参数:用户服务组合控制数据流逻辑树 userTree

```
1    leafVec=getAllLeafs of root          //leafVec 是当前树节点的叶子节点集合
2    x=0, y=1
3    if (size of leafVec>0)
4        while (y>x)
         //检查每个叶子节点是否有可扩充性,每增加一个子节点则 y 值加 1
5        x=y;
6        for (all nodes in leafVec)
         //根据 edgeArr 确定当前树节点的子节点集合 targetVec
7        for (all edges in edgeArr)
8            if(the source of this edge is contained in leafVec)
9                add the target of this edge to targetVec;
10           if (size of targetVec>0)
11               for (all in targetVec)
12                   add targetVec.get(j) to userTree as
                         the child node of leafVec(i);
13       y++;
14       leafVec=getAllLeafs of root;
15   return userTree;
```

在如上所示的用户服务组合控制数据流逻辑树构造算法中,若将用户服务组合控制数据流逻辑树中的节点个数记为 n,则该算法主要执行时间消耗在遍历扩展各个节点的子节点上,最多要试探 $2n-1$ 次,而每个节点最多有 $n-1$ 个子节点,因此算法 2.3 的时间复杂度为 $O(n^2)$。

而用来存储用户服务组合控制数据流逻辑树的某个节点的子节点所需要的额外存储空间最多为 $n-1$,因此算法 2.3 的空间复杂度为 $O(n)$。

2.4.4 本体服务组合数据控制流建模

本体服务组合控制数据流建模流程如图 2.9 所示,当完成了用户需求建模的工作后,在其后续的"本体服务组合控制数据流建模"阶段我们还需要完成本体服务组合控制数据流逻辑树的构造工作。该服务组合控制数据流逻辑树的构造也同样遵循"Web 服务组合控制数据流逻辑树"的 7 条构造规则,基于同样的规则构造本体服务组合控制数据流逻辑树和用户服务组合控制数据流逻辑树,这样可以保证用户服务组合控制数据流逻辑树的结构与本体服务组合控制数据流逻辑树的结构保持一致性,从而为后面的"用户需求与本体控制逻辑匹配"的工作打下基础。

本体服务组合控制数据流逻辑树构造算法 2.4(getExeProcess)设计思路是:首先当确

认所需的 Composite Process-cp 在本体中是已经被定义好的前提下，调用 getProcessStructrue 子算法 2.5 获取该 cp 中包括控制连接符 CC 和原子过程 AP、其他复合过程 CP 及行为 Perform 等顶层子元素的第 0 层和第 1 层控制数据流逻辑树，然后在以该子树作为继续扩充起始点的基础上采用用户服务组合控制数据流逻辑树构造算法 2.3 的逻辑树扩充策略进行试探性扩充，直到所有的 AP、CP、Perform 和 CC 元素都被纳入到本体服务组合控制数据流逻辑树中，则返回该 cp 的控制数据流逻辑树。本体服务组合控制数据流逻辑树构造算法 2.4 的详细设计如下所示。

算法 2.4：getExeProcess

函数功能：构造本体服务组合控制数据流逻辑树

入口参数：cpVec；exeProcessName

出口参数：本体服务组合控制数据流逻辑树 exeProcess

```
1   for (all in cpVec)
2       if (cpVec.get(i).getName() same as exeProcessName)
3           将名为 exeProcessName 的 composite process 赋值给 cp
4   if (cp!=null)
5       root=null;
6       if (CC of cp!=null)
7           root=getProcessStructrue(cp);
8           i=0, j=0;                        //至少遍历一次,检查是否有可扩充的叶子节点
9           Enumeration bf=root.breadthFirstEnumeration();
10          while (bf.hasMoreElements())
11              j++;
12              bf.nextElement();
13          while (j>i)                      //本体服务组合流程数据流逻辑树外层扩充遍历
14              i=j;
15              bf=root.breadthFirstEnumeration();
16              while (bf.hasMoreElements())
17                  component=bf.nextElement();
18                  if (component is a AP or CP)
19                      if (component.isLeaf() && component.getAllowsChildren())
20                      getProcessStructrue(component);
21                      j++;
22                  else if (component is a Perform)
23                      if (component.isLeaf() && component.getAllowsChildren())
24                      getProcessStructrue(component).getProcess();
25                      j++;
26  return exeProcess;
```

在本体服务组合控制数据流逻辑树构造算法 2.4 中，若将本体服务组合控制数据流逻辑树中的节点个数记为 n，则该算法主要执行时间消耗在遍历扩展各个节点的子节点上，最多要试探 $2n-1$ 次，而每个节点最多有 $n-1$ 个子节点，因此该算法的时间复杂度为 $O(n^2)$。

而用来存储本体服务组合控制数据流逻辑树的某个节点的子节点所需要的额外存储空间最多为 $n-1$，因此算法 2.4 的空间复杂度为 $O(n)$。

在本体服务组合控制数据流逻辑树构造算法中调用了子算法 getProcessStructrue。该算法是根据输入的给定的 Compiste Process-cp 返回该 cp 的第 0 层和第 1 层控制数据流逻辑树。然后将该 cp 的第 0 层和第 1 层控制数据流逻辑树作为子树用于在后续的过程中对其继续进行扩展,直到该 cp 的数据控制流逻辑树中的所有原子过程、行为、控制连接符以及其他复合过程都被包含其中。其设计思想是:从 cp 的结构定义中找到控制结构 CC,然后获取 CC 内的所有 AP、CP 或 Perform 元素,并按照从上至下,从左至右的原则将这些元素组织成为一个 2 层的控制数据流逻辑树。算法 2.5 的详细设计如下所示。

算法 2.5:getProcessStructrue

函数功能:获取 cp 的 2 层扩展子控制数据流逻辑树

入口参数:cp

出口参数:cp 的 2 层扩展子控制数据流逻辑树 subTree

```
1    if (cp is a CP and cp.getComposedOf()!=null)
2       ccl=cp.getComposedOf().getComponents();
3       CC=cp.getComposedOf();
4       ccNode=cp;
5       add ccNode to subTree;
6       number=0;
7       while(ccl.getRest()!=null)
8          subComponentNode=ccl.getFirst();
9          add subComponentNode to subTree;
10         ccl=ccl.getRest();
11         number++;
12      lastComponentNode=ccl.getFirst();
13      add lastComponentNode to subTree;
14   return subTree;
```

在如上所示的 getProcessStructrue 子算法中,若将复合过程 cp 中的元素个数记为 n,则算法 2.5 主要执行时间消耗在遍历扩展该 cp 的子节点上,因为根节点 cp 最多有 $n-1$ 个子节点,且只扩展一层子节点,因此该算法的时间复杂度为 $O(n)$。

而用在该算法中所需要的额外存储空间是常量 5(ccl、CC、ccNode、subComponentNode、lastComponentNode),因此该算法的空间复杂度为 $O(1)$。

2.4.5　控制逻辑匹配

用户需求与本体控制逻辑匹配:在已经获取用户服务组合控制数据流逻辑树和本体服务组合控制数据流逻辑树后,若用户需要提交服务组合,则需要对用户服务组合控制数据流逻辑树和本体服务组合控制数据流逻辑树这两者进行匹配,当且仅当这两者完全匹配时才能提交用户服务组合需求,并保证用户服务组合的控制数据流逻辑正确性。在模式匹配过程中,需要对用户和本体的服务组合控制数据流逻辑树的相关语义信息进行匹配检查。只有通过该检查后,才允许用户输入 QoS 参数和启动参数并提交形式化的服务组合需求文档到服务组合平台。

在用户和本体服务组合的控制数据流逻辑匹配算法 2.6 中,要按照广度优先遍历的顺序对两个逻辑树的所有节点进行包括类型匹配(同为原子、复合过程或者行为,或者同为 Contrl Construct 类型元素)、语义匹配(同类型的元素的子属性匹配)在内的匹配检查。当且仅当以上的所有匹配检测通过后,才意味着用户服务组合符合本体的定义,可以允许用户提交该服务组合。用户和本体服务组合的控制数据流逻辑匹配算法的详细设计如下所示。

算法 2.6:canBeMatched

函数功能:检查用户和本体服务组合的控制数据流逻辑树是否匹配

入口参数:exeProcess;userProcess

出口参数:用户和本体服务组合的控制数据流逻辑树是否匹配标志位 flag

```
1    flag=true;                    //匹配标志位,返回 true 则匹配成功,返回 false 则匹配失败
2    if (exeProcess!=null or userProcess!=null)
3        exeBf=exeProcess.getModel().getRoot().breadthFirstEnumeration();
4        userBf=userProcess.getModel().getRoot().breadthFirstEnumeration();
5        exeNo=node number of exeProcess, userNo=node number of exeProcess;
6        exeRoot=exeProcess.getModel().getRoot();
7        userRoot=userProcess.getModel().getRoot();
8        process=GraphConstants.getProcess(userRoot);
9        exeDepth=exeRoot.getDepth();
10       userDepth=userRoot.getDepth();
11       if (exeDepth==userDepth and exeNo==userNo)
12         if (exeRoot is a CompositeProcess and process is a CompositeProcess
13             and exeRoot.getName().equals(process.getName())
14             while (exeBf.hasMoreElements() and userBf.hasMoreElements())
15                 exeP=exeBf.nextElement();
16                 userP=userBf.nextElement();
17                 if (exeP is a Process and userP is a Process)
18                     if (!exeP.getName().equals(userP.getName()))
19                         flag=false;
20                 if (exeP is a Perform and userP is a Perform)
21                     if (!exeP.getURI().equals(userP.getURI()))
22                         flag=false;
23                 if (exeP is a CC && userP is a CC)
24                     if (the type of exeP is not as the same as that of userP )
25                         flag=false;
26   else
27       flag=false;
28   return flag;
```

在用户和本体服务组合控制数据流逻辑树匹配算法 2.6 中,若将本体和用户服务组合控制数据流逻辑树中的节点个数分别记为 n,则该算法主要执行时间消耗在广度优先遍历各个控制数据流逻辑树的节点上,最多要遍历 $2n$ 个节点,因此算法 2.6 的时间复杂度为 $O(n)$。

而用来存储本体和用户服务组合控制数据流逻辑树的所有节点所需要的额外存储空间最多为 $2n$,因此算法 2.6 的空间复杂度为 $O(n)$。

2.5　支持 OWSCC 模型的 Web 服务组合概念建模工具

VFWCT(Visualization and Formalization Tool For Web Service Compostion)是国家"863"计划下针对 Web 服务组合概念建模部分所开发的、完全支持 OWSCCM 模型的、可视化的软件工具。该软件工具已经于 2009 年 10 月在中华人民共和国国家版权局取得了软件著作权证书(登记号：2009SR046959)。并已将相关的研究成果和工具发表在国际会议上[24,25]。

2.5.1　设计目标

已有的研究表明，可以用于 Web 服务组合建模的方法包括 UML、Pi 演算、Petri 网、图文法、进程代数、状态图、活动图等。由于上述方法存在着一定的局限性，目前 Web 服务组合概念建模尚缺乏合适的方法和技术的支持。

在诸多研究中直接采用诸如 Pi 演算、Petri 网等数学方法对 Web 服务组合建模。然而，直接采用数学方法建模存在以下缺点：

(1) 不利于 Web 服务组合系统的需求分析。复杂 Web 服务组合系统的建模不是一蹴而就的过程，需要通过对系统的功能和性能的多次抽象和细化才能得到全面的功能需求和性能需求。Pi 演算、Petri 网等数学方法不具备表达需求和分析需求的能力，所以，对于规模较大和复杂的 Web 服务组合系统，直接采用上述的数学方法建模有很大的难度。

(2) 不利于用户对模型的理解。从软件工程的角度看，任何系统的设计都必须得到用户的认可。一般用户难以理解诸如 Pi 演算、Petri 网等数学方法的描述方式，妨碍了组合服务的设计者与用户交流，容易使用户对模型产生误解。

因此，VFWCT 的设计目标是开发一款界面友好、易于使用，支持用户通过鼠标拖曳在屏幕上"画"出组合服务的可视化模型且支持自顶向下、层次化、可复用的 Web 服务组合概念建模工具。

VFWCT 的优势在于：

(1) 对复杂 Web 服务组合系统的需求分析更加便利。通过支持基于三层视图结构的 OWSCC 模型，对系统的功能和性能在不同视图层面上的多次抽象和细化可以获取用户的全面功能和性能需求。

(2) 用户对 Web 服务组合概念模型更容易理解。仅需要了解 OWSCC 模型的基本元素含义并掌握"Web 服务组合控制数据流逻辑树"的 7 条构造规则，而不需要关心底层的具体实现，大多数用户可以准确无误地表达自身的服务组合需求，并且用户可以在抽象的业务层面与本体设计者就服务组合的业务逻辑进行无障碍的沟通交流。

(3) 标准兼容且代码可移植性强。通过遵循 OWL-S 标准，与其他现有的 Web 服务组合工具可以实现完全兼容，基于 Java 语言开发的工具能够在所有支持 Java 虚拟机的操作系统和硬件平台上实现一次编写处处可运行。

2.5.2　体系结构及工作机制

VFWCT Web 服务组合概念建模工具包含 5 个基本模块。

（1）本体解析器：通过使用第三方的本体解析 API(OWL-S API)，可获取领域本体 SM 中所含复合过程 CP、行为 Perform、原子过程 AP、控制连接符 CC 的相关类型及 IOPE 信息。

（2）SM 元素分类器：在第一步获取了领域本体 SM 中所含复合过程（CP）、行为（Perform）、原子过程（AP）、控制连接符（CC）的相关类型及 IOPE 信息后，要把所有的封装了类型及 IOPE 信息的 CP、Perform、AP 及 CC 元素分别放入 4 个对应的容器中进行统一管理。

（3）可视化 SM 元素生成器：当 SM 元素分类器完成对领域本体 SM 中所有的 CP、Perform、AP 及 CC 元素的分类后，需要根据各类 SM 元素的类型信息分配其对应的形状，并将其 IOPE 信息封装到其可视化元素中以备用户查验，最后为每个可视化 SM 元素添加图形操作监听器以实现对各类可视化的 SM 元素的图形化操作。

（4）服务组合翻译器：完成 SM 元素可视化步骤后，用户即可通过对可视化的 SM 元素的拖拽操作，并遵循 2.4.1 节中介绍的 Web 服务组合控制数据流逻辑树的 7 条构造规则构建符合自身需求的服务组合，然后由服务组合翻译器将用户所构建的服务组合"翻译"成遵循 OWL-S 规范的服务（Service）。

（5）服务组合数据控制流逻辑校验器：在顺利完成前述工作后，获取到遵循 OWL-S 规范的用户服务组合需求，最终由服务组合数据控制流逻辑校验器来完成对用户服务组合的数据控制流逻辑校验工作，若通过校验则输出该用户服务组合，否则提示用户对其服务组合进行相应的修改以满足服务组合数据控制流逻辑校验规则。

通过顺序运行 VFWCT 工具的基本模块 1～5，最后可获取一个符合 OWL-S 规范的服务组合。VFWCT 概念建模工具的体系结构如图 2.10 所示。

VFWCT 的主界面主要分为 6 个部分（A～F），其布局如图 2.11 所示。

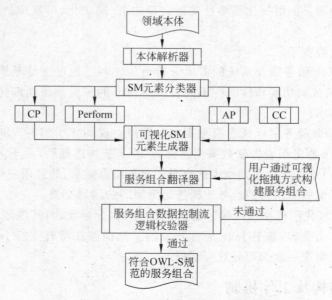

图 2.10　VFWCT 体系结构图

（1）A 指向的是位于主界面的正上方、包括了 5 个一级菜单选项："文件"，"编辑"，"图形操作"，"风格设置"和"帮助"的"菜单栏"。

（2）B 指向的是包括一些常用的对于文件、图形以及文字的基本操作的"工具栏"。

（3）C 指向的区域包含三个标签："组件库"是显示可视化、可拖拽本体元素的标签；"可执行过程"是以树形菜单的形式显示本体组合服务控制数据逻辑的标签；"本体文件"则是显示当前载入本体文件文本信息的标签。

（4）D 指向的区域是位于左下角的主要是为了辅助当在主工作区进行复杂 Web 服务组合流程的编辑等操作时，能够准确地定位当前编辑区域而设置的"缩略工作区"，其中我们采用带蓝色边框的矩形区域来标识当前的编辑区域在主工作区中的相对位置。

（5）E 指向的是形状酷似一张稿纸，作用在于展示编辑相应的 Web 服务组合流程，便于用户理解和定制符合自身需求的 Web 服务组合流程的"主工作区"。

（6）F 指向的是"状态栏"，用来显示当前的鼠标坐标及其他一些辅助状态信息。

要正确运行 VFWCT 的必要条件是：Windows 操作系统平台或其他可运行 Java 1.5 或以上版本虚拟机的操作系统平台。

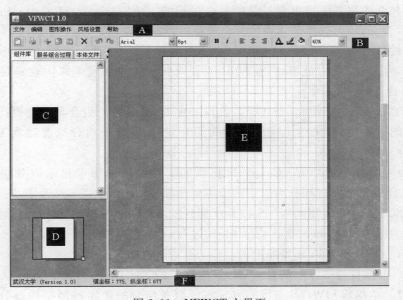

图 2.11　VFWCT 主界面

2.5.3　与同类工具的对比分析

语义 Web 本体语言是 Web 服务组合领域是一种成熟且被广泛应用的技术规范，然而由于语义 Web 本体语言并未提供服务模型可视化的规范，因此终端用户只能通过文本编辑的方式进行服务组合，这种方式极大地限制了服务组合的效率。显然，如果能够提供一套语义 Web 本体语言的服务模型可视化方法，可以使得终端用户通过对 Web 服务组合本体的服务模型元素的拖拽操作轻松完成服务组合任何，从而可以大大提高服务组合的效率。

要确定用户对于 Web 服务组合的控制数据流需求，就需要建立一个简洁、合理、可靠的 Web 服务组合控制数据流模型。该模型应该可以无二义性地将用户的 Web 服务组合需求形式化地表达出来，并且提供一套比对检查机制，在领域本体的协助下，引导用户完成复杂的 Web 服务组合控制数据流的建模工作。当前，如 Protégé[15]（Protege）这样的基于 OWL-S 的本体编辑器，用户可以通过一系列的手工操作对符合 OWL-S 规范的本体进行编辑，从而实现把多个简单的 Web 服务按照一定的控制数据流组合成为能够完成更复杂工作的 Web 服务组合。若在 Protégé 下安装 OWL-S Editor[16]本体编辑插件以及 Graphviz[17]这样的图形化显示插件作为辅助，还可以将组合好的 Web 服务组合以图形化的方式显示出来，以便用户能够对于 Web 服务组合有一个很直观的印象。这样的文本编辑结合图形显示的方式也是当前应用得比较多的 Web 服务组合用户概念建模的技术方案，但是该方案仍然存在缺陷。该方案虽然可以直观的通过对本体里面 Web 组合服务的 OWL-S 元素进行编辑从而达到表达用户需求的目的。但是由于遵循 OWL-S 规范的本体本身就很复杂，即使是一个熟悉 OWL-S 规范的专家面对一个新的本体用 Protégé 和 OWL-S Editor 表达自己的需求时，也很难做到一次组合成功。那么对于仅仅具有一般计算机知识的终端用户而言，如果还是采用这种传统的 Protégé 加 OWL-S Editor 的方式进行 Web 服务组合需求概念建模工具，想要完成复杂的 Web 服务组合的构建工作简直是难以想象的。因为用户既要理解所有的本体所包含的服务模型里面复杂的复合过程的 IOPE（Inputs，Outputs，Preconditions，Effects）参数含义，还要关注所需要的复合过程的控制流逻辑。而且由于 OWL-S 规范本身层叠式的特性，即使在 Protégé 和 OWL-S Editor 的帮助下熟悉一个描述 Web 服务组合的本体仍然是一件耗时耗力的事情，更何况利用一个复杂的领域本体构建满足自身需要的 Web 服务组合。

总而言之，传统的 Protégé 加 OWL-S Editor 的 Web 服务组合需求建模技术方案的效率是比较低的。因此，解决这个问题成为我们开发 Web 服务组合概念建模工具 VFWCT 的主要出发点。

Protégé＋OWL-S Editor＋Graphviz 提供的文本编辑加图形显示服务组合的方式的 Web 服务组合概念建模过程分为以下两个主要步骤：

（1）用户首先在安装了 OWL-S Editor 插件的 Protégé 中加载 OWL-S 本体文件，解析所加载本体的服务（Service）、概况（Profile）、过程（Process）、基础（Grounding）元素并将这些信息展示在 OWL-S Editor 界面上。

（2）用户根据自身的需求结合 OWL-S 本体中的 Service Profile Process Grounding 元素信息，通过文本编辑 OWL-S 条目的方式完成服务组合的逻辑控制结构及数据流结构的构建，并利用画图插件 Graphviz 完成服务组合结构的展示，最后用户利用基础（Grounding）信息将服务组合绑定到具体的 Web 服务实例，从而最终驱动服务组合的执行。

这样的文本编辑结合图形显示的方式也是当前应用得比较多的 Web 服务组合用户概念建模的技术方案。但是该方案存在三个不足：

（1）不能通过可视化的概念建模方式高效地完成服务组合，而需要用户采用效率低下的文本编辑方式完成服务组合。

（2）由于因为该方案是基于 OWL-S 规范的，因此用户生成的服务组合中的 Web 服务基于本体中的 Grounding 信息，只能对应映射到一个本体中预先定义的 Web 服务实例，而不能提供根据用户服务组合 QoS 需求选取合适的 Web 服务实例的功能。

（3）该方案只是对于服务组合内部各个关联过程之间的输入输出参数的个数及类型做

了简单的检查,没有提供基于 OWL-S 本体内的过程信息对服务组合内部的逻辑控制结构进行检查的机制。

针对现有 Web 服务组合概念建模解决方案及工具 Protégé 的不足,开发了全面支持 OWSCCM 模型及其 Web 服务组合概念建模方法的应用工具 VFWCT,相对于 Protégé,VFWCT 有以下三个优势:

(1) VFWCT 提供一种可视化的服务组合概念建模方式以高效地完成服务组合,从而减少用户的构建 Web 服务组合的时间,提高成功率。

(2) VFWCT 提供了一种完全遵循 OWL-S 规范的完整 Web 服务组合构建流程。在充分利用 OWL-S 本体领域知识的前提下,可以根据用户的 Web 服务组合 QoS 需求从同类的多个 Web 服务实例中快速选取合适的 Web 服务实例并将其绑定到 Web 服务组合中。

(3) VFWCT 提供了一种基于 OWL-S 本体内的过程信息对 Web 服务组合内部的逻辑控制结构进行检查的机制,从而保证最终的 Web 服务组合在输入输出及控制逻辑方面均符合 OWL-S 本体的要求。

2.6　应用 OWSCC 模型的 Web 服务组合概念建模实例

本书使用来自 MINDSWAP(Maryland Information and Network Dynamics Lab Semantic Web Agents Project)的关于参加学术会议、预订往返机票及预订旅馆的 Web 服务组合本体 conferenceTravel.owl(具体本体定义请见附件 conferenceTravel.owl)作为介绍所提出的基于 OWL-S 规范的可视化 Web 服务组合概念建模方法及其实现工具的应用场景。

如图 2.12 所示,conferenceTravel.owl 描述的应用场景是参加一个名为 WWW2009 的国际会议,设计一个会议旅行的 Web 服务组合来实现诸如会议注册(conferenceRegistration)、机票预订(bookTransportation)、旅馆预订(bookConferenceHotel)等功能。用户通常会到网上搜索提供相应服务的 Web 服务,然后通过一系列的组合形成能满足用户所需功能的 Web 服务组合。理想状态下,用户希望除了获取用户需求、QoS 期望以及启动参数外,在整个服务组合规划和执行过程中不需要人为干预,也就是说,这个构建好的 Web 服务组合能自动地把每个流程节点映射到一类服务中的某个符合用户需求的可调用的 Web 服务,按序调用执行所有绑定好的服务,完成用户需要的功能。

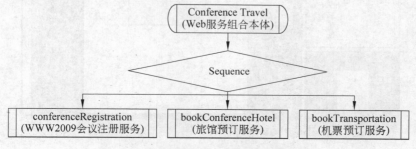

图 2.12　学术会议行程安排 Web 服务组合

以上描述了服务组合的主要目标,下面详细说明基于 MINDSWAP 的 conferenceTravel.owl 本体的用户服务组合需求。首先,从总体结构上来看,用户的服务组合应该是一个顺序结构。第一步应该是完成会议注册的步骤,接下来是完成机票预订的步骤,最后完成旅馆预订的步骤。这三个步骤的顺序是不能颠倒的,因为完整执行所有步骤的前提是已经成功进行会议注册,否则机票预订和旅馆预订都是没有意义的。而如果完成了会议注册,但是没有订到去会议主办城市的往返机票,则不应该做预订旅馆的操作。其中会议注册和旅馆预订操作都是比较简单,可以由单个原子服务来完成。而往返机票预订步骤则还要考虑到是否由合适日期的往返航班,因此可能要在组合服务的时候考虑的比较周全一些。例如,第一选择是预订会议开始当天从参会者所在城市到会议主办城市的去行机票以及会议结束当天从会议主办城市到参会者居住城市的回行机票,如果该条件不能满足则可以适当放宽约束,例如,可以买早一天的去行机票或者晚一天的回行机票,只要能保证会议开始日或之前能到达会议主办城市即可而回行机票的日期则必须在会议结束日或之后。用户需要用控制数据流逻辑树的方式将这些需求无二义性地表达出来。

接下来结合自主开发的 VFWCT 软件,通过图形化的操作步骤和分析展示基于 conferenceTravel.owl 本体完成符合前一节用户需求的服务组合的整个概念建模生命周期中的各个步骤。

第一步是用户需求建模子步骤(1)"加载本体构建组件库",单击"基于本体的 Web 服务组合概念建模软件"的菜单栏的第一个选项"文件"的第一个子选项"载入本体文件",弹出如图 2.13 所示的本体 URL 地址输入框。在输入框内输入所需的本体的 URL 地址后单击"确定"按钮。则"基于本体的 Web 服务组合概念建模软件"会加载该本体并且调用本体 SM 元素可视化算法 2.2,将加载本体的所有 OWL-S 的 SM 元素以各种不同的形状显示在"组件库"区域,本体 SM 元素可视化的效果图如图 2.14 所示。

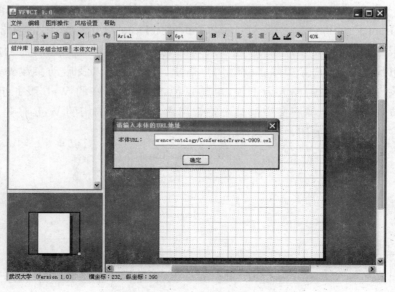

图 2.13　本体加载界面

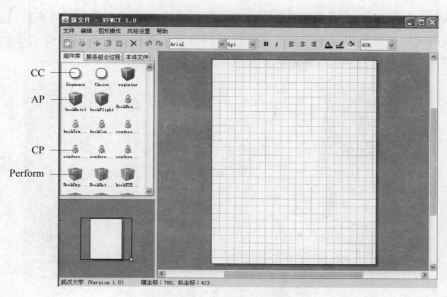

图 2.14　SM 元素可视化界面

在可视化所有 SM 元素的同时,本软件还会以树形结构在"服务组合过程"标签中显示本体的服务组合的结构,在"本体文件"标签中显示加载的本体文件内容,如图 2.15 所示。

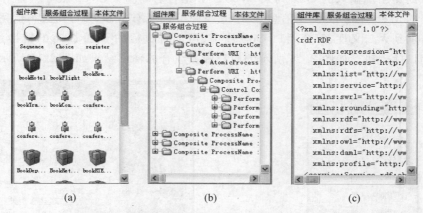

图 2.15　"组件库"、"服务组合过程"、"本体文件"显示界面

图 2.15 中"组件库"的图标中,白色的圆圈代表 CC,绿色的立方体代表 AP,一个黄色矩形和蓝色矩形串联起来代表 CP,黄色立方体代表 Perform。

在成功加载本体并可视化 SM 元素后,运用对可视化的 SM 元素的鼠标拖拽操作,遵循 Web 服务组合控制数据流逻辑树的 7 条构造规则,创建符合用户需求的服务组合控制数据流逻辑树。构造好的用户服务组合控制数据流逻辑树如图 2.16 所示。

完成了用户服务组合控制数据流逻辑树的构建后,则可以单击菜单栏"文件"的第二个子选项"提交当前需求文件",然后系统会自动调用相关算法首先对用户服务组合控制数据流逻辑树的一些非控制逻辑方面的问题进行检查,如节点名为空、服务组合中存在孤立的节点或边或存在不唯一的开始节点等错误,若通过该检查则调用用户和本体服务组合控制数据流逻辑树匹配算法检查用户服务组合控制数据流逻辑树是否匹配本体所支持的服务组合控制数据流逻辑树集合中的某个服务组合控制数据流逻辑树。若未能通过上述两项检查，则系统会提示用户对当前组合服务进行修改以满足本体对服务组合的要求。

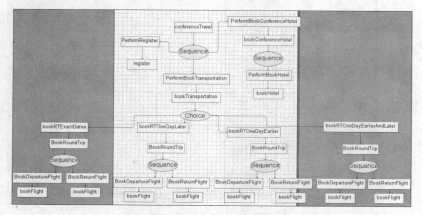

图 2.16   用户服务组合控制数据流逻辑树

因为图 2.16 所建立的用户服务组合符合上述检查要求，则进入输入 QoS 参数（见图 2.17）和启动参数（见图 2.18）的环节，在完成上述操作后单击启动参数输入框的"提交"按钮则可以提交用户输入的 QoS 约束、Web 服务组合启动参数、Web 服务组合对应的 Bpel 脚本及绑定的 Web Service 实例信息到 Web 服务组合引擎 WSCBM，到这一步完成了从用户的抽象需求到无二义性、符合用户 QoS 约束、可部署执行的 Bpel 脚本的转换过程，从而达到了预期目标。执行如图 2.16 所示的用户服务组合的输出结果如图 2.19 所示。

图 2.17   QoS 参数约束选择界面

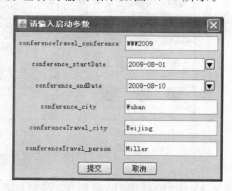

图 2.18   服务组合启动参数输入界面

至此，通过一步一步的对"基于本体的 Web 服务组合概念建模软件"进行操作，完成了从用户抽象的服务组合需求，准确地通过界面友好、操作简单的方式，"描绘"出了基于领域本体的、自顶向下的树形服务组合方案，并最终生成了广为业界支持和认可、可复用、可部署执行的 Bpel 脚本。综上所述，我们认为该动态 Web 服务组合概念建模方法及其软件工具还是比较好地达到了预期目的。、

通过前面基于 OWSCCM 模型的 Web 服务组合概念建模模型、相关建模方法及其软件建模工具 VFWCT 的理论和应用介绍分析，可见该概念建模模型及方法具有比较完备的遵

循 OWL-S 规范的理论基础,可以很好地在 Web 服务组合功能规划层与当前支持 OWL-S 规范和 BPEL4WS 规范的应用软件进行有效、方便的集成并且可以最大程度地确保用户 Web 服务组合控制数据流逻辑的正确性。此外,该方案在体系架构上也有所创新,采用了领域本体结合 BPEL4WS 规范的混合架构,使得该方案无论是在抽象的服务视图层还是实例视图层都具有很好的可扩展性。在具体软件技术方面,以图形化的拖拽操作来实现 Web 服务组合也是一种新颖和有效的需求获取和概念建模的方式,相对于传统的基于文本的服务组合方式,该方案所提供的界面友好,通过鼠标拖拽可视化本体 SM 元素的方式来完成 Web 服务组合,可以在相当程度上减轻用户进行服务组合的负担和提高服务组合成功的可能性。

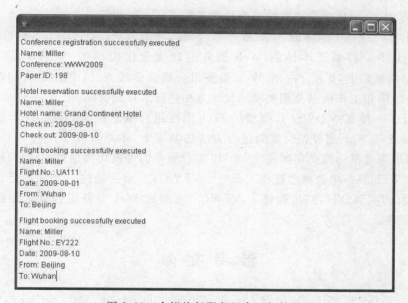

图 2.19 会议旅行服务组合运行结果

在基于 OWSCCM 模型的 Web 服务组合概念建模方法中,所提出的基于迭代式树形结构的服务组合概念模型易于被用户理解,便于用户与设计人员交流。其次,该概念模型在功能规划层遵循 OWL-S 规范,利用该规范丰富的语义表达能力,能够准确描述业务逻辑,可重用 OWL-S 规范的服务组合验证机制,易于实现业务层面上的服务组合验证。再次,该概念模型能够在不同抽象层次(功能规划层和实例选择层)上刻画组合服务,基于领域本体和 Bpel 脚本的可重用性,因此提高了该服务组合概念模型的可重用性。最后,该服务组合概念模型最终生成的是规范的 Bpel 格式脚本,可以方便、准确地转换成为性能和仿真分析建模所需的模型,为性能建模和分析奠定了良好的基础,可提高性能分析和优化的效率。最后,考虑到当前的网络应用现状(客户机一般都具有较强的存储、计算能力),在动态 Web 服务组合概念模型中我们采用的是分布式结构,即由客户机在本地对用户服务组合完成从概念建模、功能规划到 Web 服务实例选择的工作,这样可有效地避免服务组合期间的性能瓶颈,相对传统的集中式服务组合方式可有效提高动态 Web 服务组合系统的效率。

综上所述,我们认为基于 OWSCCM 模型的 Web 服务组合概念建模方法具有较为完备的理论基础以及层次清晰的体系架构、高效的可视化的遵循 OWL-S 规范的服务组合操作方式。通过 2.6 节中的实例分析,可见在服务组合的过程中,该服务组合概念建模方案有效地利用领域本体,正确高效地完成服务组合的任务,无二义性地获取用户 Web 服务组合需求,达到了比较好的效果。因此,我们认为基于 OWL-S 规范的可视化 Web 服务组合概念建模方案是一种较为合理、高效、可行的解决 Web 服务组合概念建模问题的方案,比较好地达到了预期的研究目标。

2.7　本章小结

本章以广域网环境下的 Web 服务组合为背景,以基于本体的 Web 服务组合概念建模为主要研究方向,分别从理论和实践两个角度进行了深入的讨论。

(1) 提出了一种基于本体的 Web 服务组合概念建模方法。在 OWL-S 标准的基础下,本章首先提出了一种基于本体的 Web 服务组合概念建模模型——OWSCC 模型。在 OWSCC 模型的基础上,提出了一种 Web 服务组合概念建模方法,并分别从 OWSCC 模型的定义、体系结构和工作机制及相关模块设计方面进行了详细介绍。

(2) 设计了一种支持 OWSCC 模型的 Web 服务组合概念建模工具。在本章所提出的 OWSCC 模型及其 Web 服务组合概念建模方法的基础上,本章设计了一种界面友好、易于使用,支持用户通过鼠标拖曳在屏幕上"画"出组合服务的可视化模型且支持自顶向下、层次化、可复用的 Web 服务组合概念建模工具——VFWCT。最后通过一个学术会议行程安排 Web 服务组合的实例分析,初步验证了 VFWCT 在解决 Web 服务组合概念建模问题上的有效性和合理性。

参 考 文 献

[1] Chan C Y, Felber P, Garofalakis M, et al. Efficient filtering of XML documents with XPath expressions [J]. VLDB Journal, 2002, 11(4):354-379.

[2] Benatallah B, Dumas M, Sheng QZ, et al. Declarative composition and peer-to-peer provisioning of dynamic services[C]. In Proc of the 18th Int'l Conf. on Data Engineering. San Jose: IEEE Computer Society, 2002:297-308.

[3] Mennie D, Pagurek B. A runtime composition service creation and deployment and its applications in internet security, E-commerce and software provisioning[C]. In Proc of the 25th Annual Int'l Computer Software and Applications Conf. (COMPSAC2001). Chicago: IEEE Computer Society Press, 2001:371-376.

[4] Tosic V, Mennie D, Pagurek B. On dynamic service composition and its applicability to business software systems[C]. In Proc of Workshop on Object-Oriented Business Solutions (WOOBS2001). 2001.

[5] Burstein M H, Hobbs JR, Lassila O, et al. DAML-S: Web service description for the semantic Web [C]. In Horrocks, ed. Proc. of the Int'l Semantic Web Conf. Sardinia: Springer-Verlag, 2002. Page(s):348-363.

[6] Tosic V, Pagurek B, Esfandiari B, et al. On the management of compositions of Web services[C]. In Proc. of the OOPSLA 2001 Workshop on Object-Oriented Web Services. 2001.

[7] Sheng Q Z, Benatallah B, Dumas M, et al. SELF-SERV: A platform for rapid composition of Web

services in a peer-to-peer environment[C]. In Proc of the 28th Int'l Conf. on Very Large Data Bases. Hong Kong：Morgan Kaufmann Publisher，2002. Page(s)：1051-1054.

[8]　Tsur S. Are Web services the next revolution in E-Commerce[C]. In Proc of the 27th Int'l Conf. on Very Large Data Bases. Roma：Morgan Kaufmann Publishers，2001. Page(s)：614-617.

[9]　Florescu D，Grünhagen A，Kossmann D. An XML programming language for Web service specification and composition[C]. In Proc. of the 11th Int'l World Wide Web Conf. Honolulu：ACM，2002.：65-76.

[10]　Florescu D，Grünhagen A，Kossmann D，et al. XL：A platform for Web services[C]. In Proc of ACM SIGMOD Int'l Conf. on Management of Data. Madison：ACM，2002.

[11]　David Martin and etc.. Bringing Semantics to Web Services：The OWL-S Approach[J]. Semantic Web Services and Web Process Composition，Springer Berlin，Heidelberg，2005，3387/2005：26-42.

[12]　Roman D，Keller U，Lausen H，et al. Web Service Modeling Ontology[J]. Applied Ontology 2005，1(1)：77-106.

[13]　Keller U，Lara R，Polleres A，et al. Wsmo Web service discovery [OL]. http://www. wsmo. org/2004/d5/d5. 1/v0. 1/20041112.

[14]　Akkiraju R，Farrell J，Miller J A. Web Service Semantics-WSDL-S[R]. Technical Note. Version 1. 0，April 2005.

[15]　Matthew Horridge，et al. A Practical Guide To Building OWL Ontologies Using The Protege-OWL Plugin and CO-ODE Tools Edition 1. 0 [OL]. http://www. co-ode. org/resources/tutorials/ProtegeOWLTutorial. pdf.

[16]　Department of Computer Science and A I，University of Malta. OWL-S Editor [OL]. http://staff. um. edu. mt/cabe2/supervising/undergraduate/owlseditFYP /OwlSEdit. html.

[17]　Graphviz[OL]. http://www. graphviz. org.

[18]　Benatallah B，Dumas M，Sheng Q Z，Ngu A. H.. Declarative composition and peer-to-peer provisioning of dynamic Web services[C]. In Proc. of IEEE Int'l Conf. on Data Engineering，San Jose，California，2002：297-308.

[19]　Narayanan S，Mcllrait H S. A. Simulation，verification and automated composition of Web services [C]. In Proc. of Int'l World Wide Web Conference，Honolulu，Hawaii，USA，2002：77-88.

[20]　Ponnekanti S R，Fox A. SWORD：A developer toolkit for Web service composition[C]. In Proc. of Int'l World Wide Web Conference，Honolulu，Hawaii，USA，2002，Page(s)：83-107.

[21]　Thakkar S. Dynamically composing Web services from online source[C]. In Proc. of AAAI Workshop on Intelligent Service Integration. Edmonton，Alberta，Canada，2002，Page(s)：1-7.

[22]　Benatallah B，Dumas M. The self-serv environment for Web services composition [J]. IEEE Internet Computing，2003，7 (1)：40-48.

[23]　Chao Ma，Yanxiang He，Naixue Xiong. MPACP：An Approach for Automatic Matching of Parallel Application Communication Patterns [C]. In Proc. of Int'l Asia-Pacific Services Computing Conference (APSCC '08).：1517-1522，Yilan Taiwan，2008.

[24]　Chao Ma，Yanxiang He，Naixue Xiong，Yang，L. T. VFT：An Ontology-Based Tool for Visualization and Formalization of Web Service Composition[C]. In Proc. of Int'l Conf. on Computational Science and Engineering (CSE '09). 2009，1：271-276，Vancouver Canada，2009.

[25]　Chao Ma，Yanxiang He. An Approach for Visualization and Formalization of Web Service Composition[C]. In Proc. of Int'l Conference on Web Information Systems and Mining 2009 (WISM 2009). Page(s)：342-346，Shanghai China，2009.

[26] 李景山，廖华明，侯紫峰，等. 普及计算中基于接口语义描述的动态服务组合方法[J]. 计算机研究与发展，2004，41(7)：1124-1134.

[27] 郭玉彬，杜玉越，奚建清. Web 服务组合的有色网模型及运算性质[J]. 计算机学报，2006，29(7)：1068-1075.

[28] 程绍武，徐晓飞，王刚，等. 一个组织间松散耦合跨组织工作流的仿真模型[J]. 软件学报，2006，17(12)：2461-2470.

[29] 钱柱中，陆桑璐，谢立. 基于 Petri 网的 Web 服务自动组合研究[J]. 计算机学报，2006，29(7)：1057-1066.

[30] 李曼，王大治，杜小勇，等. 基于领域本体的 Web 服务动态组合[J]. 计算机学报，2005，28(4)：644-650.

[31] 李祯，杨放春，苏森. 基于模糊多属性决策理论的语义 Web 服务组合算法[J]. 软件学报，2009，20(3)：583-596.

[32] 范小芹，蒋昌俊，王俊丽，等. 随机 QoS 感知的可靠 Web 服务组合[J]. 软件学报，2009，20(3)：546-556.

[33] 肖芳雄，黄志球，曹子宁，等. 基于价格进程代数的 Web 服务组合描述和成本分析[J]. 计算机研究与发展，2009，46(5)：832-840.

[34] 门鹏，段振华. 着色 Petri 网模型检测工具的扩展及其在 Web 服务组合中的应用[J]. 计算机研究与发展，2009，46(8)：1294-1303.

[35] 王杰生，李舟军，李梦君. 用描述逻辑进行语义 Web 服务组合[J]. 软件学报，2008，19(4)：967-980.

[36] 陈彦萍，李增智，唐亚哲，等. 一种满足马尔可夫性质的不完全信息下的 Web 服务组合方法[J]. 计算机学报，2006，29(7)：1076-1083.

3.1 Web 服务 QoS 模型

3.1.1 动态 Web 服务组合体系中的服务质量

目前的研究对其具体的属性指标归纳不一,目前已经出现的包括:成本、时间、价格、可用性、可靠性、安全性、信誉度等三十多个指标[1]。这些指标的度量方法、量纲、表达方式等都不尽相同,从形式上看几乎没有共同点。但是,若仅仅单纯的罗列属性指标将导致 QoS 属性模型的扩展性差、复杂度高,无法刻画动态 Web 环境中不断涌现的新 QoS 需求。因此需要分析 QoS 属性的内在关系,建立逻辑上有机联系且具备较强扩充能力的模型框架。通过对这些 QoS 属性指标的分析,动态 Web 服务组合的 QoS 描述具有以下特点。

1. 综合性

服务质量是对服务性能属性的描述,用于描述服务完成业务目标的效果,这决定了它必然是一个包含多种类属性指标的复杂结构。通过归类和抽象,本文认为,为了提供足够多的服务质量信息,服务质量属性指标的描述需要包含几个方面的内容。

1) 基础性指标(basic metric)

基础性指标主要指的是一些最基本,不管是哪一类服务,用户在进行服务选择时都必须考虑的基础属性。它们包括:

- 成本(cost)。表征服务使用方为了获得服务而需要支付的价格,通常总体成本是由多个部分的成本之和构成的。
- 时间(time)。表征服务从开始运行到结束所需要的时间。不同类型的服务其时间长短可能相差很大。在实际应用中,时间属性可以和其他属性相配合,用来监控服务的执行进度。
- 信誉度(reputation)。表征服务提供商提供的 QoS 信息的真实程度,以及其过往按合同要求完成交易的情况。该项指标对于用户在复杂的动态网络环境下,选择到真正可靠、可信的服务提供商具有重要的参考价值[2]。

2) 运行性指标(operation metric)

主要包括服务运行时的一些 QoS 属性,例如:可见性、可访问性、完整性、吞吐量、可靠性、标准符合程度和安全等级等服务运行性能的描述。运行性指标通常不会被用户直接关注,但在为服务复合而进行的服务选择中可以起到重要的参考作用。

3) 历史性指标(historic metric)

主要是对过往运行记录进行提取、处理,得到的一些 QoS 属性指标。一般情况下,由第三方的服务目录运营商(如 UDDI 服务器、Web 服务组合代理等)进行统计,得到诸如:服务被调用次数、成功次数、平均用户评价等统计性指标。这些由客户做出或目录服务统计的客观性服务质量描述在服务选择中起到一定的参考作用,同时还可以作为客观数据进行加工、处理,进而得到服务信誉度、可访问性、可见性等其他属性。

4) 领域专用指标(domain specific metric)

主要包括各个专业领域分类(或应用领域)所特有的服务质量指标,功能上相似的服务拥有相似的领域相关性能指标集合。如生产类服务有"合格率"、"安全周期"等指标,而交通运输类服务则有"准点到达率"指标。目前一般都通过领域本体来描述和刻画专用服务应当具有的领域质量指标。

从以上分析可以看出,QoS 属性指标由多侧面指标构成。每个指标又可能是多个子指标共同构成的,因此服务的 QoS 体现为一个带嵌套结构的多维综合指标体系。从提供服务选择和优化等角度出发,用户一般关心的是综合指标体系所体现出的综合性能。

2. 可配置性

根据针对 QoS 属性综合性特点的分析,在依据 Web 服务 QoS 综合评价指标体系进行综合评价计算时,不同用户从不同使用角度出发可能关心的指标集合及各指标所占的权重有所不同。例如,在某类产品厂家提供的"订货服务"中包括两个 QoS 指标,分别是"供货周期"和"价格",价格高的供货周期较短。对于急需该类产品的客户,他可以将"供货周期"这个指标的权重设定得较高,重点考虑。而对于有足够时间等待,对于价格比较敏感的客户,则可以将"价格"这个指标的权重设定得较高。显然,对于这两种不同的权重设定,客户最后选择的供货厂家会有所不同。

因此,QoS 模型应该具备根据上下文信息和客户需求,灵活设定各个 QoS 属性权重的能力。

3. 度量多样性

度量多样性包含三个含义,一个是 QoS 属性指标的度量方法具有多样性,其次是度量值获得来源具有多样性,最后是 QoS 属性指标的度量值表示也具有多样性。

1) 度量方法的多样性

对于同一种 QoS 属性指标,通常有多种度量方法,而且这种多样性是有实际意义的。例如,以可靠性为例,一般定义为系统在一个完整时间间隔之内提供正常服务的能力,该值常被定义为一个平均值,但是若在特定时间段内故障率较高,而在所计算的"完整的时间间隔"内,故障的出现是不均匀的,那么仅用一个时间间隔的平均值是不足以反映软件可靠性的实际特点的;另外一种情况是 QoS 属性受环境的影响,在不同的网络环境、不同硬、软件基础等条件下 Web 服务可能体现出不同的运行特性,如在不同数量的并发请求下,系统所表现出的可靠性、响应时间等都可能不同。鉴于此,本文认为,对于 QoS 属性的度量方法集合应该是一个具备充分扩展性的框架,这个框架可以在用户定义的时间、环境、用户的因素的需求下,容纳静态和动态度量方法,方便的支持对于度量方法的动态更新和度量结果的综合。

2) 度量值获得方式的多样性

度量值的获得方式多种多样,大致可以分为以下 3 类:

（1）预设型。即由服务参与的某一方预先设定一个固定 QoS 值，服务生命周期内可能进行动态更新。比如某个原子服务成本、时间、可用时间等都属于这一类型。

（2）统计型。根据服务运行的历史统计数据计算得到，并在服务生命周期内依据采集的新数据进行动态更新。比如服务的可靠性、可用性、平均服务成本等都属于这一类型。

（3）上下文依赖型。该类型的 QoS 指标需要在服务运行时，根据具体的服务运行环境及服务标的情况等上下文环境，使用依据经验或统计得到的计算函数计算得到。这种带有预测性质的计算函数反映了 QoS 指标与上下文环境的依赖关系，随着服务运行数据的不断积累，可以对该函数进行修正以提高其与实际值的符合度。

动态的网络环境决定了服务提供方的 QoS 指标不可能一成不变，而服务请求者也可能在服务流程执行中的某个预定节点提出自己的需求变更。因此要求 Web 服务 QoS 模型能够提供多种 QoS 指标设定方式，并支持对指标的动态更新。

3）度量值表示的多样性

不同 QoS 指标的评价表达方式有很大差别。有些可以精确量化，如：成本、时间、可用性、可靠性等；有些则会以某个区间段的形式出现，如："营业时间"等；而有些则是也模糊表示的形式出现，如："优、良、合格、差"等。QoS 模型应该具备全面刻画这些不同类型指标值的能力，特别是对于模糊表达类型，因为实际应用中来自客户的需求和反馈很多都是基于模糊表达的。就目前的研究而言，Web 服务 QoS 模型中指标的表达方式大致可分为以下几类。

（1）确定值类型：整形数或浮点数取值，最常见、最简单的取值类型。

（2）区间类型：数值型的延伸，表示该 QoS 指标为某个取值区间［min，max］（min，max 为两个数值类型）内所有可能的数值类型，若取值区间定义为（min，max）则 QoS 指标的取值范围不包括 min 和 max。

（3）模糊类型：使用有限的评价性语言集合中的元素来表示 QoS 指标。例如 Web 服务的安全性可以用"极好"、"好"、"一般"和"差"构成的有限集合来评价，也可以用设定等级的方式，等级越高表示安全性越好，这都属于模糊表达方式。

3.1.2　QoS 概念模型

通过 3.1.1 节的分析，可以了解到 Web 服务属性描述的复杂性，需要找到一种合适的数据结构。通过对以往研究成果的回顾和分析，本文认为类结构作为定义属性的数据结构基础是合适的，可以充分的贴合 QoS 属性既具备多样性又具有相似性的特点。QoS 属性的多样性表现在动态 Web 服务环境中的 QoS 属性类型多，目前已有的、用户需要的，都应包括在内，而且应该可以随着用户需求的增加和变化而不断增加。同时，对 QoS 属性的度量也存在着复杂的多样性。因此，定义结构需要支持多种可扩展的类型定义。而相似性体现在，用户对每类 QoS 属性类型所关心的内容，在很多实际应用环境中是相近或相似的，包括其语义定义、类型特征信息等。这些特征将影响方法的设计需求，以及所应用方法适用 QoS 属性类型的范围。

能够满足多样性和相似性特点是本文选择类结构定义 QoS 属性的原因。其中类结构的对象派生机制，符合 QoS 属性类型多样性的特点。类具有抽象性，它只定义对象的内部属性结构,而不关心具体的属性值,类的实例对象可以有多个,对象之间是相对独立、平等的关系,对象以类的属性结构为基础,通过赋具体值,获得不同的对象实例。这与 QoS 属性类型之间的关系是一致的,一种类型的变化不会影响到另一种类型。而类的这种抽象定义结构,使得 QoS 属性描述的扩展也比较方便。

Web 服务的 QoS 概念模型由一组描述 QoS 的 QoS 多维度类构成,包括多个类型属性,每个属性对应 Web 服务组合过程中所关心的服务质量的一个方面,包括属性名称、标识符、取值信息、权重以及其他重要信息。属性类实例对应具体的 QoS 属性类型定义,如时间、成本、可靠性、可用性等。QoS 属性类型的定义的过程,就是为各维度类实例属性赋值的过程。维之间可以嵌套,即可以由下层的维对上层维进行更详细的描述(一般为控制复杂度只针对上层维的某一部分),形成一个树形的类图结构。而一个服务的服务质量最终由一组服务质量属性描述(即一个服务质量向量)。而对于每个服务质量属性,又可以在下层嵌套若干维,对其进行更详细的描述。

图 3.1 详细描述了 Web 服务 QoS 概念模型。在该图中,首先依据 3.1.1 节中的分析,将服务质量属性大致划分为四类,省略号部分表示将来还有可能扩充进来的新的分类。而每一大类中都可能包含若干个 QoS 属性(如成本、时间、可靠性等)。对于某个 QoS 属性而言,它可以是原子的,直接通过一些叶子信息节点对其加以说明,也可以是嵌套的,即包含若干子属性,其特性通过子属性的综合来体现。最后是一个 QoS 公共类集合,其中包括了一些用来对属性结构进行详细定义的类,例如,对属性取值方法的定义、对属性值的定义、对属性间关系的定义、对属性上下文环境信息的定义等。这些类可以被各个具体的属性调用、实例化。

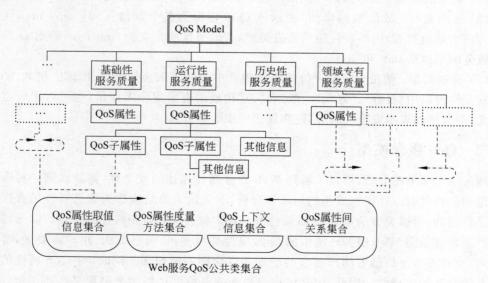

图 3.1 Web 服务 QoS 概念模型

得到 Web 服务各个属性的详细定义后,在此基础上,可以对这组服务质量可以进行综合评价,得到一个综合评价值。也可以将若干个服务的同类服务质量进行归类,引入相应的评价和选择算法,选择合适的服务,并将这些服务组合起来,形成新的组合 Web 服务。

3.1.3　QoS 描述模型

在 3.1.1 节分析的基础上,结合 3.1.2 节中提出的 Web 服务概念模型,本节将具体定义 Web 服务 QoS 描述模型。

定义 3.1　Web 服务可以定义为一个三元组 WebService ＝＜WSDescriptions,ConductsofWS,QualitiesofWS＞,其中:

- WSDescriptions 表示对服务的基本描述,包括服务名称、商业实体信息、文本描述等。
- ConductsofWS 表示服务的行为描述,包括服务的接口参数、前置条件、后置条件等。
- QualitiesofWS 表示服务的非功能属性描述,即服务质量。

接下来,本文将具体定义 Web 服务定义中的服务质量部分,其他两部分不属于本文研究的重点,因此不予赘述。

定义 3.2　Web 服务的 QoS 模型(Web Service QoS Model,WSQM)可以定义为一个五元组　WSQM ＝＜AttributeSets, ValueInfoSets, MethodInfoSets, RelationSets, ContextSets＞,如图 3.2 所示,其中:

- AttributeSets 表示 Web 服务的属性集合,具体定义见定义 3.3。
- ValueInfoSets 表示 Web 服务属性取值信息的集合,具体定义见定义 3.4。
- MethodInfoSets 表示 Web 服务属性取值方法信息的集合,具体定义见定义 3.5。
- RelationSets 表示 Web 服务各属性和函数间关系的集合,具体定义见定义 3.6。
- ContextSets 表示 Web 服务上下文环境定义的集合,具体定义见定义 3.7。

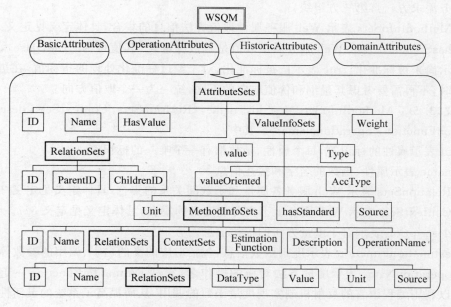

图 3.2　Web 服务 QoS 描述模型

定义 3.3　AttributeSets＝＜id, name, RelationSets, hasValue, ValueInfoSets, weight＞,其中:

- id 表示属性的标识符,每个属性、函数都有一个唯一的标识符。
- name 表示属性、函数的名字和描述信息。
- RelationSets 表示 Web 服务各属性和函数间关系的集合,具体定义见定义 3.6。
- hasValue 表示该属性是否有度量值,hasValue 的值域为{true,false},若取 true 则表示该属性有度量值,若取 false 则反之,因为有的综合性属性本身无取值,主要通过其下包含的子属性的值来衡量服务质量,当 hasValue 取 fasle 时,ValueInfo 则为 null。
- ValueInfoSets 表示 Web 服务属性取值信息的集合,具体定义见定义 3.4。
- weight 表示该属性的权重。

定义 3.4 ValueInfoSets=＜value, type, accType, unit, valueOriented, source, MethodInfoSets, hasStandard＞,其中:

- value 表示服务质量的值。
- type 表示服务质量取值的种类,其值域为{数值型,区间型,模糊型}。
- accType 表示该指标在进行聚合计算时的类型,详见 3.5 节的论述。
- unit 表示服务质量取值的单位,如 km/h、m 等。
- valueOriented 表示服务质量取值的取向。其值域为{cost,benefit}不同服务质量取值其衡量标准也不一样,效益型的服务质量指标越大越好,而成本型的则是越小越好,适中型的则可以通过数学变换转化为在某个区间上的效益型或者某个区间上的成本型。
- source 表示服务质量取值的来源,其值域为{source∣ source∈{服务提供方}∪{服务需求方}∪{第三方组织}}。
- MethodInfoSets 表示 Web 服务属性取值方法信息的集合,具体定义见定义 3.5。
- hasStandard 表示 Web 服务质量取值是否被标准化,其值域为{true,false},false 表示尚未被标准化,true 表示已被标准化,对于经过标准化处理的指标值,在进行比较时,不再需要考虑其量纲和价值取向的不同,统一为一个取值方向。

定义 3.5 MethodInfoSets = ＜id, name, RelationSets, ContextSets, description, estimationFunction, operationName＞,其中:

- id 表示属性的标识符,每个属性、函数都有一个唯一的标识符。
- name 表示属性、函数的名字和描述信息。
- RelationSets 表示 Web 服务各属性和函数间关系的集合,具体定义见定义 3.6。
- ContextSets 表示 Web 服务上下文环境定义的集合,具体定义见定义 3.7。
- description 表示对于度量方法的描述信息。
- estimationFunction 表示度量函数信息,包括对应的类的名字、调用的参数等。
- operationName 表示度量方法对应的操作名,它和 estimationFunction 一起使得可以利用编程语言的反射机制实现度量函数的调用,从而提高了系统的灵活性。

定义 3.6 RelationSets=＜id, parentID, childrenID＞,其中:
- id 表示属性的标识符,每个属性、函数都有一个唯一的标识符。
- parentID 表示 id 标识的属性或函数的父节点(父类)的标识符。
- childrenID 表示 id 标识的属性或函数的子节点(子类)的标识符。

定义 3.7　ContextSets＝＜id，name，RelationSets，dataType，value，unit，source＞，其中：

- id 表示属性的标识符，每个属性、函数都有一个唯一的标识符。
- name 表示属性、函数的名字和描述信息。
- RelationSets 表示 Web 服务各属性和函数间关系的集合，具体定义见定义 3.6。
- dataType 表示其数据类型，如 integer、float、string 等。
- value 表示数据值。
- unit 表示其取值单位。
- source 表示取值的来源，其值域为{source｜ source∈{服务提供方}∪{服务需求方}∪{第三方组织}}。

至此，已经定义了 WSQM 的全部组成部分，其包含了丰富的语义信息，同时为方便实现基于 QoS 的服务选择设置了必要的接口信息。通过若干概念的嵌套，WSQM 可以描述非常复杂的 QoS 需求，从而可以满足实际 Web 服务应用对于 QoS 定义的要求。

3.1.4　组合服务 QoS 属性的聚合计算

本节中选择五类最常用的 QoS 属性，首先介绍定义与度量方法，然后介绍针对其的聚合计算方法。

1. 五类原子服务 QoS 属性的定义与度量

目前已经提出且应用于实际的 QoS 属性指标有三十多个[3]，限于篇幅，本节只对其中最常用和有代表性的 QoS 属性进行定义并分析。

(1) 价格(Q_{cost})：价格体现了一个服务的成本，对于商业服务来说，是最基本的衡量要素之一。服务的总体价格通常由若干部分叠加而成。

(2) 时间(Q_{time})：对于 Web 服务而言，有多个运行要素都是与时间相关的。有些要素是以时间长短来衡量，如运行时间、等待时间、通信（I/O）时间等。而有些以区间形式出现，如营业时间等。还有些则是以设定一个目标时间来标明，如截止时间、有效期等。

(3) 信誉度(Q_{repu})：从服务使用者的角度评价一个服务的可信程度。对于商业环境下的动态 Web 服务而言，存在被伪造、夸大、欺骗等改变自身参数以获得更多商业利益的行为。而信誉度则可以从一个侧面验证某个 Web 服务其他 QoS 属性的可信程度。

(4) 可用性(Q_{avail})：可用性是 Web 服务质量的一个方面，表示能够维护服务和服务质量的程度。由于 Web 服务是按次调用的，因此每单位时间（可以是日、月、年或其他任意时间间隔）的失效次数是衡量 Web 服务可用性的尺度。在另一种意义上，可用性是指服务请求者和服务提供者发送和接收的消息的有保证和有序的传送，也即 Web 服务正常运行的概率。

(5) 可访问性(Q_{relia})：可访问性表示能够为 Web 服务请求提供服务的程度。它可以表示为一种可能性尺度，用来表示在某个时间点上成功地实例化服务的成功率或机会。Web 服务可用却无法访问的情形是可能存在的，这也是其与可用性指标的区别。

表 3.1 中对以上 QoS 属性的定义和度量方式进行了汇总。其中，$Process_{time}$ 表示服务处理调用请求所需时间，$Delay_{time}$ 表示网络和系统延迟时间，I/O_{time} 表示通信和输入输出时

间;repu(WS)表示每个使用者对服务的信誉度评价,ω_i表示每个评价所占的权重;$N_{success}$表示成功调用的次数,N_{total}表示总共的调用次数;$N_{complete}$表示成功完成的次数。

表 3.1　部分 QoS 属性定义及度量方式

QoS 属性	定　义	度　量
Q_{cost}	获得服务所需支付的价格	由服务提供方直接设定
$Q_{latencyTime}$	响应时间服务使用者和服务提供者之间递送服务所花的时间,包括服务处理调用请求和来回通信所花的时间,但不包括服务执行的时间	$Q_{latencyTime}=Process_{time}+Delay_{time}+I/O_{time}$
Q_{repu}	使用者对服务的历史信誉评价	$Q_{repu}=\sum\limits_{i=1}^{n}\omega_i repu(WS)$
Q_{avail}	服务可供正常使用的概率	$Q_{avail}=N_{success}/N_{total}$
Q_{relia}	服务实例化后成功完成的几率	$Q_{relia}=N_{complete}/N_{success}$

2. 五类 QoS 属性的聚合计算方法

在基于工作流方法的 Web 服务组合中,最终关注的是流程服务整体的 QoS,也就是说,需要根据组合服务流程结构中单个节点服务的 QoS 属性值进行聚合计算,从而获得按流程组合后服务的整体 QoS 指标。

组合服务流程可以视为由基本结构通过嵌套构成的,那么如果能够找到每类基本结构 QoS 属性计算的方法,就能通过递归调用基本结构 QoS 维度计算方法,从内向外计算各基本结构的 QoS 属性,最后获得最外层基本结构 QoS 属性值,即为所要求的组合服务流程 QoS 指标。因此,首先需要定义如何通过组合服务流程基本结构所包含的服务节点 QoS 属性计算各基本结构 QoS 的方法。而每类基本结构都具有固定的流程结构,因此,能够通过分析推导出各基本结构 QoS 属性的计算公式,称为聚合公式。表 3.2 分别定义各基本结构类型下的 QoS 属性聚合公式,根据 Web 服务 QoS 模型,这里主要给出了时间性能、可靠性、可用性、代价和声誉五类基本结构 QoS 属性聚合公式。

表 3.2　不同流程中组合 QoS 的计算

QoS 属性	顺序	并　行	分支	循环
Q_{cost}	$\sum\limits_{i=1}^{n}Q_{(i)}$	$\sum\limits_{i=1}^{m}Q_{(i)}$	$\sum\limits_{i=1}^{q}p_iQ_{(i)}$	$kQ_{(i)}$
$Q_{latencyTime}$	$\sum\limits_{i=1}^{n}Q_{(i)}$	$Max\{Q_{(i)},i\in[1,m]\}$	$\sum\limits_{i=1}^{q}p_iQ_{(i)}$	$kQ_{(i)}$
Q_{repu}	$\prod\limits_{i=1}^{n}Q_{(i)}$	$\prod\limits_{i=1}^{m}Q_{(i)}$	$\sum\limits_{i=1}^{q}p_iQ_{(i)}$	$Q_{(i)}^k$
Q_{avail}	$\prod\limits_{i=1}^{n}Q_{(i)}$	$\prod\limits_{i=1}^{m}Q_{(i)}$	$\sum\limits_{i=1}^{q}p_iQ_{(i)}$	$Q_{(i)}^k$
Q_{relia}	$\prod\limits_{i=1}^{n}Q_{(i)}$	$\prod\limits_{i=1}^{m}Q_{(i)}$	$\sum\limits_{i=1}^{q}p_iQ_{(i)}$	$Q_{(i)}^k$

3.2 基于完备 QoS 信息的服务选择

在 QoS 信息完备情况下,可以对基于局部 QoS 约束的 Web 服务选择问题做如下描述:给定一组可能的备选 Web 服务,对于每个 Web 服务,都需要从若干个属性(每个属性有不同的评价准则)去对其进行综合评价。我们的目的就是要从这一组备选 Web 服务中找到一个使需求者达到最满意的服务,或者对这一组方案进行综合评价排序,且排序结果能够反映需求者的意图。这一过程可建模为一个多属性决策问题。需要注意的是,由于 Web 服务的 QoS 属性种类多样且量纲不一,通常需要采用模糊表达。各个属性的重要性也不尽相同,对于各属性的权重也可能需要采用模糊表达的方式(如"重要"、"很重要"等)。因此必须对经典多属性决策模型加以拓展,使其能够处理问题中采用模糊数或模糊语言等不确定性信息表示的属性值和属性权重。

3.2.1 问题的建模

定义 3.8 基于 QoS 的 Web 服务选择可以定义为一个多属性决策模型:

- 候选服务集 $S,S=\{s_1,s_2,\cdots,s_m\}$;
- QoS 属性集 $Q,Q=\{q_1,q_2,\cdots,q_n\}$;
- 属性权重集 $W,W=\{\omega_1,\omega_2,\cdots,\omega_n\}$,且 $\sum_{j=1}^{n}\omega_j=1,\omega_j>0$;
- 决策矩阵 $D,D=(x_{ij})_{m\times n},x_{ij}$ 表示第 i 个候选服务的第 j 个 QoS 属性的指标值。

从决策矩阵 D(也可称为"判断矩阵")出发,经过一系列数学处理,集合各个指标的权重向量,最后可以得到候选服务的排序。

3.2.2 QoS 属性判断矩阵

1. 多种模糊 QoS 属性的统一表达

混合 QoS 属性各类表达方式中,模糊表达方式本身还可进一步细分,各种细分的表达方式有所区别,且无法直接比较和处理,因此需要对采用模糊表达的 QoS 属性进行分析,找到某种具有普遍支持的中间形式进行统一表示,以为下一步处理做好准备。

在 3.1 节分析的基础上,对于 Web 服务应用中涉及的各种 QoS 属性值,可以将混合 QoS 属性大致分为以下三大类型:

(1) 确定型。即 QoS 属性值为某个精确实数。

(2) 区间型。即 QoS 属性值为某个取值区间内的任意数。

(3) 模糊型。各类模糊表达的方式的总称,可进一步细分为以下几种方式:

① 语言型。语言集 $I=<i_0,i_1,\cdots,i_m>$ 代表一组有序的语言评价值集合,$i_j(0\leq j\leq m)$ 为该语言集中的一个语言评价结果。例如,评价值"一般"为语言集(很差,较差,一般,较好,很好)的一个评价结果,则它的三角模糊表示为(0.25, 0.5, 0.75)。

② 等级型。设有序等级值集合 $L=<l_0,l_1,\cdots,l_m>,l_i(0\leq i\leq m)$ 为该等级集中的一个等级结果。例如,"3"为等级评价集合 $<1,2,3,4,5,6>$ 的一个评价值,则它的三角模糊表示为(0.5,0.5,0.5)。

③ 是否型。若 flag 为是否型的模糊评价值,则 flag 的值域为{"是","否"}。

④ 决策型。令 n 为决策模型的评价值,则 $0 \leqslant n \leqslant 1$。例如,评价指标"成本"的决策值为 0.45,则它的三角模糊数表示为 $(0.45, 0.45, 0.45)$。确定数的三角模糊表示也可以此为参考。

由于模糊 QoS 属性的表达方式存在差异,且不能直接进行数学处理,因此要首先对其进行某种转换。三角模糊数由其自身具备的特点,比较适合用来表达模糊 QoS 属性值,具体转换规则如规则集 3.1 所示:

规则集 3.1　模糊 QoS 三角模糊数转换规则

(1) 语言型,若 $i_j(0 \leqslant j \leqslant m)$ 为语言集 $I = <i_0, i_1, \cdots, i_m>$ 中的一个语言评价结果。则该评价结果的三角模糊数表示为 $((j-1)/m, j/m, (j+1)/m)$。

(2) 等级型,若 $l_i(0 \leqslant i \leqslant m)$ 为等级集 $L = <l_0, l_1, \cdots, l_m>$ 中的一个等级结果。则该评价结果的三角模糊数可表示为 $(l_i/l_m, l_i/l_m, l_i/l_m)$。

(3) 是否型,若 flag 为是否型的评价值。当 flag = "是"时,其三角模糊数可表示为 $(1, 1, 1)$;当 flag = "否"时,则其三角模糊数表示为 $(0, 0, 0)$。

(4) 决策型,若 n 为决策模型的评价值,且 $0 \leqslant n \leqslant 1$,则该决策值的三角模糊数为 (n, n, n)。

2. 混合判断矩阵的确定化

根据规则集 3.1 可以将所有模糊 QoS 统一表示为三角模糊数。接下来有两种处理方法,一种是将确定数和区间数也转化为三角模糊数,完全采用三角模糊数建立完整的模糊判断矩阵[10],这种方式的好处是能最大限度地保留 QoS 信息,但开销较大,且最后进行综合评判时仍然需要对判断矩阵进行去模糊化,所以存在这重复计算的问题。因此,本文选择另一种处理方式,即采用合适的确定化方法对区间数和三角模糊数去模糊化,得到完全由确定数组成的判断矩阵。目前存在多种确定化方法,本文选择拓展的有序加权平均(OWA)算子作为确定化的数学工具。

1) 拓展的有序加权平均(OWA)算子

定义 3.9　设 $f: R^n \to R$,若 $f(a_1, a_2, \cdots, a_n) = \sum_{j=1}^{n} \omega_j b_j$,其中 $W = (\omega_1, \omega_2, \cdots, \omega_n)^{\mathrm{T}}$ 是与 f 相关联的加权向量且 $\omega_j \in [0, 1]$,$\sum_{j=1}^{n} \omega_j = 1$,$b_j$ 是一组数据 $(a_1, a_2, \cdots, a_n)$ 中第 j 大的元素,则称函数 f 是 n 维有序加权平均(OWA)算子。

OWA 算子是由美国著名学者 Yager 提出来的一种信息融合方法,其本质是:对数据按从大到小的顺序重新进行排序,并通过数据所在的位置进行加权再进行集结,可以较好地消除一些不合理情况。并且,一些拓展的 OWA 算子可以对区间数等不确定决策信息进行融合,转换成确定实数形式的信息。

定义 3.10　设 $\bar{a} = [a^L, a^U] = \{x \mid a^L \leqslant x \leqslant a^U, a^L, a^U \in R\}$,称 $\bar{a}$ 为一个区间数,特别地,若 $a^L = a^U$,则 $\bar{a}$ 退化为一个实数。

定义 3.11　设 $\bar{a} = [a^L, a^U]$ 为区间数,且:

$$f_Q([a^L, a^U]) = \int_0^1 \frac{\mathrm{d}Q(y)}{\mathrm{d}y}(a^U - y(a^U - a^L))\mathrm{d}y$$

其中，$Q:[0,1]\rightarrow[0,1]$ 是具有下列性质的函数：① $Q(0)=0$；② $Q(1)=1$；③若 $x\geqslant y$，则 $Q(x)\geqslant Q(y)$，称 f_Q 为连续区间数据 OWA 算子，简称 COWA 算子；Q 称为基本的单位区间单调函数。设决策者的乐观程度为 $\lambda=\int_0^1 Q(y)\mathrm{d}y(0\leqslant\lambda\leqslant 1)$，则可以得到：

$$f_Q([a^L,a^U])=\lambda a^U+(1-\lambda)a^L \tag{3-1}$$

2）区间数的确定化

当 $Q(y)=y^r(r\geqslant 0)$ 时，COWA 算子可以表达为 $f_Q([a^L,a^U])=\dfrac{a^U+ra^L}{r+1}$。当 r 取不同值时，则有：

$$\begin{cases} r\rightarrow 0,f_Q([a^L,a^U])=a^U \\ r=1,f_Q([a^L,a^U])=\dfrac{a^L+a^U}{2}r\rightarrow 0 \\ r\rightarrow\infty,f_Q([a^L,a^U])=a^L \end{cases} \tag{3-2}$$

利用式（3-2）即可将区间数转换为确定数。

3）三角模糊数的确定化

下面将使用 COWA 算子实现模糊数的确定化处理。

定义 3.12　令 R 为实数的集合，$F(R)$ 表示 R 上所有模糊子集的集合，一个模糊集合 $F(R)$ 被称为一个模糊数，如果：

（1）满足至少存在一个 $x_0\in R$，使得 $\mu_{\widetilde{A}}(x_0)=1$，$\widetilde{A}$ 是规范的。

（2）满足 $\mu_{\widetilde{A}}(\lambda x+(1-\lambda)y)\geqslant\min(\mu_{\widetilde{A}}(x),\mu_{\widetilde{A}}(y))$，$\widetilde{A}$ 是凸集。

定义 3.13　令 $\tilde{a}$ 为实数集 R 上的模糊数，若 $\tilde{a}$ 的隶属度函数 $\mu_{\tilde{a}}(x):R\rightarrow[0,1]$ 表示为：

$$\mu_{\tilde{a}}(x)=\begin{cases} \dfrac{x-l}{m-l}, & l\leqslant x\leqslant m \\ \dfrac{x-u}{m-u}, & m\leqslant x\leqslant u \\ 0, & \text{其他} \end{cases}$$

则称 $\tilde{a}$ 为三角模糊数，$m-l$ 为三角函数的左跨度，$u-m$ 为三角函数的右跨度。

定义 3.14　模糊最大集合是一个模糊子集 $S_{\max}=\{(x,u_{\max})|x\in R\}$，其隶属度函数为：

$$\mu_{\max}(x)=\begin{cases} x, & 0\leqslant x\leqslant 1 \\ 0, & \text{其他} \end{cases}$$

定义 3.15　模糊最小集合是一个模糊子集 $S_{\min}=\{(x,u_{\min})|x\in R\}$，其隶属度函数为：

$$\mu_{\max}(x)=\begin{cases} 1-x, & 0\leqslant x\leqslant 1 \\ 0, & \text{其他} \end{cases}$$

设 $\mu_L(A)=\sup\limits_x[\mu_{\widetilde{A}}(x)\wedge\mu_{\min}(x)]$，$\mu_R(A)=\sup\limits_x[\mu_{\widetilde{A}}(x)\wedge\mu_{\max}(x)]$，则由模糊数 $\widetilde{A}$ 转化得到的确定数 $D(\widetilde{A})$ 为 [OLDER A.L，2005]：

$$D(\widetilde{A})=\dfrac{[\mu_R(A)+1-\mu_L(A)]}{2} \tag{3-3}$$

利用式（3-2）和式（3-3）分别对 QoS 属性中的区间数类型属性和由模糊类型转换得到的三角模糊数进行确定化处理，从而可以得到统一用确定数表示的判断矩阵。但是，这个判断矩阵还是不规范的,不能直接使用,需要进行标准化处理。严格来说,本节所讨论的各类型数之间的转换问题也属于数据标准化处理的一部分。接下来将介绍确定数判断矩阵的标准化处理方法。

3. 确定数判断矩阵标准化方法

在实际应用中,要对具有多属性的 Web 服务对象进行评价,就需要先消除不同指标间量纲的差异,将不同量纲的指标,通过适当的变换,化为无量纲的归一化指标,这个过程称为"标准化"[4]。

Web 服务 QoS 指标相比其他评价类型和对象有其自身特点,3.1 节中进行了详细分析,具体对于指标的标准化方法而言,需要注意的有以下几个方面。

(1) 指标评价取向不一。Web 服务 QoS 指标的目标价值取向可分为三类:效益型(越大越好)、成本型(越小越好)和适中型。这增加了处理的难度,可以进行简化。对于指标值"适中为宜"的情况,可以根据"适中值"将其分为两个部分:大于"适中值"的部分越小越好,小于"适中值"的部分越大越好。由此,可将 QoS 指标的价值取向简化为两大类:成本型和效益型。

(2) 多种类型指标并存。Web 服务的种类多种多样,相应地,其 QoS 指标类型也种类各异。有些是确定型指标,有具体的值。有的则相当模糊,仅给出一个可接受的区间,一个模棱两可的语言评价,或一个等级值等,此时需要将模糊值进行确定化。

(3) 待评价对象众多。实际应用中,待评价的 Web 服务,以及用来刻画 Web 服务属性的 QoS 指标数量会相当巨大。

(4) 指标数量级不一。各个 QoS 指标的数量级可能会相差很大,应用不当的标准化方法处理可能造成得到的标准化指标失真。

针对 Web 服务 QoS 指标值的特点,通过综合"级差变换法"和"向量归一化法"[5,6]的优点,得到 QoS 属性数据标准化方法,(如算法 QoSMN)。

算法 3.1: QoSMetricNormalization(QoSMN)

函数功能:对 QoS 指标数据进行标准化处理

入口参数:原始 QoS 属性指标矩阵

出口参数:标准化 QoS 属性评价矩阵

```
1  While (未处理的 QoS 指标不为空)
2  {
3      If (待处理的为成本型指标) then x'_ij = max x_ij + min x_ij − x_ij
                                      1≤i≤m        1≤i≤m
        else x'_ij = x_ij
```

$$4 \quad y_{ij} = x'_i \Big/ \sqrt{\sum_{j=1}^{m} x'^2_{ij}}, \quad (1 \leqslant i \leqslant m, 1 \leqslant j \leqslant n)$$

```
5      y'_ij = y_ij (1≤i≤m,1≤j≤n)
6  }
7  Y = (y'_ij)_{m×n} 为标准化 QoS 指标评价矩阵,结束
```

在算法 3.1QoSMN 中,首先将"越小越好"的成本型指标也转换为"越大越好"的正向指标,这样,在 QoS 指标评价矩阵中的指标值就统一为一个价值取向,都是越大越好。通过算

式"$+\min\limits_{1\leqslant i\leqslant m}x_{ij}$"将坐标轴平移,使新指标 x'_{ij} 的值和原指标 x_{ij} 的保持一样的水平,最大指标值仍为 $\max\limits_{1\leqslant i\leqslant m}x_{ij}$,最小指标值仍为 $\min\limits_{1\leqslant i\leqslant m}x_{ij}$。最后再对由 x'_{ij} 组成的 QoS 指标值矩阵进行归一化处理,对应于每个 x'_{ij} 的指标评价值 y_{ij}。最终得到的矩阵 Y 即为标准化 QoS 指标评价矩阵。

3.2.3　主客观结合赋权方法

由于 Web 服务 QoS 各个属性的重要性不尽相同,使用"权重"来表示各属性的相对重要程度。按照权重信息来源的不同,可大致分为以下三种:主观赋权方法、客观赋权方法和主客观组合赋权方法。一般而言,采用主客观组合赋权方法能有效的结合两者的长处,比采用单一赋权方法更加合适[4]。本文首先采用考虑基于理想关联度的二阶段优化方法,对给出取值范围的主观权重进行优化处理,得到综合主观权重。然后根据规范判断矩阵,采用改进的熵模型方法确定客观权重。最后利用引入权重折衷系数的方法对得到的主、客观权重进行线性加权,得到综合权重。

1. 主观权重

主观权重一般由专家和应用参与方人为确定,在实际应用中,人们往往难以给出明确的偏好信息,往往只能提供其可能的变化范围,所以很多时候主观权重信息是一个区间数(确定数可以认为是区间数的一个特例),如 Web 服务的某个属性权重为 $[0.1,0.2]$。已知权重变化范围,求权重的方法有很多,本文采用考虑理想值灰色关联度的两阶段优化方法。

定义 3.16　对于规范化判断矩阵 $A'=(y_{ij})_{m\times n}$,令

$$v_j^+ = \max\limits_{1\leqslant i\leqslant m}y_{ij}(1\leqslant j\leqslant n);\quad v_j^- = \min\limits_{1\leqslant i\leqslant m}y_{ij}(1\leqslant j\leqslant n);$$

则理想方案为

$$y^+ = (v_1^+,v_2^+,\cdots,v_n^+) \tag{3-4}$$

负理想方案为

$$y^- = (v_1^-,v_2^-,\cdots,v_n^-) \tag{3-5}$$

理想方案表示了在最理想状态下,某一个理论上的"最优"服务其各项属性都达到"最优",以这个假定的理想服务为参考,可以计算候选服务与理想服务的关联度,依据关联度可对候选服务进行排序。考虑到 Web 服务 QoS 属性具有的模糊、度量带有柔性等特点,适合采用灰色系统理论中灰色关联度[7]描述。为了叙述简洁,本节的处理假定基于前文已经进行的标准化工作基础之上,因此灰色关联分析中的参考序列(即"理想方案")和比较序列(即其他候选服务)都是确定值。灰色关联分析是灰色系统理论的重要成果之一,被广泛地应用到系统规划和系统决策中。

定义 3.17　设 $X=\{x\,|\,x=x_{ij},1\leqslant i\leqslant m,1\leqslant j\leqslant n\}$,$x_{ij}$ 表示第 i 个候选服务 s_i 的第 j 个质量属性的指标值。设

$$s_i = \{x_{i1},x_{i2},\cdots,x_{in}\},\quad 1\leqslant i\leqslant m$$

$$s_0 = \{x_{01},x_{02},\cdots,x_{0n}\},\quad x_{0j}\in\{x_{1j},x_{2j},\cdots,x_{mj}\},\quad 1\leqslant j\leqslant n$$

则称 X 是灰色关联因素指标序列集,s_0 为参考序列,s_i 为比较序列。

定义 3.18　设 $d_{0i}(j)=|x_{0j}-x_{ij}|$ 表示两确定数之间的距离,$\rho\in(0,1)$ 表示分辨率系

数，ω_j 表示指标权重，令

$$r(\alpha_{0j}, \alpha_{ij}) = \frac{\rho d_{\max}}{d_{0i}(j) + \rho d_{\max}} \qquad (3\text{-}6)$$

$$r(x_0, x_i) = \sum_{j=1}^{n} \omega_j r(x_{0j}, x_{ij}) \qquad (3\text{-}7)$$

则称 $r(\alpha_{0j}, \alpha_{ij})$ 为 Web 服务 QoS 属性指标的灰色关联系数，$r(x_0, x_i)$ 为 Web 服务 QoS 属性指标序列的灰色关联度[8]。

于是，可以使用式(3-7)求出每个候选 Web 服务与理想方案(理论上的"最优"服务)的距离，同时也可以求出候选服务与负理想方案间的距离。由定义 3.16，依据规范化判断矩阵 $A' = (y_{ij})_{m \times n}$ 和式(3-7)求出候选服务 s_i 与理想服务 y^+ 和负理想服务 y^- 间的关联系数 r_{ij}^+ 和 r_{ij}^-。

$$r_{ij}^+ = r(v_j^+, y_{ij}) = \frac{\rho d_{\max}^+}{d^+(j) + \rho d_{\max}^+} \qquad (3\text{-}8)$$

$$r_{ij}^- = r(v_j^-, y_{ij}) = \frac{\rho d_{\max}^-}{d^-(j) + \rho d_{\max}^-} \qquad (3\text{-}9)$$

进而可以得到候选服务与理想服务和负理想服务间的关联系数矩阵 $\boldsymbol{R}^+$ 和 $\boldsymbol{R}^-$：

$$\boldsymbol{R}^+ = (r_{ij}^+)_{m \times n} = \begin{array}{c} s_1 \\ s_2 \\ \vdots \\ s_m \end{array} \begin{bmatrix} r_{11}^+ & r_{12}^+ & \cdots & r_{1n}^+ \\ r_{21}^+ & r_{22}^+ & \cdots & r_{2n}^+ \\ \vdots & \vdots & & \vdots \\ r_{m1}^+ & r_{m2}^+ & \cdots & r_{mn}^+ \end{bmatrix} \qquad (3\text{-}10)$$

$$\boldsymbol{R}^- = (r_{ij}^-)_{m \times n} = \begin{array}{c} s_1 \\ s_2 \\ \vdots \\ s_m \end{array} \begin{bmatrix} r_{11}^- & r_{12}^- & \cdots & r_{1n}^- \\ r_{21}^- & r_{22}^- & \cdots & r_{2n}^- \\ \vdots & \vdots & & \vdots \\ r_{m1}^- & r_{m2}^- & \cdots & r_{mn}^- \end{bmatrix} \qquad (3\text{-}11)$$

当 Web 服务 QoS 属性的主观权重部分已知(即给出一个取值范围)，可以采用两阶段优化方法确定最后的主观权重。

首先从局部考虑，求解各候选服务 $s_i (1 \leqslant i \leqslant m)$ 的理想关联度取最优时，其所对应的理想服务 QoS 属性权重。候选服务 $s_i (1 \leqslant i \leqslant m)$ 相对于理想服务的关联度为 $r_i = \sum_{j=1}^{n} \omega_j r_{ij}^+$，显然，$r_i$ 越大，则 s_i 越接近理想服务，即该服务越优，因此，可针对 s_i 建立如下的线性规划模型：

$$\begin{cases} \max r_i = \sum_{j=1}^{n} \omega_j r_{ij}^+ \\ \text{s. t.} \sum_{j=1}^{n} \omega_j = 1 \\ 0 \leqslant \omega_j^L \leqslant \omega_j \leqslant \omega_j^U, j \in \{1, 2, \cdots, n\} \end{cases} \qquad (3\text{-}12)$$

求解线性规划模型(3-12)可得到候选服务 s_i 对应的理想服务 QoS 属性权重向量 $\boldsymbol{W}^{(i)} = (\omega_1^{(i)}, \omega_2^{(i)}, \cdots, \omega_n^{(i)}), i \in \{1, 2, \cdots, m\}$。

然后,从全局角度考虑,各候选服务间采用公平竞争的方式,因此其权重也必须是一致的。基于此,在局部最优的理想权重基础上,需要找到最佳的调和权重。通过使各候选服务的关联度与其理想关联度离差和最小,可建立下列二次规划模型:

$$\begin{cases} \text{MOD} \ \min \ \sum_{i=1}^{m} \sum_{j=1}^{n} \left[(\omega_j - \omega_j^i) r_{ij}^+ \right]^2 = \sum_{i=1}^{m} \sum_{j=1}^{n} (\omega_j - \omega_j^i)^2 (r_{ij}^+)^2 \\ \text{s. t.} \ \sum_{j=1}^{n} \omega_j = 1 \\ 0 \leqslant \omega_j^L \leqslant \omega_j \leqslant \omega_j^U, j \in \{1, 2, \cdots, n\} \end{cases} \tag{3-13}$$

求解式(3-13),得到其解向量为

$$W^{\mathrm{T}} = A_{nn}^{-1} \left[B_{n1} + \frac{1 - E_{n1}^{\mathrm{T}} A_{nn}^{-1} B_{n1}}{E_{n1}^{\mathrm{T}} A_{nn}^{-1} E_{n1}} E_{n1} \right] \tag{3-14}$$

由此,式(3-14)中的向量 W^{T} 即为经过两阶段优化方法得到的主观权重向量。

2. 客观权重

定义 3.19　设系统可能处于 n 种状态,每种状态出现的概率为 $p_i (i=1,2,\cdots,n)$,则系统的熵为

$$E = -\sum_{i=1}^{n} p_i \ln p_i$$

其中,$0 \leqslant p_i \leqslant 1, \sum_{i=1}^{n} p_i = 1$。

熵的概念是作为信息论中测度一个系统不确定性的量。信息量越大,不确定性就越小,熵也越小。反之,信息量越小,不确定性越大,熵也越大[9]。

由定义 3.19,在由 Web 服务 QoS 属性值构成,经过标准化处理后得到的规范化判断矩阵 $A' = (y_{ij})_{m \times n}$ 中,第 j 个 QoS 属性值对 m 个候选服务的相对重要性的不确定程度,可由下列条件熵度量

$$E_j = -\sum_{i=1}^{m} p_{ij} \ln p_{ij}, \quad p_{ij} = \frac{y_{ij}}{\sum_{i=1}^{m} y_{ij}}, \quad 1 \leqslant j \leqslant n \tag{3-15}$$

由熵的极值可知,当各个 p_{ij} 越趋于相等时,条件熵就越大,从而 QoS 属性值对候选服务的不确定性也就越大。当条件熵达到最大,则有 $E_{\max} = \ln m$。用 $E_{\max}$ 对式(3-15)进行归一化处理,得到表征第 j 个评价指标相对重要性确定程度的熵值

$$e_j = -\frac{1}{\ln m} \sum_{i=1}^{m} p_{ij} \ln p_{ij}, \quad 1 \leqslant j \leqslant n$$

对所有的候选服务而言,某个属性对应不对服务的值差异越大,其对候选服务综合评价的影响也越大,熵值越小。反之,差异越小,对综合评价的影响也越小,熵值也越大。因此,可以使用差异系数的概念来表征,设 g_j 为第 j 个属性的差异系数

$$g_j = 1 - e_j, \quad 1 \leqslant j \leqslant n$$

于是可以得到对于第 j 个 QoS 属性的权重为

$$\omega_j = \frac{g_j}{\sum_{j=1}^{n} g_j}, \quad 1 \leqslant j \leqslant n \tag{3-16}$$

从熵值赋权方法的定义来看,其分配权重的基本原则是:如果各个候选服务在第 j 个 QoS 属性下的评价值越趋向于一致,那么第 j 个属性的权重则越小。

通过对标准熵值赋权方法的差异系数和权重弹性做出改进,得出本文采用的优化熵值赋权方法。

定义 3. 20　对于规范化判断矩阵 $A' = (y_{ij})_{m \times n}$,设 $E_j = -\left(\sum_{i=1}^{m} y_{ij} \ln y_{ij}\right) / \ln m$,则第 j 个 QoS 属性的熵为

$$e_j = \rho - E_j \tag{3-17}$$

其中,ρ 为参数,且 $\rho \geqslant \max\{E_1, E_2, \cdots, E_m\}$。

考虑文献[12]中提出的客观权重模型和式(3-17)中对 QoS 属性熵的定义,可得到求解客观权重的优化熵模型。

若记 $\boldsymbol{A}_{nn} = \mathrm{diag}[(\rho - E_1), (\rho - E_2), \cdots, (\rho - E_n)]_{n \times n}$,$\boldsymbol{W} = (\omega_1, \omega_2, \cdots, \omega_n)$ 为权重向量,$\boldsymbol{E} = (e_1, e_2, \cdots, e_n)$,则有优化模型

$$\begin{cases} \min z = \boldsymbol{W}^{\mathrm{T}} A_{nn} \boldsymbol{W} \\ \mathrm{s.\,t.\ } \boldsymbol{E}^{\mathrm{T}} \boldsymbol{W} = 1 \\ \omega_j \geqslant 0, \quad j \in \{1, 2, \cdots, n\} \end{cases} \tag{3-18}$$

设 $L = \boldsymbol{W}^{\mathrm{T}} A_{nn} \boldsymbol{W} - \lambda(\boldsymbol{E}^{\mathrm{T}} \boldsymbol{W} - 1)$,分别对 L 求 ω_j 和 λ 的导数,得到方程组

$$\begin{cases} 2A_{nn} \boldsymbol{W} - \lambda = 0 \\ \boldsymbol{E}^{\mathrm{T}} \boldsymbol{W} - 1 = 0 \end{cases}$$

解之,得

$$W = \frac{A_{nn}^{-1} \boldsymbol{E}}{\boldsymbol{E}^{\mathrm{T}} A_{nn}^{-1} \boldsymbol{E}} \tag{3-19}$$

式(3-19)即为求得的客观权重向量。

3. 主客观组合赋权方法

主客观组合赋权法的两种常用公式是:$\omega_j^* = \omega_j' \omega_j'' / \sum_{j=1}^{n} \omega_j' \omega_j''$ 和 $\omega_j^* = \alpha \omega_j' + (1 - \alpha) \omega_j''$,$(0 \leqslant \alpha \leqslant 1)$,其中 ω_j^* 为第 j 个属性的组合权值,ω_j' 为第 j 个属性的主观权值,ω_j'' 为第 j 个属性的客观权值[13]。

前者的组合实质上是乘法合成的归一化处理,该方法使用于指标个数较多、权数分配比较均匀的情况。后者实质上是线性加权,称为线性加权组合赋权方法。当决策者对不同赋权方法存在偏好时,α 能够根据决策者的偏好信息来确定,当决策者对不同赋权方法没有明显的偏好时,需要用其他的方法来确定不同赋权方法的相对重要程度。

考虑到基于 Web 服务 QoS 属性服务选择的应用环境,本文采用线性加权法获得综合权重。设候选服务的主观权重为 $W' = (\omega_1', \cdots, \omega_j', \cdots, \omega_n')$,$0 \leqslant \omega_j' \leqslant 1$ 且 $\sum_{j=1}^{n} \omega_j' = 1$,客观权

重为 $W'' = (\omega''_1, \cdots, \omega''_j, \cdots, \omega''_n), 0 \leqslant \omega''_j \leqslant 1$ 且 $\sum\limits_{j=1}^{n} \omega''_j = 1$。则属性的综合权重为

$$W^* = (\omega^*_1, \cdots, \omega^*_j, \cdots, \omega^*_n), \quad 0 \leqslant \omega^*_j \leqslant 1 \quad 且 \quad \sum_{j=1}^{n} \omega^*_j = 1 \tag{3-20}$$

其中，$\omega^*_j = \alpha\omega'_j + (1-\alpha)\omega''_j, (0 \leqslant \alpha \leqslant 1)$，$\alpha$ 是权重折中系数，α 越大，表示主观权重对综合权重的影响越大，客观权重对综合权重的影响越小。由于权重变化直接影响到候选服务的排序，所以如果服务排序结果对权重变化的敏感度很高，则排序结果的稳定性很难保证，需求者也很难根据排序结果作出选择。因此，合理的综合权重应该使得方案排序对于综合权重变化的敏感度降低[11]。

3.2.4　综合服务选择算法

在综合前文研究的基础上，本节将首先介绍服务排序方法，然后提出基于混合 QoS 属性 Web 服务选择算法。

1. 服务排序方法

在确定 Web 服务 QoS 各属性的权重之后，需要进一步的确定候选服务的优选顺序。目前采用较多的是将各属性值加权求和，得到一个综合评价值，再根据综合评价值的高低排序。这种方法简单易行，但其没有全面考虑各个 QoS 属性间的关系，服务需求者对于服务的需求多数情况下并不是单一的，通常对几个 QoS 属性都有所要求，因此可能存在这种情况：综合评价值最高的服务其某项 QoS 属性特别优秀，但其他几项关键属性和综合评价值次高的服务相比都有差距，此时选择评价值次高的服务更符合客户要求。因此，基于各属性值加权和的服务排序局限性较大。

本文考虑集合模糊数学和灰色理论的相关知识，采用灰色关联度衡量各个候选服务与理想服务和负理想服务间的关联程度，再利用隶属度函数确定候选服务相对于理想最优服务的隶属度，最后根据隶属度函数进行服务排序。这种方法综合考虑了用户对各 QoS 属性的需求，能够更为准确的刻画服务的相对优劣程度。

由式（3-7）可计算得到各候选服务与理想服务和负理想服务的关联度。最优的候选服务应该是与理想服务关联度最大而与负理想服务关联度最小的服务。但很多时候，与理想服务关联度最大的服务和与负理想服务关联度最小的服务并不唯一。因此，可以参考模糊集理论中关于隶属度的概念，构造候选服务与理想服务间的隶属函数。

设候选服务 s_i 相对于与理想服务的隶属函数为 u_i，则由模糊集理论中余集的定义，s_i 相对于负理想服务的相对隶属度为 $1-u_i$。于是可以建立优化目标函数求隶属度函数：

$$\min F(\boldsymbol{u}) = \sum_{i=1}^{m} [(1-u_i)r^+_i]^2 + \sum_{i=1}^{m} (u_i r^-_i)^2$$

其中 $\boldsymbol{u}$ 为优化模型的解向量 $\boldsymbol{u} = (u_1, u_2, \cdots, u_m)$。

由 $\dfrac{\partial F}{\partial u_i} = 0$ 得：$(1-u_i)(r^+_i)^2 - u_i(r^-_i)^2 = 0$，解之得

$$u_i = \frac{(r_i^+)^2}{(r_i^+)^2 + (r_i^-)^2} \qquad (3\text{-}21)$$

u_i 即为服务 s_i 相对于与理想服务的隶属度函数。

将候选服务按照隶属度 u_i 的值从大到小排列即得到服务的排序结果。

2. 综合服务选择算法

基于前述章节的研究,下面给出支持混合 QoS 属性表达,采用主客观结合权重的 Web 服务选择算法 WSSHQoSM。

算法 3.2:WebServiceSlectionFromHybridQoSMetric(WSSHQoSM)

函数功能:实现基于混合 QoS 属性指标的 Web 服务选择

入口参数:原始 QoS 属性指标矩阵

出口参数:按照综合最优顺序排列的 Web 服务队列

```
1    While (存在未处理的模糊 QoS 属性)
2    {
3          利用规则集 3.1 将模糊 QoS 属性转化为三角模糊数
4    }
5    建立包括确定数、区间数和三角模糊数的初始混合判断矩阵
6    While (未处理的区间数和三角模糊数不为空)
7    {
8          If (QoS 属性为区间数) then 调用式 (3-2)进行确定化
9          else if (QoS 属性为三角模糊数) then 调用式 (3-3)进行确定化
10   }
11   调用算法 QoSMN 进行标准化处理,得到规范化判断矩阵
12   While (存在未确定主客观权重的 QoS 属性)
13   {
14         调用式 (3-14)确定 QoS 属性的主观权重
15         调用式 (3-19)确定 QoS 属性的客观权重
16   }
17   调用式 (3-20)确定主客观结合的综合权重
18   调用式 (3-4)和式 (3-5)确定理想服务和负理想服务
19   调用式 (3-6)和式 (3-7)计算候选服务关于理想服务和负理想服务的灰色关联度
20   调用式 (3-21)计算候选服务相对于理想服务的隶属度,按照隶属度由大到小排序,结束
```

令候选服务个数为 M,QoS 属性的个数为 N。由于 WSSHQoSM 为组合算法,各步骤之间不存在复杂结构,我们可以分别分析各个子步骤的时间复杂度。不考虑常数参数,步骤 $1\sim11$ 中各项处理的时间复杂度均为 $O(M\times N)$,且各项处理顺序执行。步骤 $12\sim17$ 的平均时间复杂度为 $O(M\times N\times(\lg M+\lg N))$。步骤 $18\sim20$ 的时间复杂度为 $O(M)$。

3.2.5　实例与实验分析

1. 应用实例分析

例 3.1　某机场因业务需要进行服务招标,分别有四家服务提供商提供 4 个服务 s_1、s_2、s_3 和 s_4 作为候选,每个服务具有 6 个服务质量属性作为选择的参考条件,分别为:响应时间

（单位：s）、定位精度（单位：ms）、价格（单位：千元）、负载能力（单位：kg）、可靠性和可维修性，具体数据如表 3.3 所示。

表 3.3 4 个候选服务的服务质量属性值

	Q_1	Q_2	Q_3	Q_4	Q_5	Q_6
S_1	2.0	2.5	[55,56]	[94,114]	一般	很高
S_2	2.5	2.7	[30,40]	[84,104]	低	一般
S_3	1.8	2.4	[50,60]	[100,120]	高	高
S_4	2.2	2.6	[35,45]	[90,110]	一般	一般
属性权重	[0.1,0.2]	[0.1,0.2]	[0.1,0.2]	[0.1,0.2]	[0.1,0.2]	[0.1,0.2]

接下来，将按照 WSSHQoSM 求出候选服务的排序作为招标参考。首先用三角模糊数表示使用语言模糊表达的 QoS 属性信息，建立初始判断矩阵 $\tilde{A}$：

$$\tilde{A}_{4\times6} = \begin{bmatrix} 2.0 & 2.5 & [55,56] & [94,114] & (0.4,0.5,0.6) & (0.8,0.9,1) \\ 2.5 & 2.7 & [30,40] & [84,104] & (0.2,0.3,0.4) & (0.4,0.5,0.6) \\ 1.8 & 2.4 & [50,60] & [100,120] & (0.6,0.7,0.8) & (0.6,0.7,0.8) \\ 2.2 & 2.6 & [35,45] & [90,110] & (0.4,0.5,0.6) & (0.4,0.5,0.6) \end{bmatrix}$$

利用式（3-2）和式（3-3）计算得到确定数判断矩阵，然后利用算法 3.1 进行标准化处理，得到规范化判断矩阵 Y：

$$Y_{4\times6} = \begin{bmatrix} 0.2643 & 0.2450 & 0.2939 & 0.2548 & 0.2425 & 0.3299 \\ 0.2168 & 0.2647 & 0.1854 & 0.2302 & 0.1552 & 0.1918 \\ 0.2873 & 0.2353 & 0.2913 & 0.2694 & 0.3298 & 0.2609 \\ 0.2413 & 0.2549 & 0.2119 & 0.2449 & 0.2425 & 0.1918 \end{bmatrix}$$

则可以由式（3-4）和式（3-5）得到理想服务 s^+ 和负理想服务 s^-：

$$s^+ = (0.2873, 0.2647, 0.2939, 0.2694, 0.3298, 0.3299)$$
$$s^- = (0.2168, 0.2353, 0.1854, 0.2302, 0.1552, 0.1918)$$

由式（3-10）和式（3-11）计算候选服务与理想服务和负理想服务的关联系数矩阵。

理想关联系数矩阵：

$$R^+ = \begin{bmatrix} 0.7951 & 0.8652 & 1.0000 & 0.8446 & 0.5314 & 1.0000 \\ 0.5324 & 1.0000 & 0.3846 & 0.6132 & 0.2354 & 0.3102 \\ 1.0000 & 0.7864 & 0.8921 & 1.0000 & 1.0000 & 0.6847 \\ 0.6612 & 0.9325 & 0.5428 & 0.7648 & 0.5314 & 0.3102 \end{bmatrix}$$

负理想关联系数矩阵：

$$R^- = \begin{bmatrix} 0.7526 & 0.9267 & 0.5983 & 0.7869 & 0.7165 & 0.4392 \\ 1.0000 & 0.7896 & 1.0000 & 1.0000 & 1.0000 & 1.0000 \\ 0.5982 & 1.0000 & 0.6102 & 0.6381 & 0.3869 & 0.5609 \\ 0.8236 & 0.8659 & 0.8645 & 0.8927 & 0.7165 & 1.0000 \end{bmatrix}$$

根据优化模型（3-12）求得各候选服务的理想主观权重：

$$W^1 = (0.1, 0.2, 0.2, 0.2, 0.1, 0.2) \quad W^2 = (0.2, 0.2, 0.1, 0.2, 0.1, 0.2)$$
$$W^3 = (0.1, 0.2, 0.2, 0.2, 0.2, 0.1) \quad W^4 = (0.2, 0.2, 0.1, 0.2, 0.2, 0.1)$$

根据优化模型(3-13)和式(3-14)求得对于各候选服务最佳的主观调和权重。

$$W' = (0.1868, 0.1912, 0.1194, 0.1325, 0.1820, 0.1881)$$

根据式(3-19)，并令式(3-17)中的参数 $\rho = 1$，可求得各候选服务的优化客观权重。

$$W'' = (0.149, 0.1131, 0.1559, 0.1203, 0.2291, 0.2326)$$

由式(3-20)，令权重折衷系数 $\alpha = 0.4$，则可求得各候选服务的综合权重。

$$W^* = (0.1641, 0.1443, 0.1413, 0.1252, 0.2103, 0.2148)$$

从而可由式(3-6)和式(3-7)求得各候选服务关于理想服务和负理想服务的灰色关联度。

$$r_1^+ = 0.7661, \quad r_2^+ = 0.6912, \quad r_3^+ = 0.8247, \quad r_4^+ = 0.6433$$

$$r_1^- = 0.6924, \quad r_2^- = 0.8492, \quad r_3^- = 0.6832, \quad r_4^- = 0.7646$$

根据式(3-21)计算得到各候选服务关于理想服务的隶属度。

$$u_1 = 0.5504, \quad u_2 = 0.3985, \quad u_3 = 0.5930, \quad u_4 = 0.4145$$

因此可得到候选服务的排序：$s_3 > s_1 > s_4 > s_2$

2. 实验比较分析

1) 和采用相似技术路线方法的比较

通过前文的论述和应用实例的分析，说明 WSSHQoSM 是可行的。在本文研究工作开展的后期，文献[14]提出了一种基于模糊多属性决策理论的 Web 服务组合优化选择方法 FuMuCom，其基本思路和 WSSHQoSM 类似，包含模糊数据的确定化、决策矩阵的标准化以及 QoS 综合评估三个阶段。但其在每个阶段采用了不同于本文的处理方法：其采用重心法进行模糊数据确定化，利用欧式模进行矩阵标准化，采用理想点法进行组合方案 QoS 评估排序。

和算法 3.2 比较，FuMuCom 采用重心法确定化模糊数据的时间复杂度略高，规格化两者时间复杂度基本相当。但 FuMuCom 没有考虑确定权重的问题，直接给定了权重值，因此 WSSHQoSM 的权重获得更为合理，但由此带来的代价则是权重获得部分的时间复杂度增加。

2) 实验对比分析

为了进一步验证算法 WSSHQoSM 的可行性和性能，本节参照文献[14]的实验方法和设定，进行同等条件下的对比实验。由于 FuMuCom 方法是对组合方案进行排序，而 WSSHQoSM 是对候选服务排序，两者无法直接对比。因此本节以算法 WSSHQoSM 为基础，将相应步骤替换为 FuMuCom 中采用的重心法、欧式模法和基于理想点的服务排序法，权重按给定主观权重确定，由此得到对比算法 A。对算法 WSSHQoSM、算法 A 所选择服务的综合最优性进行对比实验。

文献[14]中给出了含有 15 个服务计划 QoS 信息的原始数据集，可以将其视为 15 个 Web 服务。为了验证时间性能，首先在其基础上进行扩充，得到实验数据集。原始数据集包含价格、可靠性、响应时间、可用性和信誉度五项指标。其中价格、可用性、信誉度为确定数，指标取值范围分别为：[95,150]、[0.87,0.99]和[0.40,0.99]；响应时间为上下界分别为 369 和 180 内的区间数；可靠性为采用三角模糊数表示的语言等级评分。为了保证扩充数据集的辨识度，对于价格和信誉度，分别在[70,200]、[0.75,0.99]范围内随机产生 QoS

数据；响应时间在上下界为 420 和 110 范围内随机生成区间数 QoS 数据；信誉度和可靠性在原取值范围内产生随机数据。给定服务 QoS 属性主观权重为 $\omega=(0.15,0.25,0.3,0.15,0.15)$。实验平台所配置的 PC 硬件指标为 AMD Athlon(tm) 64 x2 5000＋2.61GHz 处理器、2GB 内存、300GB SCSI 硬盘。

为了对比两种算法所做的服务排序结果的综合最优性，引入文献[14]中采用的评价指标 $\mathrm{dif}(ws_i, ws_j)$：

$$\mathrm{dif}(ws_i, ws_j) = \mathrm{fin}(ws_i, \tilde{s}^+, \tilde{s}^-) - \mathrm{fin}(ws_j, \tilde{s}^+, \tilde{s}^-)$$

其中 $\tilde{s}^+$ 和 $\tilde{s}^-$ 分别表示正理想点和负理想点，$\mathrm{fin}()$ 采用欧式距离计算得到的优良度函数。指标 $\mathrm{dif}(ws_i, ws_j)$ 的正值表示服务 ws_i 综合优于 ws_j 的程度，负值则意义相反。

实验方案如下：为了保证数据一致性，首先随机生成 150 个模拟 Web 服务的 QoS 数据集，依次抽取其中的 15、30、50、100 和 150 个服务，分别按照 WSSHQoSM 和对比算法 A 进行排序，得到相应的有序服务队列。然后依次取排在前 n 个的服务依据评价指标 $\mathrm{dif}(ws_i, ws_j)$ 进行比较，n 值分别取 5、5、10、10、15。这样，可以观察两种算法在不同服务集规模下得到的服务排序结果的优劣程度，实验结果如表 3.4 所示。

表 3.4　有序服务队列比较数据表

候选服务数	排列比较服务数	综合最优指标值（按有序服务队列罗列：%）
15	5	0,0,0,2.1,0
30	5	0, 0,3.3,0,7.6
50	10	5.3,0,0,0,16.3,−6.3,18.5,−3.5,8.9,11.8
100	10	0,0,14.7,5.9,0,−8.4,−13.4,3.4,7.1,−11.6
150	15	3.2,8.4,13.2,0,−4.6,0,0,11.2,0,9.3,0,−13.5,−8.3,6.7,0

表 3.4 中第一列数据表示从 150 个 Web 服务样本中随机抽取的 15～150 个数据，分别由两种算法排序，得到两个有序服务队列。然后按照表中第二列所示的数量，分别对两个有序服务队列的前 1～15 个服务进行一一对比，得到的比较指标 $\mathrm{dif}(ws_i, ws_j)$ 值如表中第三列所示。正值表示 WSSHQoSM 选择的服务优于由对比算法 A 选择的对应排列位置的服务，负值意义相反，零则表示两种算法选择的服务相同。从实验结果看，在候选服务较少时，两者选择的结果基本相当，当候选服务数逐渐增加，服务差异度缩小，选择难度加大时，算法 WSSHQoSM 选择服务的综合最优性整体优于对比算法 A 的选择。

因此，总体来看，算法 WSSHQoSM 的时间复杂度较对比算法略高，但由于其在权重确定和综合排序上采用了不同于对比算法的方法，因此在服务选择的综合最优性指标上略优。

3.3　基于不完备 QoS 信息的服务选择

根据 3.2 节权重信息部分知识，Web 服务 QoS 数据信息完备的情况下，如何基于混合 QoS 属性数据进行服务排序和选择的问题。但在实际应用中，由于网络环境的复杂性以及 Web 服务的数量众多，Web 服务 QoS 数据信息在采集、预处理、储存和传输过程中受到各种不确定因素的影响，很可能发生丢失、错误等意外情况。很多普通用户在提出服务需求时，由于专业知识的局限，也并不能按照要求准确的表达他们的偏好（即主观权重信息）。因此,有必要探讨在权重信息完全未知,Web 服务数量众多,QoS 信息获取不能保证完全以及缺乏其他先验信息支持等情况下,如何有效进行 Web 服务排序和选择[2]。

在信息不完备的情况下,采用何种数学模型对基于不完备 QoS 信息的 Web 服务选择问题进行描述、刻画,目前的研究还不深入[15]。本节将主要介绍如何利用粗糙集理论,在没有先验知识支持且数据信息不完备的情况下,进行 QoS 驱动的 Web 服务选择。

3.3.1　问题的建模

3.2.1 节已经介绍了经典多属性决策模型,并在其基础上建立基于 QoS 的 Web 服务选择模型。本节将同样从经典多属性决策模型出发,建立基于粗集 QoS 驱动的 Web 服务选择模型。

定义 3.21　设 $S=(U,A,V,f)$ 是一个信息系统;其中,U 为对象的非空有限集合,称为论域;A 为属性的非空有限集合;$V=\bigcup_{a\in A}V_a$,V_a 是属性 a 的值域;$f:U\times A\rightarrow V$ 为信息函数,它为每个对象的每个属性赋一信息值,即 $\forall a\in A,x\in U,f(x,a)\in V_a$,设 $A=C\cup D,C\cap D=\varnothing$,$C$ 为条件属性集,D 为决策属性集。

将具有条件属性和决策属性的信息系统称为决策表或决策系统。一个信息系统对应一个关系数据表;反过来一个关系数据表也对应着一个信息系统,因此信息系统是数据表的抽象描述。

定义 3.22　令 $S=(U,C\cup D,V,f)$ 为多属性决策系统或决策表,C 为条件属性集,D 为决策属性集,$D=\{d_1,d_2,\cdots,d_k\}$,其他含义同定义 3.21。

由定义可以看到,决策表实际上是含有条件属性和决策属性的数据表的抽象描述。由此,已经将 3.2.1 节中介绍的经典多属性决策矩阵模型演变成了基于信息系统的决策表模型。

一个决策表中的决策属性如果是唯一的,称为单一决策;如果不是唯一的,称为多决策。对于多决策可以通过算法转变成单一决策,因此本书将只着重于单一决策算法的研究。

定义 3.23　设有 Web 服务选择决策模型 WSSDM=$(WS,C\cup D,V,f)$,U 为候选服务集,即 $U=\{WS_1,WS_2,\cdots,WS_n\}$,$C\cup D$ 为候选服务的 QoS 属性集合,$C=\{q_1,q_2,\cdots,q_m\}$ 为条件属性,$D=\{d\}$ 为含单一决策属性的集合,V 为服务 QoS 属性的值域集合,$f:U\times(C\cup D)\rightarrow V$ 为信息函数。

对于条件属性和决策属性的区分,可以借鉴文献[33]中的方法,将最重要的 QoS 属性设定为决策属性,其他属性设定为条件属性。决策属性的设定可以由用户自行决定,也可以由系统根据历史统计设定,或者由专家根据不同服务类型依据专业知识选定。基于 WSSDM 的判断矩阵的建立可以参考定义 3.22 中可辨识矩阵的建立方法。

对问题的建模是将粗集理论引入 Web 服务选择的第一步,要实现基于粗集 QoS 驱动的 Web 服务选择算法,还有如下一些关键问题需要考虑。

- 信息补全。
- 数据离散化。粗集理论与方法是基于离散量集合的,而 Web 服务的 QoS 数据多数都是非离散量,因此需要对 QoS 数据进行离散化。

- 属性约简。在 QoS 属性较多,数据量较大时,运用粗集理论中的属性约简方法可以有效地减小运算规模,但需要确保对服务选择影响较大属性不被约简。
- 服务排序方法。经典的粗集理论,经过属性约简等处理之后,最后可以得出一套规则集,但其无法直接用于 QoS 驱动的 Web 服务选择,需要研究合适的转换方法。

本节接下来的部分将重点探讨以上问题,在其基础上提出综合服务选择方法,并结合应用实例进行说明。

3.3.2　不完备 QoS 数据的补全

QoS 数据缺失的现象是多种原因造成的。现实情况下,有些数据受客观条件限制无法观测到,或在数据录入过程受人为因素影响导致数据缺失,或由于存储介质的故障、传输媒体的故障等导致数据缺失,或数据被隐藏等[16]。

结合 Web 服务具体应用环境的特点和以上分析结果,本文考虑采用基于量化容差关系矩阵的 ROUSTIDA 算法实现 QoS 数据的补全。该算法基于粗集理论中的不可区分关系,在信息表中选取一个与含有缺失值的对象最相似的对象,用这个最相似对象的值来对缺失值进行填充。该方法充分利用了同类对象间的共性来进行空值估计,概念上很简单,符合客观规律,是一种填充效果较好的数据补齐方法[20]。

1. ROUSTIDA 算法

一类相关的事物往往存在着某些共性,一个 Web 服务 QoS 属性值中的数据也基本反映了它所涉及的领域的基本特征或共性。因此,不完备 QoS 数据信息中的缺失数据值的填补,应该尽可能反映此信息系统所反映的基本特征以及隐含的内在规律或共性,使得完整化后的信息系统产生的分类规则具有尽可能高的支持度,产生的决策规则尽量集中。因此在进行缺失值填补时,应使得含有缺失值的对象和信息系统中与其最相似的对象的属性值尽可能保持一致。

数据补齐算法 ROUSTIDA 正是基于上述指导思想的,它以容差关系粗集模型中的扩充区分矩阵为基础,利用对象间的不可区分关系选取相似对象对空值进行填充。

在 Kryszkiewicz M 提出的容差关系[19]中,最主要的一个概念是赋予信息表中没有值的元素一个 null 值,null 值代表该元素可能取任何值。容差关系是为了在遗漏语义下处理不完备信息系统而定义的一种二元关系。

定义 3.24　称 $S=(U,A,V,f)$ 是一个信息系统,若 S 存在遗漏的属性值,记遗漏值为 null,其他定义同定义 3.21,则称 S 为不完备信息系统。设论域 $U=\{x_i \mid i=1,2,\cdots,n\}$,属性集 $A=\{a_j \mid j=1,2,\cdots,m\}$,$x_i \in U$,则对象 x_i 的缺失属性集 LA_i 和不完备信息系统 S 的缺失对象集 LU 分别定义如下:

$$LA_i = \{a_j \mid a_j(x_i) = null, j=1,2,\cdots,m\}$$
$$LU = \{x_i \mid LA_i \neq \varnothing, i=1,2,\cdots,n\}$$

定义 3.25　设 $S=(U,A,V,f)$ 是一个不完备信息系统,$B \subseteq C$,D 为决策属性集,其他定义同定义 3.24,则记 T 为容差关系,TS 为同决策容差关系:

$$T(x,y) = \{(x,y) \in U \times U \mid \forall c \in B,$$
$$f(x,c) = f(y,c) \vee f(x,c) = null \vee f(y,c) = null\}$$

$$TS(x,y) = \{(x,y) \in U \times U \mid x \neq y \wedge \forall d_i(d_i \in D \Rightarrow d_i(x) = d_i(y))\}$$

基本 ROUSTIDA 算法存在三方面的局限性：

(1) 由于容差关系对对象间的相似度描述过于粗略，导致当一个待填充的对象存在多个相似对象，能够给予填充的属性值不唯一时，算法因无法选择而放弃填充，影响了填充效果；

(2) 算法只考虑了对象间的相似关系，没有将对象间的互补能力纳入考虑范围，导致所选择出的一些相似对象实际上是不能对空值进行填充的，带来了冗余；

(3) 作为算法基础的扩充区分矩阵是建立在整个信息系统基础之上的，这对于较大的数据集空间来说，矩阵规模庞大而复杂[21]。

参考文献[22-24]，[17,31]等对 ROUSTIDA 算法的改进，可以利用改进的量化容差关系模型使对象间相似度得到量化，描述更加精确，有利于填充时最相似对象的选取同时，采用基于决策属性的复杂度降解策略，在不同决策概念下建立各子决策表的关系矩阵分别求解，以降低算法复杂性。

2. 基于改进量化容差关系的 ROUSTIDA 算法

量化容差关系定量地描述了数据对象间的相似程度，更适合于作为寻找最相似对象的基础。

定义 3.26 设 $S = (U, A, V, f)$ 是一个不完备信息系统，论域 $U = \{x_i \mid i = 1, 2, \cdots, n\}$，属性集 $A = \{a_j \mid j = 1, 2, \cdots, m\}$，$V_j = \{v_j^1, v_j^2, \cdots, v_j^q\}$ 为属性 a_j 的值域，$|v_j^r|(1 \leqslant r \leqslant q)$ 表示对于属性 a_j 具有某个相同值 v_j^r 的对象个数，给定两个对象 x_i 和 x_k 和属性 a_j，则有如下定义：

(1) 若属性值 $a_j(x_i) = a_j(x_k)$ 都是确定值，则两个对象的近似程度为 1，记为 $R_j^0(x_i, x_k) = 1$；若 $a_j(x_i) \neq a_j(x_k)$，则 x_i 在属性 a_j 上近似于 x_k 的程度为 0，记为 $R_j^0(x_i, x_k) = 0$。称 $R_j^0(x_i, x_k)$ 为 0 型单属性近似度。

(2) 若 $a_j(x_i) = v_j^r$，且 $a_j(x_k) = \text{null}$，则 x_i 在属性 a_j 上近似于 x_k 的程度为 $R_j^1(x_i, x_k) = |v_j^r| / |V_j|$，称 $R_j^1(x_i, x_k)$ 为属性 a_j 下 x_i 对 x_k 的 Ⅰ 型单属性近似度。

(3) 若 $a_j(x_i) = a_j(x_k) = \text{null}$，则对于空值对象 x_i 在属性 a_j 上与 x_k 取值相同的概率为 $R_j^2(x_i, x_k) = \sum_{r=1}^{q}(|v_j^r|^2 / |V_j|^2)$，称 $R_j^2(x_i, x_k)$ 为属性 a_j 下 x_i 对 x_k 的 Ⅱ 型单属性近似度。

(4) 对于给定对象 $x_i, x_k \in U$，其在所有属性上取值相同的联合概率为 $R(x_i, x_k) = \prod_{a_j \in A} R_j(x_i, x_k)$，属性集 A 下 x_i 对 x_k 的全属性近似度记为 $R(x_i, x_k)$。

则称 $R(x_i, x_k)$ 为对象 x_i 和 x_k 间的改进量化容差关系。

改进的量化容差关系可以处理两两对象间存在空值、等值等各种可能情况[18]，根据定义 3.26 中的计算公式，可以计算得到所有对象两两之间的改进容差关系矩阵 T_R。

定义 3.27 设 $S = (U, A, V, f)$ 是一个不完备信息系统，论域 $U = \{x_i \mid i = 1, 2, \cdots, n\}$，属性集 $A = \{a_j \mid j = 1, 2, \cdots, m\}$，$V_j = \{v_j^1, v_j^2, \cdots, v_j^q\}$ 为属性 a_j 的值域，$x_i, x_k \in U$ 为论域中的任意两个对象，设 T_R 为 S 的改进量化容差关系矩阵，$T_R(i, k)$ 为矩阵元素，则：

$$T_R(i, k) = \begin{cases} 0, & \text{MAS}_i \in \text{MAS}_k \\ \prod_{a_j \in A} R_j(x_i, x_k), & \text{其他} \end{cases}$$

3. 决策空间复杂度的降解

现有基于粗集的不完备数据补齐方法以容差关系为基础,为整个信息表建立区分矩阵,计算复杂性及空间占用率都很高。为解决该问题,可以引入分治策略,其主要思想是:首先将原始决策表中的所有对象依据决策属性值进行划分,构成多个子信息表,对每个子信息表分别处理[25]。

可以根据如下规则,将信息系统 S 划分为 l 个子信息系统 $S = S_1 \bigcup S_2 \bigcup \cdots \bigcup S_l$,$d$ 为决策属性。划分完成后,再对各个子信息系统分别建立量化容差关系矩阵。

规则集 3.2

(1) $U = U_1 \bigcup U_2 \bigcup \cdots \bigcup U_l$,其中,$U_i$ 为相应子信息系统 S_i 的论域,$i \in \{1,2,\cdots,l\}$。

(2) $\forall i,j \in \{1,2,\cdots,l\}$ 且 $i \neq j$,有 $U_i \bigcap U_j = \varnothing$。

(3) $\forall x_z \in U_i, z \in \{1,2,\cdots,|U_i|\}$, $i \in \{1,2,\cdots,l\}$,有 $d(x_z) = d_i$。

这样处理的好处主要有两点:一是各个子信息系统的量化容差关系矩阵的规模大幅度下降,可以大大降低复杂性;二是同一决策下的对象间必然有着更高的共性,对于含有缺失值的对象而言,用于对其进行填充的最相似对象都是从同一决策类下的对象集中进行选取,既使得所产生的规则更加集中,又有效避免了在填充过程中人为地引入冲突信息。

(4) 不完备 QoS 数据补全算法

基于前文的分析和 ROUSTIDA 算法,本节给出基于粗集改进量化容差关系的不完备 QoS 数据补齐算法 3.3。

算法 3.3:RoughTheorybasedIncompleteQoSDataFillingApproach(RIQDFA)

函数功能:对不完备 QoS 指标数据进行补齐

入口参数:初始不完备 QoS 决策表 $S^0 = (U,A,V,f^0)$

出口参数:完备的 QoS 决策表 $S = (U,A,V,f)$

1　初始化操作,根据关键决策属性 d 对不完备 QoS 决策表 S^* 进行划分,得到 $U/\{d\} = U_1 U_2 \bigcup \cdots \bigcup U_l$,分别构成 l 个子决策表,即 $S_1^0, S_2^0, \cdots, S_l^0$,令 $m = |A|$

2　For (子决策表 $S_k^0, k \in \{1,2,\cdots,l\}$) do

3　　计算子决策表 S_k^0 的初始量化容差关系矩阵 T_{Rk}^0,MAS_{ik}^0 和 MOS_k^0, $i \in \{1,2,\cdots,|U_k|\}$,$r=0$

4　　If ($i \notin MOS_k^r$) then $a_q(x_k^{r+1}) = a_q(x_k^r)$,$q = 1,2,\cdots,m$

5　　else 计算 j',使得 $T_{Rk}^r(i,j') = \max(T_{Rk}^r(i,j))$,$j \in \{1,2,,|U_k|\}$ 且 $T_{Rk}^r(i,j') \neq 0$

　　　　　　　　　　　　　　　　　　　　　/* 生成 S_k^{0+1} */

6　　If (j' 非空) then $a_q(x_i^{r+1}) = \begin{cases} a_q(x_j^{r'}), & 若\ a_q(x_i^r) = null \\ a_q(x_i^r), & 若\ a_q(x_i^r) \neq null \end{cases}$,$q = 1,2,\cdots,m$

　　　else $a_q(x_i^{r+1}) = a_q(x_i^r)$,$q = 1,2,\cdots,m$;

7　　计算 MAS_{ik}^{r+1} 和 MOS_k^{r+1}

8　　If ($S_k^{r+1} = S_k^r$) then S_k^{r+1} 为 S_k else 计算 T_{Rk}^{r+1},令 $r = r+1$,goto (5)

9　For (子决策表 $S_k, k \in \{1,2,\cdots,l\}$) do

10　{

11　　If (存在对象 x_i 在属性 a_j 上的值缺失) then

12　　　分别求出 $TS(x_i)$ 和 $TI(x_i)$,令 $V_j' = \{a_j(x) | x \in [x_i]_{ind(D)}\}$ 且 $V^{TO} = \{a_j(x) | x \in TO(x_i)\}$

13　　　If ($V_j' = V^{TO}$) then 删除此对象记录 else 用出现频率最高的 $a_j(x) \in V_j' - V^{TO}$ 填充相应属性值

14　　}

15　　合并所有经过完备化处理得到的子决策表 $S_k, k \in \{1,2,\cdots,l\}$ 得到完备 QoS 决策表 S,结束

算法 RIQDFA 中,步骤 1 主要是对所有 Web 服务对象的 QoS 关键决策属性值的判定,因此复杂度为 $O(|U|)$。算法整体复杂度主要由步骤 2~10 决定,其中,计算改进的量化容差关系矩阵只需对每个子论域分别计算关系矩阵,总体复杂度为 $O(|A|(|U_1|^2 + |U_2|^2 + \cdots + |U_l|^2))$,对于 Web 服务对象比较多,即 $|U|$ 比较大时,算法效率有较大提高,同时,由于矩阵存储空间的降低,算法空间复杂度也得到降低。而对于决策表中缺失值的分布、数量的计算,由于这类数据在整个决策表数据中所占比例通常不高,因此对算法整体复杂度影响不大。

3.3.3　数据离散化

连续属性的离散化就是在特定的连续属性的值域范围内设定若干个离散化划分点,将属性的值域范围划分为一些离散化区间,最后用不同的符号或整数值代表落在每个子区间中的属性值。运用 Rough 集理论处理决策表时,要求决策表中的值用离散数据(如整型、字符串型、枚举型)表达。如果某些条件属性或决策属性的值域为连续值(如浮点型数表达),则在处理前必须进行离散化处理,而且,即使对于离散数据,有时也需要通过将离散值进行合并(抽象)得到更高抽象层次的离散值。

考虑 Web 服务 QoS 数据本身及其应用环境的特点,决定了对离散化方法的精度和实时性要求较高,离散化过程对于 QoS 信息的丢失应尽量降低,所处理数据的信息量一般也较大,综合这些因素,可以利用基于信息依赖度的整体离散化方法实现 Web 服务 QoS 连续数据的离散化处理。该方法充分考虑属性数据在特征空间中的整体分布状态,不同属性之间的互补性和相关性,在处理数据空间规模较大时能较好的保持信息的完整性[26,27]。

1. 离散化矩阵与依赖度

定义 3.28　设 $S = (U, A, V, f)$ 是一个信息系统,论域 $U = \{x_i | i = 1, 2, \cdots, m\}$,$|U| = m$,属性集 $A = \{a_i | i = 1, 2, \cdots, k\}$,其他含义同定义 3.21。第 i 个属性 a_i 的可能离散化区间为 $[c_0^i, c_1^i), \cdots, [c_{n-1}^i, c_n^i]$,这些区间的边界集合构成属性 a_i 的离散化集合,记为 $\mathrm{Dis}(a_i) = \{c_0^i, c_1^i, \cdots, c_n^i\}$,属性 a_i 的离散化矩阵表如表 3.5 所示,其中:当 $a_i(u_r) \in [c_{j-1}^i, c_j^i)$ 时,$q_{rj} = 1$,否则 $q_{rj} = 0$(q_{rj} 表示论域中对象的属性值落在区间 $[c_{j-1}^i, c_j^i]$ 中的个数);$q_{i+} = \sum\limits_{t=1}^{n} q_{it}$,$q_{+j} = \sum\limits_{t=1}^{n} q_{tj}$,$\sum\limits_{i=1}^{m} q_{i+} = \sum\limits_{j=1}^{n} q_{+j} = m$。

表 3.5　属性离散化矩阵表

U	$[C_0^i, C_1^i)$	$\cdots$	$[C_{J-1}^i, C_J^i)$	$\cdots$	$[C_{N-1}^i, C_N^i]$	
X_1	Q_{11}	$\cdots$	Q_{1J}	$\cdots$	Q_{1N}	Q_{1+}
$\vdots$	$\vdots$		$\vdots$		$\vdots$	$\vdots$
X_R	Q_{R1}	$\cdots$	Q_{RJ}	$\cdots$	Q_{RM}	Q_{R+}
$\vdots$	$\vdots$		$\vdots$		$\vdots$	$\vdots$
X_M	Q_{M1}	$\cdots$	Q_{MJ}	$\cdots$	Q_{NM}	Q_{M+}
	Q_{+1}	$\cdots$	Q_{+J}	$\cdots$	Q_{+N}	M

在离散化矩阵定义的基础上作出如下规定：属性 a_i 落在第 j 个区间 $[c_{j-1}^i, c_j^i)$ 的所有对象中，把取相同值的对象称为一类，考虑对象的分类信息和离散化前后信息系统的依赖关系，并考虑不同连续属性离散化结果间的互补性和相关性，可以得到离散化前后信息系统的依赖度定义。

定义 3.29　设离散化前后信息系统的依赖度 K，则有

$$K = \frac{\sum_{j=1}^{n} \dfrac{q_j^2}{q_{+j}}}{n}$$

其中 q_j 表示同一区间 $[c_{j-1}^i, c_j^i)$ 中取值相同的对象的最大个数。

依赖度 K 反映了离散化前后信息系统的依赖关系，即 K 值越大，离散后系统改变的信息越小，决策表丢失的信息就越小，离散效果就越好；反之，如果 K 值越小，离散后系统改变的信息就越大，即决策表丢失的信息就越大，离散效果就越差。

2. 基于依赖度的数据离散化算法

算法的基本思想：初始化候选区间的边界值并得到相应的初始离散化方案，用候选区间的边界值连续增加初始化区间的边界数，并继续每次变化后相应的依赖系数值 K，尝试所有的离散化结果，选取 K 值最大的离散化结果。设信息系统论域 U 共有 m 个对象，属性集合 $A = \{a_i | i=1,2,\cdots,k\}$，$|A|=k$，则离散化算法如算法 3.4 所示。

算法 3.4：ContinuousDataDiscretizationBasedOnDependency（CDDD）

函数功能：实现对连续数据的离散化处理

入口参数：含连续属性值的原始决策表 S

出口参数：离散化决策表 S^p

1　初始化操作，遍历属性 a_i 的值域 V_a，确定其边界的最小值 c_0^i 和最大值 c_n^i，用 a_i 的相邻值点对的中值生成属性 a_i 的候选断点集合 $\{c_0^i, c_1^i, \cdots, c_j^i, \cdots c_n^i\}$ 令初始离散化区间为 $[c_0^i, c_n^i]$，k=0，初始区间个数 n=1

2　For (候选断点 c_j^i (j=1,2,$\cdots$,n-1)) do

3　从候选边界点集合中取出一点 c_j^i (j=1,2,$\cdots$,n-1) 加入到 $[c_0^i, c_n^i]$ 中，将其分为两个小区间 $[c_0^i, c_j^i]$ 和 $[c_j^i, c_n^i]$

4　　　计算所有不同划分方案下的依赖度 K，接受 K 值最大的方案

5　If(K>k) then

6　　　k=K

7　　　n=n+1

8　　　goto (2)

9　输出 k 值最大的离散化方案，结束

由于信息空间共含有 m 个对象，每个对象含有 k 个属性，算法对属性值域空间的遍历复杂度为 $O(mk)$。执行遍历插入操作，考虑最坏情况，执行到最大值 n 才找到可接受方案，则复杂度为 $O(n^2)$，当 m 个对象在每个属性上的每个值都不相同时，n 取到最大值 m。因此算法的总体复杂度为 $O(m(m+k))$，主要受信息空间所含对象的个数的影响。

3.3.4　服务选择空间规模的削减

通过前文的研究，我们已经可以得到完备的离散化 Web 服务 QoS 数据集用于进行服

务选择决策,但在实际应用中,有可能存在候选服务过多,参与选择的 QoS 属性过多,而其中的有价值服务(即性能较高的服务)和有效 QoS 属性(即具备较大区别度,对服务选择有较大影响作用的 QoS 属性)所占比例不高。这种情况下,系统的大部分资源会被浪费在对低价值目标的甄选上。因此,有必要对候选服务及备选属性进行相应的削减和约简,以提高效率。因此,本节中将粗集理论中的基于不可分辨矩阵的属性约简方法应用在候选服务预筛选问题。

粗集的属性约简方法主要针对的是信息矩阵中的属性值,即列元素,如果我们忽略信息矩阵元素的物理意义,那么属性约简方法实际上只是针对列元素进行的数学处理,而列元素具体表示何种含义对约简本身并没有影响。由此,设想如果将信息矩阵进行"转置"操作,即将论域中的对象(候选服务)和对象属性互换,再对新信息矩阵进行粗集属性约简操作,那么实际上被约简的就是原来的论域对象(候选服务),也就实现了不依赖于其他先验知识的候选服务集预筛选[28]。

大部分粗集属性约简方法都是基于 Skowron 区分矩阵和区分函数或在其基础上的改进,但 Skowron 区分矩阵方法存在缺陷,在详细分析前,先定义决策表的相容性概念。

定义 3.30 设 $S=(U,A,V,f)$ 是一个决策表,其他含义同定义 3.21,若存在 $f(x_i,C)=f(x_j,C)$ 且 $f(x_i,D) \neq f(x_j,D)$,则称 S 是不相容的。

Skowron 区分矩阵方法应用在不相容决策表会造成错误,而对与基于 QoS 属性的 Web 服务决策表来说,显然可能存在不相容的情况。同时 Skowron 区分矩阵方法对属性数据的集中度要求过高[29],因此首先对 Skowron 区分矩阵进行扩展,并定义相应的区分函数,再基于以上思想和文献[28]给出预筛选算法如算法 SPDM 所示。

定义 3.31 设 $S=(U,A,V,f)$ 是一个决策表,称矩阵 $(c_{ij})_{n \times n}$ 为决策表 S 的区分矩阵,其中:

$$c_{ij} = \begin{cases} \{a \in C \mid f(x_i,a) \neq f(x_j,a)\}, & (x_i,x_j) \notin \text{IND}(D) \text{ 且 } x_i,x_j \text{ 中至少} \\ & \text{有一个属于 POS}_C(D) \\ \varnothing, & \text{其他} \end{cases}$$

称 $F = \bigwedge\limits_{1 \leqslant i,j \leqslant n} \left(\bigvee\limits_{c_{ij} \neq \varnothing} c_{ij} \right)$ 为决策表 S 的区分函数。

算法 3.5:ServicePrescreenThroughDiscernibilityMatrix(SPDM)
函数功能:利用粗集区分矩阵实现对候选服务的预筛选
入口参数:候选服务集 $U(|U|=m)$
出口参数:精简后的候选服务集 $U'(|U'|<m)$

1　计算原决策表 S 的转置决策表 S^T
2　计算决策表 S^T 的区分矩阵 $c(S^T)$
3　计算与区分矩阵相关的区分函数 $f_{c(S^T)}$
4　计算区分函数 $f_{c(S^T)}$ 的最小析取范式,得到约简结果
5　在约简结果基础上,去掉所有非核属性,得到转置决策表 S^T 精简后的属性集,将其作为精简候选服务集 U' 输出,结束

3.3.5　服务选择算法

本节首先讨论基于粗集的服务排序方法,然后在前文研究的基础上提出基于粗集的综

合服务选择算法。

1. 基于粗集理论的服务排序

定义 3.32 设 P、Q 为论域 U 中的等价关系，Q 的 P 正域记为 $\text{POS}_P(Q) = \bigcup\limits_{X \in \text{IND}(Q)} P_-(X)$。$Q$ 的 P 正域是 U 中所有根据分类 $\text{IND}(P)$ 的信息可以准确划分到关系 Q 的等价类中去的对象集合。令 $k = \gamma_P(Q) = |\text{POS}_P(Q)| / |U|$，则称 Q 是 $k(0 \leqslant k \leqslant 1)$ 度依赖于 P 的。

定义 3.33 设 $S = (U, C \cup D, V, f)$ 是一个决策表，则 $\sigma_{CD}(P) = \gamma_C(D) - \gamma_{C-P}(D)$ 为属性子集 $P \subseteq C$ 关于 D 的重要度，当 $P = \{a\}$ 时，属性 a 关于 D 的重要度为 $\sigma_{CD}(a) = \gamma_C(D) - \gamma_{C-\{a\}}(D)$。

定义 3.34 设 $S = (U, C \cup D, V, f)$ 是一个决策表，$d \in D$ 为决策属性。则 d 关于 $P \in C$ 的支持子集为 $S_P(d) = \bigcup\limits_{W \subseteq U/\{d\}} W^{(U/P)^-} = \bigcup\limits_{W \subseteq U/\{d\}} (\bigcup\limits_{V \subseteq U/X, V \subseteq W} V)$，$d$ 关于 P 的支持度为 $\text{spt}_P(d) = |S_P(d)| / |U|$。

由于基于粗集理论的多属性决策方法最后的生成结果是决策规则，不能直接适用于基于多 QoS 属性的 Web 服务选择，需在其决策规则的基础上进一步延伸，得出适用的服务排序方法。考虑定义 3.23 中的 Web 服务选择决策模型 WSSDM，候选服务集合是有限集，结合目标决策分析中的决策对象排序思想，启示我们可以考虑以论域对象（候选服务）相对于属性集（QoS 属性集）的重要度不同进行排序、选择，具体思想介绍如下。

设有 Web 服务选择决策模型 WSSDM $= (\mathbf{WS}, C \cup D, V, f)$，其他定义同定义 3.23。令 $q_i(\mathbf{WS}_i)$ 是候选服务 $\mathbf{WS}_i$ 在 QoS 属性 q_i 上的取值，任一条件属性 q_i 都是论域 U 上的一个等价关系，即一个划分，具有不相同的等价类。这些等价类与决策属性 d 形成的等价类相比，其近似程度有所区别。较为近似的可以认为其对决策属性形成的分类在属性约简中贡献较大，近似度低的则反之。为此可以将等价类近似度来作为服务 $\mathbf{WS}_i$ 在 QoS 属性 q_i 上的局部权重 ω_{ij}。每个条件属性 q_i 具有 l_i 个等价类：$\{c_{i1}, c_{i2}, \cdots, c_{il_i}\}$，每个等价类 c_{ij} 中包含 $k_j^i (j = 1, 2, \cdots, l_i)$，则有 $\sum\limits_{j=1}^{l_i} k_j^i = n (i = 1, 2, \cdots, m)$。决策属性 d 有 r 个等价类 $\{D_1, D_2, \cdots, D_r\}$，每个等价类中有 p_i 个对象，且有 $\sum\limits_{i=1}^{r} p_i = n$。

将第 i 个条件属性的第 j 个等价类和决策属性的第 t 个等价类交集的基数与决策属性第 t 个等价类基数之比，称为这两个等价类间的等价近似度 $\beta_{jt} = |C_{ij} \bigcap D_t| / |D_t| (i = 1, 2, \cdots, m; j = 1, 2, \cdots, l_i; t = 1, 2, \cdots, r)$ 且 $\beta_{jt} \leqslant 1$。每个条件属性的任一等价类与决策属性 d 中 r 个等价类比较均可获得一个等价近似度 β_{jt}^i，比较候选服务在每个条件属性下的等价类近似度可获得一个最大值 $\max\{\beta_{jt}^i\}$，候选服务在某属性的局部权重即为此最大值：$\omega_{ij} = \max\{\beta_{jt}^i\}$。类似的，可以将决策属性第 t 个等价类与每一条件属性的等价类间的等价近似度定义为 $\beta_{tj}^i = |D_t \bigcap C_{ij}| / |C_{ij}| (i = 1, 2, \cdots, m; j = 1, 2, \cdots, l_i; t = 1, 2, \cdots, r)$ 且 $\beta_{tj}^i \leqslant 1$，同样可取 $\max\{\beta_{tj}^i\}$ 作为候选服务在决策属性中的局部权重 ω_{id}。

设有定义 3.23 中决策表 WSSDM $= (\mathbf{WS}, C \cup D, V, f)$，根据定义 3.33，属性 q_i 关于决策属性 d 的重要性记为 $\sigma_{CD}(q_i)$，决策属性关于条件属性的重要性记为 $\text{spt}_C(d)$，将候选服务

全局权重记为 $\omega_i = \sum\limits_{i=1}^{n} \sum\limits_{j=1}^{m} (\omega_{ij}^* \sigma_{CD}(q_i) + \mathrm{spt}_C(d)^* \omega_{id}), (i = 1, 2, \cdots, n; j = 1, 2, \cdots, m)$。

基于以上分析和思路，下面给出基于粗集理论的服务排序算法，如算法 3.6 所示。

算法 3.6：ServiceSortingBasedOnRoughSet(SSoRS)

函数功能：利用粗集理论计算全局权重实现对服务的排序

入口参数：经过离散化处理的决策表 WSSDM

出口参数：服务排序结果

1　初始化操作，计算每个条件属性 q_i 的等价分类 IND(q_i)，计算决策属性分类 IND(d)，IND(C)，POS$_C$(D)，计算每个属性对于决策属性的重要度 $\sigma_{CD}(q_i)$ 以及决策属性对于条件属性的重要度 S_C(D)

2　计算每个条件属性下的等价类关于决策属性等价类的相似度 β_{jt}^i

3　计算决策属性关于条件属性集的等价类的相似度 β_{tj}^i

4　For(每个候选服务) do

5　　　计算条件属性下的局部权重

6　　　计算决策属性下的局部权重

7　　　计算全局权重

8　基于全局权重的大小对服务排序，结束

算法 3.6 的复杂度主要取决于步骤 2~8 的复杂度，因为其他步骤只需要经过单次遍历即可，而步骤 2~8 则包含多层嵌套循环，其计算规模受条件属性的个数 $|C|$ 和候选服务个数 $|U|$ 影响，算法在最差情况下的整体时间复杂度为 $O((|U| + |C|)|C|)$。

2. 综合服务选择算法

本节将在前文研究的基础上，提出完整的基于粗集 QoS 驱动的综合 Web 服务选择方法，详细算法见算法 3.7。

算法 3.7：QoS-BasedServiceSelectionThroughRoughSet(QoSSSRS)

函数功能：利用粗集理论实现基于 QoS 的 Web 服务选择

入口参数：Web 服务 QoS 属性矩阵

出口参数：服务综合排序结果

1　初始化操作，检查 Web 服务 QoS 数据完备性，若存在数据缺失，调用函数 RIQDFA 进行数据补齐；对补齐后的 QoS 数据集调用函数 CDDD 进行离散化处理，得到离散 QoS 数据

2　如果(服务空间规模大于设定阈值 k)，则调用函数 SPDM 进行服务预筛选

3　调用算法 SSoRS 进行候选服务的排序，结束

算法 3.7 是一个组合算法，接下来将通过一个实例来主要说明算法 3.7 的具体应用方法。

3.3.6　实例分析

例 3.2　现有一机场物流传送服务招标，评价指标分别为牵引能力(单位：吨)、速度(单位：米/秒)、响应时间(秒)、可靠性(语言等级评价)、信誉度(采用过往使用者好评率百分比表示)，详细数据见表 3.6，为方便起见，评价指标在数据表中分别用 a, b, c, d 和 e 代表，e 为

决策属性,候选服务共有 7 个,分别用 $x_1, x_2, \cdots, x_7$ 表示,初始数据以连续值给出。以表 3.6 为依据,给出服务的排序。

表 3.6　物流服务 QoS 属性值

	a	b	c	d	e
x_1	$[2.4, 2.8]$	4.8	2.0	较高	78%
x_2	$[2.7, 3.1]$	5.4	1.9	较高	82%
x_3	$[2.8, 0]$	5.0	2.0	较高	88%
x_4	$[3.1, 3.3]$	5.8	2.5	高	93%
x_5	$[2.7, 3.0]$	5.0	2.1	一般	90%
x_6	$[2.8, 3.1]$	5.5	1.8	高	97%
x_7	$[3.0, 3.3]$	6.0	2.1	高	96%

由于服务的 QoS 数据是完备的,因此可直接应用数据离散化算法 CDDD 进行离散化处理,得到离散化 QoS 数据如表 3.7 所示。

表 3.7　离散化物流服务 QoS 数据

	a	b	c	d	e
x_1	0	0	0	1	0
x_2	1	1	0	1	0
x_3	1	0	0	1	1
x_4	2	2	2	2	2
x_5	1	0	0	0	1
x_6	1	1	0	2	2
x_7	2	2	0	2	2

在表 3.7 基础上,按照算法 SSRS 进行计算,得到以下结果

$$\text{IND}(a) = \{\{x_2, x_3, x_5, x_6\}, \{x_1\}, \{x_4, x_7\}\}$$
$$\text{IND}(b) = \{\{x_1, x_3, x_5\}, \{x_2, x_6\}, \{x_4, x_7\}\}$$
$$\text{IND}(c) = \{\{x_1, x_2, x_3, x_5, x_6, x_7\}, \{x_4\}\}$$
$$\text{IND}(d) = \{\{x_1, x_2, x_3\}, \{x_5\}, \{x_4, x_6, x_7\}\}$$
$$\text{IND}(e) = \{\{x_3, x_5\}, \{x_1, x_2\}, \{x_4, x_6, x_7\}\}$$

条件属性集 $C = \{a, b, c, d\}$,决策属性集 $D = \{e\}$,因此有

$$\text{IND}(C) = \{\{x_1\}, \{x_2\}, \{x_3\}, \{x_4\}, \{x_5\}, \{x_6\}, \{x_7\}\}$$
$$\text{POS}_C(D) = \{x_1, x_2, x_3, x_4, x_5, x_6, x_7\}$$
$$\sigma_{CD}(a) = \gamma_C(D) - \gamma_{C-\{a\}}(D) = |\text{POS}_C(D) - \text{POS}_{C-\{a\}}(D)| / |U|$$
$$= |U - \{x_2, x_4, x_5, x_6, x_7\}| / |U| = 2/7$$

同理,可得 $\sigma_{CD}(b) = 2/7$,$\sigma_{CD}(c) = 2/7$,$\sigma_{CD}(d) = 2/7$ 及 $\text{spt}_C(e) = |S_C(e)| / |U| = 1$

进而可计算得到候选服务关于条件属性的局部权重及条件属性相对于决策属性的权重以及全局权重 w_i,属性权重归一化为:a:0.118,b:0.118,c:0.118,d:0.235,e:0.4,详细数据见表 3.8。

表 3.8　服务属性权重数据表

I	W_{IA}	W_{IB}	W_{IC}	W_{ID}	W_{IE}	W_I
x_1	0.5	1	1	0.5	1	0.823
x_2	1	0.5	1	0.5	1	0.823
x_3	1	1	1	0.5	0.667	0.746
x_4	0.667	0.667	0.333	1	1	0.843
x_5	1	1	1	0.5	0.667	0.746
x_6	1	0.5	1	1	1	0.941
x_7	0.667	0.667	1	1	1	0.921

依据全局权重 w_i 的值进行服务排序,得到结果:x_6 为首选,x_4、x_7 次之。此结果与文献[32]中的服务排序结果基本一致,只在第三、第四位有所区别,说明本方法是有效的。

3.4　本章小结

本章以海量信息环境下的 Web 服务组合为背景,以基于 QoS 的 Web 服务选择为主要研究方向,分别从三个方面进行了深入的探讨。

(1) 建立统一的综合 QoS 模型。本文首先提出了 Web 服务 QoS 概念模型,刻画了实际应用中 QoS 属性的应用环境和要求。在分析其特点和概念模型的基础上,进一步提出了一种基于类结构的 Web 服务 QoS 属性描述模型。与现有的 Web 服务 QoS 模型相比,本文所提出模型的定义结构和属性类型定义从更多方面描述说明 Web 服务 QoS 属性,使得 QoS 属性定义更加清晰全面;统一的定义结构为 Web 服务 QoS 属性的可扩展性支持提供了可能。

(2) 信息完备情况下,支持基于混合 QoS 属性综合评价的 Web 服务选择方法。本文将模糊 QoS 属性转换为三角模糊数表示,在此基础上建立包括确定数、区间数和三角模糊数等混合 QoS 指标的判断矩阵,利用经过拓展的 COWA 算子对区间数和三角模糊数进行精确化,对得到的统一的确定表达判断矩阵应用改进的标准化方法处理,从而得到规范判断矩阵。在此基础上,采用考虑理想值灰色关联度的两阶段优化方法获得主观权重,通过优化的熵值赋权模型获得客观权重,最后将主客观权重采用线性加权法综合得到最后的综合权重。在理想点法(TOPSIS)的基础上,考虑候选服务与最优理想服务的灰色关联度,通过定义隶属度函数作为贴近度函数衡量候选服务的相对优劣。和类似方法比较,本文的方法可以支持多种不同类型的 QoS 属性,而且概念清晰、计算步骤较为简单、易于编程实现。本文采用的赋权方法支持对只提供部分权重信息数据的处理,采用灰色关联度隶属关系排序方法能够更为准确和全面的反映各 QoS 属性在用户需求中的差别。

(3) 信息不完备情况下,支持基于 QoS 信息的 Web 服务选择方法。本文利用基于粗集改进量化容差关系的不完备 QoS 数据补齐算法 RIQDFA 对不完备信息进行处理。采用基于信息依赖度的整体离散化方法将连续 QoS 数据转换为离散化数据。在 Web 服务选择空间较大时,给出了基于粗集扩展区分矩阵的服务预筛选方法。最后给出基于粗集相似度和权重的服务排序算法。

参 考 文 献

[1] 张静. 软件构件库中 Web Service QoS 信息获取与处理子系统的设计与实现,[硕士论文]. 北京大学,2006.

[2] Qi Yu,Xumin Liu,Athman Bouguettaya, et al. Deploying and managing Web services：issues, solutions,and directions. The International Journal on Very Large Data Bases archive,Volume 17, Issue 3,May 2008,537-572.

[3] Yang W J,Li J Z, Wang K H. Domain-adaptive service evaluation model. Chinese Journal of Computer,2005,28(4)：514-532.

[4] 彭勇行. 管理决策分析. 科学出版社,2000,147-285.

[5] 李美娟,陈国宏,陈衍泰. 综合评价中指标标准化方法研究. 中国管理科学,2004,12(专辑)：45-48.

[6] Wang S B,Z L M,Yuan J X. Normalization methods in fuzzy decision making. Jouranl of tianjin University(Social Sciences),2008,10 (4)：294-297.

[7] 刘思峰. 灰色系统理论及其应用. 北京：科学出版社,2004.

[8] Xiao X P,Chong X L. Grey relational analysis and application of hybrid index sequences,Dynamics of Continuous,Discrete and Impulsive Systems, Series B：Application and Algorithms,2006,13：915-919.

[9] Hwang C L,Yoon K. Decision Making：Methods and Applications [M]. Berlin：Multiple Springer-Verlag,1981.

[10] Xiong P C,Fan Y S. QoS-aware Web service selection by a synthetic weight,fourth international conference on fuzzy systems and knowledge discovery (FSKD 2007)：632-637.

[11] 周宇峰,魏法杰. 基于模糊判断矩阵信息确定专家权重的方法 [J]. 中国管理科学,2006 14(3)：71-75.

[12] Xu X Z. A note on the subjects an objective integrated approach to determine attribute weights[J]. European Journal of Operational Research,2004,56,530-532.

[13] 刘靖旭,谭跃进,蔡怀平. 多属性决策中的线性组合赋权方法研究. 国防科技大学学报,2005,27(4)：121-124.

[14] 李祯,杨放春,苏森. 基于模糊多属性决策理论的语义 Web 服务组合算法. 软件学报,2009,20(3)：583-596.

[15] Hongbing Wang,Ping Tong,Phil Thompson. QoS-Based Web Services Selection. IEEE International Conference on e-Business Engineering 2007,24-26 Oct. 2007：631-637.

[16] 梁美莲. 不完备信息系统中数据挖掘的粗糙集方法. 广西大学硕士学位论文,南宁：广西大学,2005：9-15.

[17] 张在美. 一种基于粗糙集的不完备信息处理方法研究. 湖南大学,2007.

[18] 胡明礼,仇伟杰,刘思峰,阮爱清. 不完备信息系统下量化容差关系的改进. 统计与决策,2006(8)：18-20.

[19] Tzung P H. Li Huei Tseng,Learning Rules from Incomplete Training Examplesby Rough Sets. Expert Systems with Applications,2002,22：285-293.

[20] 尹旭日. 基于粗糙集的知识发现研究. 南京：南京大学,2004：29-38.

[21] 宫悦. 基于粗集的不完备信息系统数据挖掘方法研究. 大连海事大学,2008.

[22] 朱小飞,卓丽霞. 一种基于量化容差关系的不完备数据分析方法. 重庆工学院学报,2005,19(5)：

　　　　23-25.

[23]　张振华,刘文奇.一种基于粗糙集理论不完备数据的改进算法.计算机工程与科学,2002,24(2)：41-42.

[24]　工清晖,刘文奇.基于粗糙集理论缺省数据的改进算法.昆明理工大学学报(理工版),2004,29(2)：148-150.

[25]　Chen J S,Cheng C H. Extracting classification rule of software diagnosis modified MEPA. Expert Systems with Application . 2006. 09. 04.

[26]　张化光,徐悦,孙秋野.基于模糊粗糙集的系统连续变量离散化方法.计算机工程与应用,2008,29(05)：1-4.

[27]　Huizhong Yang, Junxia Wang, Xinguang Shao, Nam Sun Wang. Information System Continuous Attribute Discretization Based on Binary Particle Swarm Optimization. Fourth International Conference on Fuzzy Systems and Knowledge Discovery (FSKD 2007)：173-177.

[28]　裴小兵.粗糙集的知识约简研究.华中科技大学,2006.

[29]　刘清,刘少辉,郑非.Rough 逻辑及其在数据挖掘中的应用.软件学报,2001,12(3)：415-419.

[30]　Skowron A,Rauszer C. The discernibility matrics and function in information system. In：R. Slowinski ed. Intelligent Decision Support Handbook of Application and Advances of the Rough sets Theory. Dordreecht：Kluwer Academic Publishers, 1992,331-362.

[31]　Li W H,Yucai Feng, Xiaoming Ma. Approximation Method in Incomplete Information Systems Based on Variable Precision Model. Granular Computing,2006 IEEE International Conference on,10-12 May, 2006,287-292.

[32]　Min Tian. QoS integration in Web services with the WS-QoS framework. Dissertation zur Erlangung des akademischen Grades eines Doktors der Naturwissenschaften im Fachbereich Mathematik und Informatik der Freien Universität Berlin vorgelegt von,01. December 2005.

[33]　谢安石,李一军.基于模糊粗糙集的多属性网上拍卖决策.系统工程理论方法应用. 2007,2(16)：181-184.

4.1 **动态 Web 服务组合性能仿真概述**

4.1.1 研究背景

由于 Web 环境所特有的复杂性和多变性,组成复合 Web 的服务组件,在复合服务的执行过程中,可能发生动态变化,而复合服务本身的商业需求也可能是变化的,这使得组成复合服务的服务组件很难在设计阶段或编译运行阶段确定下来,因此,需要进行动态服务组合,来适应动态变化的复杂业务环境。

就目前来看,在组合服务的设计阶段,展开 Web 服务动态组合的研究方法有基于工作流(workflow)的方法、基于 AI Planning 的方法和基于软件工程的方法。目前国内外主流工作大多在工作流的方法基础上,利用 Web 服务业务流程执行语言 BPEL 来实现对业务流程的描述,并部署到 BPEL 执行引擎上展开执行,然而一旦部署在 BPEL 执行引擎环境中执行,就很难从中获取自定义的性能指标,进行详细分析,即使能够获取数据并进行分析,也无法改变组合服务的重新设计。

无论组合服务采取哪种动态 Web 服务组合方法生成,一旦组合服务设计完成,在组合服务的编译运行阶段,所构成的原子服务在面临大量组合任务的请求时,服务质量都会受到不同程度的影响。

如果能够通过特定的方法来动态地模拟各原子服务的运行情况,验证各个服务之间的合作关系,对复杂服务做出整体上的性能评价,对可能存在的瓶颈做出预测和评价,会有助于改善 Web 服务的组合。

在满足业务功能需求的前提下,动态 Web 服务组合的性能是赢得用户的关键。为了分析动态 Web 服务组合的性能,首先要对其进行性能建模。动态 Web 服务组合的性能建模和性能分析可以采用基于数学分析的方法和基于仿真的方法。

基于数学分析的方法具有以下优点:首先,数学分析方法具有良好的理论基础,可以详细地刻画动态 Web 服务组合系统中各因素之间的关系,能够从分析结果中得出性能变化的因果联系;其次,采用数学方法能够以较低的成本构造性能模型,能够利用分析工具以较低的时间代价完成性能分析,并且易于实现无人工参与的自动化性能分析,可以用于时间受限和自动化要求较高的场合。

但是数学分析方法需要对动态 Web 服务组合系统进行简化和假定,刻画系统的详细程度较弱,与实际系统性能指标有一定的误差。

基于以上考虑,我们期望建立一个性能仿真评价平台,能评估动态 Web 服务组合的性能状况和出现的性能瓶颈及其优化的方法,即在动态 Web 服务组合的设计阶段采用基于仿真的方法详细地刻画组合服务,并深入地研究组合服务的配置、负载和性能指标之间相互关系的分析方法。

4.1.2　相关研究工作

当前尝试围绕着构建模拟仿真环境、构建性能分析模型等方面展开研究工作的主要成果集中在美国斯坦福大学和美国乔治亚州立大学。

美国斯坦福大学的 Srini Narayanan 所领导的研究人员于 2002 年实现了一个支持 Web 服务自动组合,并能模拟运行的仿真工具 KarmaSim[1]。该工具将基于 DAML 和 OIL 描述的组合服务转化为嵌套 Petri 网模型,用 Petri 网中的变迁元素来表示组合服务中的原子服务,在 Petri 网的执行过程中,通过可达性分析、死锁检测、不变计算等技术指标进行性能分析。只是,该仿真工具所能支持的 DAML Ontology 比较有限。

美国乔治亚州立大学的 Senthilanand Chandrasekaran 所领导的研究小组于 2003 年开发了一个支持 Web 服务静态或动态组合,并能模拟执行的仿真工具 SCET(Service Composition and Execution Tool)[2]。在 SCET 环境中,组合服务以 WSFL 进行描述,组合服务的业务流程在工具中以图形方式显示,并自动将组合服务业务流程转换为 Perl 可执行代码,在执行过程中进行性能分析,但对于 Web 服务组合设计的反馈建议并不及时。

其他相关工作还包括意大利 Trento 大学的 M. Pistore 等所在团队开发的 ASTRO 工具集[3]。该工具集包括 WS-gen、WS-mon、WS-console 和 WS-animator 等组件,主要针对 BPEL4WS 描述的组合 Web 服务业务需求,分别实现 Web 服务自动组合,生成对组合服务进行监控和发布的 Java 代码,并在扩展的 Active BPEL 执行引擎中执行之前生成的 Java 代码,以实现组合服务的实时监控。该工具集的目的在于通过运行时的服务监控,提供设计时的修改意见。

4.1.3　本章研究工作

基于动态 Web 服务组合设计阶段的仿真需求,我们借鉴国内外仿真模型和方法,构建了一个基于 Petri 网的组合服务性能仿真平台,能评估动态 Web 服务组合的性能状况和出现的性能瓶颈及其优化的方法,即在动态 Web 服务组合的设计阶段采用基于仿真的方法详细地刻画组合服务,并深入地研究组合服务的配置、负载和性能指标之间相互关系的分析方法,主要工作包括以下几个方面。

(1)基于 Petri 网的仿真平台框架以及仿真工具的实现。

(2)基于该仿真平台的性能分析、瓶颈定位和优化方法研究。

4.2　基于 Petri 网的性能仿真方案

4.2.1　仿真平台架构

性能建模是动态 Web 服务组合性能分析的基础,而进行性能建模必须首先考虑到在本课题研究中 Web 服务组合的建模是建立在 WS-BPEL 上的。由于 WS-BPEL 缺乏形式化语义,因而对于检验 Web 服务组合的模型一致性、死锁和活锁是无能为力的,对 Web 服务组合更加无法直接进行性能评价。考虑到 Petri 网在形式化方面和性能建模方面的优势，所以将 WS-BPEL 转换成 Petri 网来实现我们的目的。

Petri 网作为一种重要的数学工具，具有严格的数学基础和规范化的语义。它能够有效地对信息系统进行描述和建模，并对系统的并发性、异步性和不确定性具有很强的动态分析能力。特别是考虑到动态 Web 服务组合过程较为复杂，如存在并发、冲突等情形时，采用 Petri 网建立动态 Web 服务组合模型，对其进行性能分析有明显的优势。我们采用 Petri 网的理论和技术研究了动态 Web 服务组合的性能模型和分析方法。

在动态 Web 服务组合中影响性能的因素（如服务请求到达的速率、组合服务执行时间和网络传输延迟时间，以及每个成员 Web 服务的性能）都存在较大的不确定性。性能模型必须能够刻画这些不确定的因素。随机 Petri 网在基本 Petri 网的基础上将变迁与随机的指数分布的实施延时相关联，使得它可以描述和分析不确定的系统。所以采用随机 Petri 网可以更加合理地刻画动态 Web 服务组合系统的各个因素。并且，随机 Petri 网的输出是统计值，可以全面地反映组合服务在各种不确定因素下的系统特征。

在本研究中，Web 服务组合（商业进程）由 WS-BPEL[4,5] 所定义和描述。对于仿真方法而言，精确地模拟 WS-BPEL 执行环境是很有必要的，只有这样才能近似正确地得到仿真的结果，有利于我们的分析。而 WS-BPEL 执行环境提供了复杂的环境，如长运行期事务（long-running transaction），因此如果要模拟此环境，那么必须模拟中断事件（用来处理异常事件和停止事件），所以对于仿真模型而言，采用的是高级随机 Petri 网，它提供了中断事件的描述功能。基于广义随机高级 Petri 网（GSHLPN），我们设计了如图 4.1 所示的动态服务组合性能仿真框架。

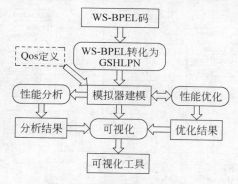

图 4.1　性能仿真平台架构

（1）仿真平台接受 WS-BPEL 描述的组合 Web 服务描述。

（2）仿真平台将组合 Web 服务的 WS-BPEL 模型转化为随机高级 Petri 网。

（3）仿真平台运行随机高级 Petri 网模型；在运行过程中，根据仿真参数设置调用性能分析、瓶颈定位以及性能优化方法，并以图形化方式显示运行过程以及瓶颈定位和优化结果。

4.2.2　组合 Web 服务的描述 WS-BPEL

性能仿真平台与外界交互的入口就是 WS-BPEL 脚本文件以及各个 Web 服务的性能参数或 QoS 指标。由于没有适合本性能仿真平台的 WS-BPEL 解析工具，需要将 WS-BPEL 文件中的元素解析成性能分析所需要的元素。

该阶段的主要输入为描述了组合 Web 服务（WSC）的商业进程，也即由 WS-BPEL 语言构成的描述文件，输出则为解析后的 WS-BPEL 对象。

由 WS-BPEL 语言描述和建模的商业流程是通过 Activity（活动）元素及其关系组合而成的，它们之间的关系 R 包括顺序、并行、选择、循环和同步依赖，则关系 R 和 Activity 所构成的结构化活动＜Activity，R＞就包括了＜Process＞、＜Sequence＞、＜Flow＞、＜If＞、＜While＞、＜Repeat＞、＜Foreach＞以及＜Link＞，通过这些基本活动和结构化活动的合成就构成了商业进程。在 WS-BPEL 语言中，Activity 元素之间的拓扑关系可以由静态视图（UML 类图）来描述，如图 4.2 所示。

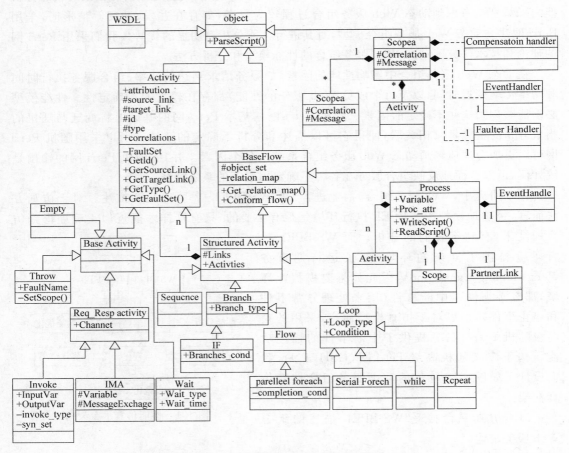

图 4.2　WS-BPEL 元素的 UML 类图

在 WS-BPEL 中，Activity 执行进程逻辑，它被划分为基本活动和结构化活动两类。基本活动描述进程行为的基本步骤，结构化活动描述控制流逻辑，因此可能递归地包含基本的/关系的结构化活动。而且，无论是何种活动，它们都包含着标准属性和标准元素，对于标准属性我们都应该知道活动的名字和活动的 suppressJoinFailure 属性，suppressJoinFailure 控制 Link 语义的流向，同时如果 Activity 与其他的 Activity 之间有同步依赖的关系的话，可以由 Link 关系来详细描述。

4.2.3　WS-BPEL 转化为 Petri 网模型

我们对组合 Web 服务的性能仿真和评价是基于 Petri 网的性能模型。需要得到 WS-BPEL 对象后，进一步将其转换为同样能够表达组合 Web 服务内部关系及控制逻辑的 GSHLPN 对象。GSHLPN 的 UML 类图如图 4.3 所示。

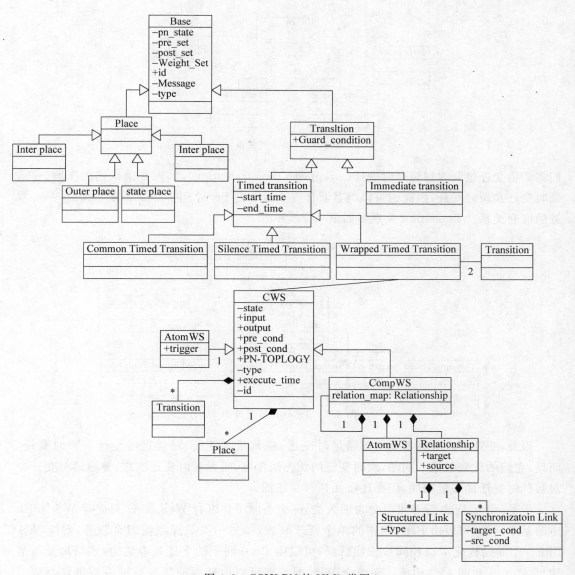

图 4.3　GSHLPN 的 UML 类图

　　其中 GSHLPN 对象中各元素的拓扑关系可以由以上静态视图（UML 类图）来描述。

　　Place 类是描述 Petri 网中的库所，从 Base 接口继承下来，可以根据描述的需要进一步分类描述，以支持不同的功能，其关系图如图 4.4 所示。

　　Transition 类是描述 Petri 网中的变迁的，每个变迁的实施都需要条件完全满足。对于广义随机 Petri 网而言，变迁分为两类，一种是瞬时变迁，另外一种是延时变迁。对于瞬时变迁，它的实施不需要时间，而延时变迁是需要时间的。瞬时变迁代表逻辑条件的判断，延时变迁表示 Web 服务执行的过程或同步等待过程。在 WS-BPEL 中，我们用 Activity 表示一种原子服务或组合服务，在 Petri 网中，我们则用普通延时变迁（common timed transition）和瞬时变迁（immediate transition）来表示一种原子服务，为了表示组合服务，我

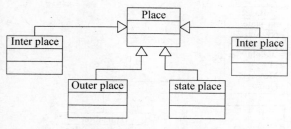

图 4.4　Place 类关系

们需要将变迁包装为封装延时变迁(wrapped timed transition),其内部组成仍为库所、普通延时变迁和瞬时变迁,因此也可以将其看作一个嵌套的 Petri 子网,以此来表示组合 Web 服务的嵌套关系。Transition 关系图如图 4.5 所示。

图 4.5　Transition 关系图

　　因此,变迁可以分为四类:普通延时变迁、哑元延时变迁、封装延时变迁和瞬时变迁。而且,它们的优先级是不同的,瞬时变迁的优先级最高,哑元延时变迁次之,普通延时变迁和封装延时变迁优先级相同,但都比哑元延时变迁低。

　　于是,组合 Web 服务可以分为两大类,一类是原子化组合 Web 服务,对应着 WS-BPEL 中的基本活动,可以由 Petri 网中的单个变迁来表示,另一类是控制流组合服务,对应 WS-BPEL 中的结构化活动和同步依赖活动,可以由 Petri 网中的下述基本结构(或结构及与结构,见图 4.6 和图 4.7)构成。而组合 Web 服务则可以由这两种服务通过关系集复合成一个更大的组合 Web 服务,因此也可以说,组合 Web 服务是嵌套定义的,它们的关系描述详见图 4.8。

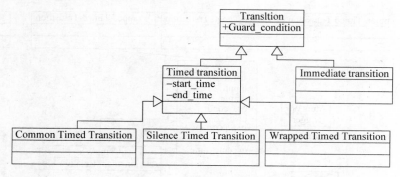

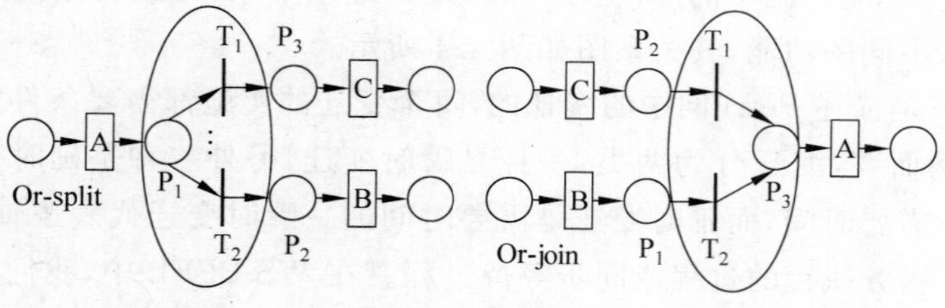

图 4.6　或结构

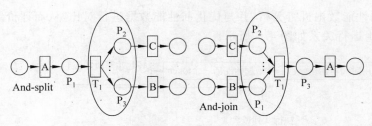

图 4.7　与结构

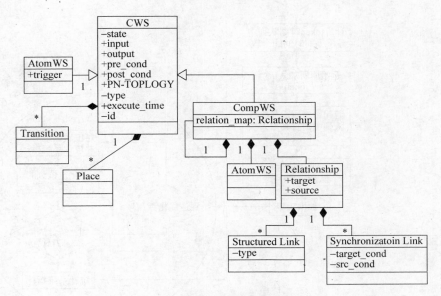

图 4.8　组合 Web 服务类关系图

4.2.4　基于 Petri 网的仿真运行设计

在仿真平台中,性能分析瓶颈定位及优化的处理过程是在 Petri 网的模拟运行过程中完成的。

从理论上来说,Petri 网中不存在绝对的瓶颈,而只是存在相对的瓶颈,这些节点相对于其他节点来说可能执行效率较低,响应时间较长,因而影响了整个 Petri 网的性能。对 Petri 网中任意一个节点性能的提高都有可能改善整个 Petri 网的性能,然而对于瓶颈节点性能的提高是肯定能改善整个 Petri 网的性能的。

此外,对 Petri 网中每一个变迁的执行时间分别进行初始化,只是表明该变迁在接收到一个托肯任务时的平均执行时间,而在具体任务执行时肯定会有所震荡和区分,也只有接收并处理大量托肯任务后,具体的平均执行时间才与初始化的平均执行时间拟合,因此只有经过一定量的执行周期,整个 Petri 网的运行性能参数才趋于稳定。

基于以上考虑,我们假定在仿真平台中,某 Petri 网接收的托肯数达到一定数量(周期),拟定在 T_0 时刻系统性能趋于稳定(在本仿真平台中,T_0 时刻即处理完的托肯数目,其选取需要经过大量重复实验才能确定,将另外讨论),通过对采集到的数据进行分析比较,确定可能的瓶颈;然后对这些瓶颈按照给定的优化方法进行模拟优化,可能优化的方法包括增加瓶颈库所的容量,改善瓶颈变迁的平均执行时间;并在后续固定的时刻 $T_0+T[k]$,对优化后 Petri 网的性能数据进行分析,并与优化前性能数据进行对比,从而评价定位准确性。

它们的逻辑运行关系如图 4.9 所示。

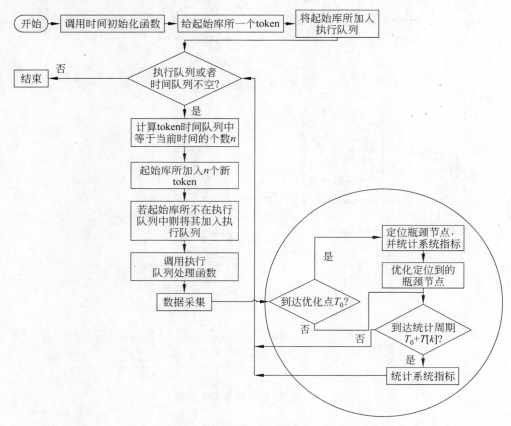

图 4.9　Petri 网性能分析、瓶颈定位及优化流程

4.2.5　仿真工具的实现

仿真工具主要包括离散事件模拟模块(主要是模拟排队环境和中断事件)、GSHLPN 运行时实时数据采集模块和实时可视化模块。

离散事件模拟模块主要模拟在真实网络环境中用户对组合 Web 服务的请求,以服从指数分布的托肯到达序列来该请求队列,此外,还可以模拟原子服务稳定而又带有随机性的执行时间和中断概率,以及在网络之间输入输出的传输延迟。

GSHLPN 运行时实时数据采集模块需要采集性能分析中所需要的数据,主要包括托肯在容量有限库所处的丢弃率,托肯在所在库所处由于网络延迟及所在库所的后置变迁运行效率低下而引起的等待时间,托肯经过每个变迁所需的平均响应时间等。

实时可视化模块需要将底层 GSHLPN 的运行过程通过可视化技术进行显示。我们采用了基于 JGraph 组件[6]的画图技术,以椭圆表示库所,不同样式的矩形表示不同的变迁。在 Petri 网运行过程中,在库所旁边以垂直方向的进度条表示库所的托肯队列容量以及托肯队列的变化,在变迁旁边以水平方向的进度条来表示其执行任务的情况。

结合国家 863 目标研究中的实际需要以及组合 Web 服务性能仿真需求,主要采用

Eclipse 开发平台,综合利用了开源的离散事件发生器[7]、画图工具包[6]以及 Java Swing 组件开发的 Petri 网的性能仿真、分析及优化工具包,下面介绍其主要功能。

1. 灵活的 Petri 网性能模型接口

支持将上游模型组导出的 WS-BPEL 转换为 Petri 网,也支持用户以拖曳方式生成 Petri 网,同时支持用户已经编制好的 WS-BPEL 文件。

2. 模型的可视化

支持将 WS-BPEL 元素的关系以树形方式显示,支持将转换后的 Petri 网以层次化方式显示,通过点击某 Wraped Transition 可以显示更下一层次的嵌套 Petri 网,支持对 Petri 网元素各属性的显示和直接编辑,并且支持 Petri 网元素的自动排版,美观直观,效果如图 4.10 所示。

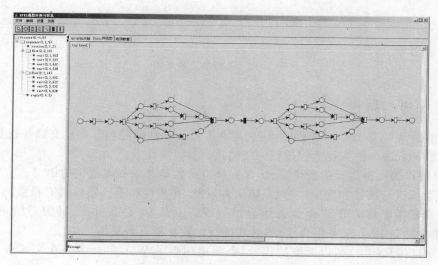

图 4.10　Petri 网模型显示效果图

(1) 仿真运行过程直观,效果如图 4.11 所示。

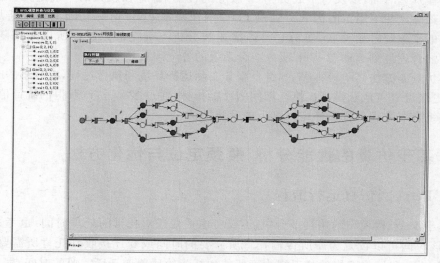

图 4.11　仿真运行时效果图

（2）模拟结束后性能瓶颈节点及相关性能数据的直观显示，如图 4.12 所示。

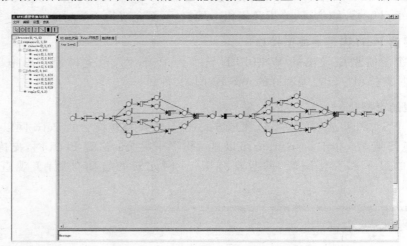

图 4.12　瓶颈节点效果图

4.2.6　优势与特色

（1）根据 Web 服务组合建模特点，选用在形式化和性能建模方面具有独特优势的 Petri 网，对组合 Web 服务的执行流程进行性能建模。

Petri 网作为一种重要的数学工具，具有严格的数学基础和规范化的语义。它能够有效地对信息系统进行描述和建模，并对系统的并发性、异步性和不确定性具有很强的动态分析能力。特别是考虑到动态 Web 服务组合过程较为复杂，如存在并发、冲突等情形时，采用 Petri 网建立动态 Web 服务组合模型，对其进行性能分析有明显的优势。

（2）通过仿真的方法，以低廉的代价，全面地刻画了 Web 组合服务在实际运行环境中的系统特征和性能指标。

在动态 Web 服务组合中影响性能的因素（如服务请求到达的速率、组合服务执行时间和网络传输延迟时间，以及每个成员 Web 服务的性能）都存在较大的不确定性。性能模型必须能够刻画这些不确定的因素。随机 Petri 网在基本 Petri 网的基础上将变迁与随机的指数分布的实施延时相关联，使得它可以描述和分析不确定的系统。所以采用随机 Petri 网可以更加合理地刻画动态 Web 服务组合系统的各个因素。

通过仿真的方法简单模拟 Web 组合服务实际运行环境和执行过程，以较小的时间和消耗代价，更接近真实地获得其在执行期间的性能指标，通过多次运行，获得的统计值，可以全面地反映组合服务在各种不确定因素下的系统特征。

4.3　基于仿真的性能分析、瓶颈定位与优化方法

4.3.1　Petri 网仿真运行流程

在基于 Petri 网模型的仿真平台中，不仅考虑了变迁对托肯的处理时间，也考虑了网络的延迟，该时间可以设置为库所传输托肯所需要的时间或变迁接收到托肯所需要的时间。为了处理方便，我们将网络的延迟视为库所传递托肯给后置变迁所需要的时间，即库所的执

行时间。

当库所接收到托肯的时候,该库所被加入到执行队列中;处于执行队列的库所需要经过一段网络延迟才能将托肯传递给后置变迁,但在后置变迁也处于执行队列的情况下,该库所处于只接收不传递托肯的等待状态,需要等待后置变迁完成托肯的消息才能重新开始传递托肯,这意味着当接收到的托肯超过其容量限制时将丢弃新到的托肯,需要等待除网络延迟之外的额外时间才能处于工作状态。

当变迁接收到托肯时,将该变迁加入到执行队列中;处于执行队列中的变迁需要经过一段执行时间才能将托肯传递给后置库所。在变迁将当前托肯处理完成之后,将向其前置库所发送通知消息,唤醒可能处于等待状态的前置库所。

图 4.13 详细描述了库所在 Petri 网模拟运行过程中的执行流程,图 4.14 详细描述了变迁在 Petri 网模拟运行过程中的执行流程。

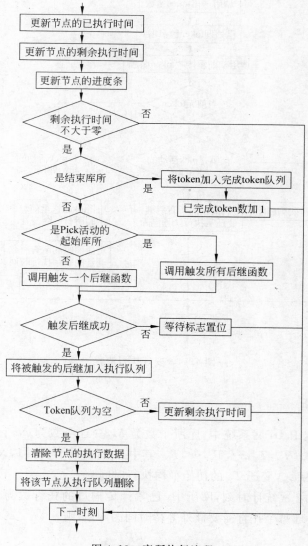

图 4.13　库所执行流程

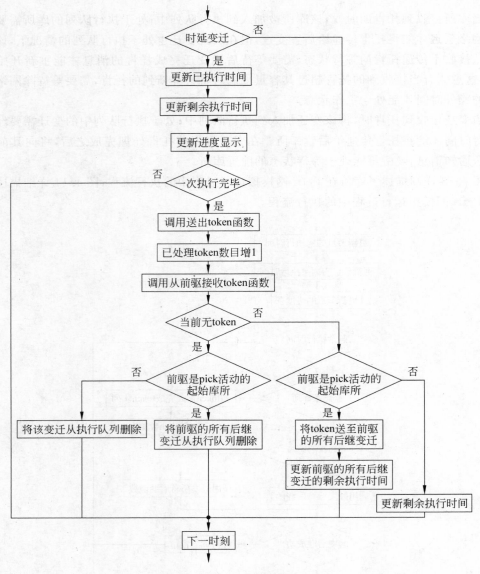

图 4.14 变迁执行流程

4.3.2 性能分析

定义 4.1 假定 Petri 网系统中,库所个数为 M,变迁个数为 N,它们分别可以表示为 $P_1, P_2, \cdots, P_x, \cdots, P_m, T_1, T_2, \cdots, T_y, \cdots, T_N$,其中 $x \in [1, M]$,$y \in [1, N]$。且库所 P_x 的托肯队列的初始容量为 L_x,变迁 T_y 的初始平均执行时间为 E_y。

定义 4.2 在第 i 次统计时刻,库所 P_x 已累计传输过的托肯数为 SP_x,已累计等待时间为 RP_x,该库所处理每个托肯需要额外等待时间为 $U_{x,i}$,则

$$U_{x,i} = \frac{RP_x}{SP_x}$$

定义 4.3　在第 i 次统计时刻,系统传输每个托肯的平均等待时间为 U_i,则

$$U_i = \frac{\sum_{x=1}^{M} U_{x,i}}{M}$$

定义 4.4　在第 i 次统计时刻,变迁 T_y 已累计运行时间为 RT_y,已累计处理过的托肯数为 ST_y,变迁处理每个托肯的响应时间为 $V_{y,i}$,则

$$V_{y,i} = \frac{RT_y}{ST_y}$$

定义 4.5　在第 i 次统计时刻,系统对每个托肯的平均处理时间为 V_i,则

$$V_i = \frac{\sum_{y=1}^{N} V_{y,i}}{N}$$

在 Petri 网运行过程中,假定有 L 个托肯的任务队列,则在每个托肯完成之后均要收集每个库所传输托肯的平均等待时间,以及每个变迁对托肯的平均响应时间,收集到的数据在统计点进行分析。

统计点包括优化时刻 T_0 和优化后的 k 次统计点 $T_0 + T[k]$,其中 $k \geqslant 1$。

4.3.3　瓶颈定位方法

在本仿真平台中,针对收集到的数据,以及上述性能参数,目前实现了两种瓶颈定位方法。第一种方法只简单考虑变迁处理托肯的平均响应时间,称做简单变迁瓶颈定位方法;第二种方法综合考虑变迁处理托肯的平均响应时间以及其前置库所平均等待时间,称做综合变迁瓶颈定位方法。两种算法均在瓶颈定位时刻 T_0 执行,输入参数为随机高级 Petri 网 GSHLPN 以及可能的瓶颈节点百分比(Top X),输出为最有可能成为瓶颈的(X%)变迁节点。算法 4.1 描述分别如下:

算法 4.1:LocateFromGSHLPN_Simple
函数功能:在 T_0 时刻根据给定的 GSHLPN,寻找可能的瓶颈
入口参数:GSHLPN, X
出口参数:有可能成为瓶颈的 X% 的变迁节点列表

1　根据 GSHLPN 初始化变迁队列为 TransitionQueue,长度为 M;初始化变迁瓶颈队列 BottleQueue 为空
2　对变迁队列 TransitionQueue 中每一个变迁 T_y,在运行期间统计其处理一个 Token 的平均响应时间 $V_{y,0}$
3　根据 $V_{y,0}$ 大小将变迁 T_y 按降序插入到瓶颈队列 BottleQueue 中
4　如果还有未统计的变迁,则转算法流程 2,否则转算法流程 5
5　将瓶颈队列 BottleQueue 中排名处于前 M×X% 的变迁返回

算法 4.2:LocateFromGSHLPN_Complex
函数功能:在 T_0 时刻根据给定的 GSHLPN,寻找可能的瓶颈
入口参数:GSHLPN, X
出口参数:有可能成为瓶颈的 X% 的变迁节点列表

1　根据 GSHLPN 初始化变迁队列为 TransitionQueue，长度为 M；初始化变迁瓶颈队列 BottleQueue 为空

2　对变迁队列 TransitionQueue 中每一个变迁 T_y，在运行期间统计其处理一个 Token 的平均响应时间 $V_{y,0}$

3　对变迁 T_y，如果处于与分支结构中，则计算其所有前置库所 P_i 传输托肯的平均等待时间 $U_{y,i}$，并取其中最大值 $\max \{U_{y,i}\}$ 与 $V_{y,0}$ 相加得到平均响应时间 $W_{y,0}$；否则直接取其前置库所传输托肯的平均等待时间 $U_{y,i}$，并与 $V_{y,0}$ 相加得到平均响应时间 $W_{y,0}$

4　根据 $W_{y,0}$ 大小将变迁 T_y 按降序插入到瓶颈队列 BottleQueue 中

5　如果还有未统计的变迁，则转算法流程 2，否则转算法流程 6

6　将瓶颈队列 BottleQueue 中排名处于前 M×X% 的变迁返回

4.3.4　性能优化方法

在本仿真平台中，针对收集到的性能参数以及上述瓶颈定位算法得到的瓶颈变迁，目前实现了两种优化方法。第一种方法只是简单地对所定位到的变迁的平均执行时间减半，称做简单减半优化方法；第二种方法则根据瓶颈变迁平均执行时间与整个系统的平均响应时间比值进行合理减少，称做按比例优化方法。下文分别描述简单减半优化方法和按比例优化方法。

算法 4.3：OptimizeByDivision

函数功能：在 T_0 时刻根据定位的瓶颈列表，尝试将它们的平均执行时间减半

入口参数：变迁瓶颈列表 BottleQueue

出口参数：变迁列表 TransitionQueue

1　初始化变迁队列为 TransitionQueue，长度为 0

2　对变迁瓶颈队列 BottleQueue 中每一个变迁 T_y，获取其初始时刻处理一个 Token 的平均执行时间 $E_{y,0}$

3　更新变迁 T_y 优化后的平均执行时间为 $E_{y,0}/2$，并放入变迁队列 TransitionQueue 中

4　返回 TransitionQueue

算法 4.4：OptimizeByScale

函数功能：在 T_0 时刻根据定位的瓶颈列表，尝试将它们的平均执行时间根据与系统的平均响应时间的比例，进行合理减少

入口参数：变迁瓶颈列表 BottleQueue、T_0 时刻系统传输每个 Token 的平均等待时间 U_0，以及系统处理每个 Token 的平均处理时间 V_0

出口参数：变迁列表 TransitionQueue

1　初始化变迁队列为 TransitionQueue，长度为 0

2　对变迁瓶颈队列 BottleQueue 中每一个变迁 T_y，获取其初始时刻处理一个 Token 的平均执行时间 $E_{y,0}$

3　对变迁 T_y，计算其 T_0 时刻处理一个 Token 的平均响应时间为 $W_{y,0}=U_{y,0}+V_{y,0}$

4　对变迁 T_y，更新其平均执行时间 $E_y=E_{y,0}(U_0+V_0)/W_{y,0}$，并放入变迁队列 TransitionQueue 中

5　返回 TransitionQueue

4.3.5　瓶颈定位准确性评估

本仿真平台中运行 Petri 网，在定位时刻 T_0 进行性能瓶颈定位并优化后，又经历了

K 个固定周期统计点的观察窗口,在每个观察窗口下重新进行性能分析,得到 $V_k(1 \leqslant k \leqslant K)$。

定义 4.6　统计点 $T_0 + T[k]$ 时刻,系统性能相对于优化前是否优化为 b_k,则

$$b_k = \begin{cases} 1, & V_k \leqslant V_0 \\ 0, & \text{其他} \end{cases}$$

定义 4.7　定位准确性表示为 B,则 $B = \dfrac{\sum\limits_{k=1}^{K} b_k}{K} \times 100\%$。

4.3.6　实验结果及分析

1. 实验环境及参数

下述实验结果均在处理器为 Pentium Dual-Core、CPU 主频为 2.6GHz、内存为 2GB 的 PC,操作系统为 Windows XP SP3 的环境下得到,且实验采用的 BPEL 文件主体结构为

```
<process name="shippingService">
    <partnerLinks>
        <partnerLink name="customer" />
    </partnerLinks>

    <sequence>
        <receive partnerLink="customer" />

        <flow>
            <links>
                <link name="XtoY" />
                <link name="CtoD" />
            </links>

            <wait name="X">
                <sources>
                    <source linkName="XtoY" />
                </sources>
                <until>2002-12-24T18:0001:00</until>
            </wait>

            <wait name="Y">
                <targets>
                    <target linkName="XtoY" />
                </targets>
                <until>2002-12-24T18:0001:00</until>
            </wait>

            <wait name="C">
                <sources>
```

```xml
            <source linkName="CtoD" />
        </sources>
        <until>2002-12-24T18:0001:00</until>
    </wait>

    <wait name="D">
        <targets>
            <target linkName="CtoD" />
        </targets>
        <until>2002-12-24T18:0001:00</until>
    </wait>
</flow>
<flow>
    <links>
        <link name="XtoY" />
        <link name="CtoD" />
    </links>

    <wait name="X">
        <sources>
            <source linkName="XtoY" />
        </sources>
        <until>2002-12-24T18:0001:00</until>
    </wait>

    <wait name="Y">
        <targets>
            <target linkName="XtoY" />
        </targets>
        <until>2002-12-24T18:0001:00</until>
    </wait>

    <wait name="C">
        <sources>
            <source linkName="CtoD" />
        </sources>
        <until>2002-12-24T18:0001:00</until>
    </wait>

    <wait name="D">
        <targets>
            <target linkName="CtoD" />
        </targets>
        <until>2002-12-24T18:0001:00</until>
    </wait>
```

```
            </flow>

    <reply partnerLink="customer"
        operation="shippingRequest"
        variable="shipNotice">
        <correlations>
            <correlation set="shipOrder" initiate="yes" />
        </correlations>
        </reply>
    </sequence>
</process>
```

　　由于影响时间结果的因素可能包括库所的初始容量、初始定位和优化时刻、定位及优化的范围、定位方法及优化方法,因此实验方案采取在标准的系统参数的基础上,根据不同目的,分别针对不同的影响因子设置几组对比实验,辅助分析。其中涉及的系统参数详见表 4.1。

表 4.1　系统参数

参 数 名 称	参数取值或取值范围
托肯(任务)数目	20 000
托肯(任务)到达时间间隔	服从 1～10 之间的指数分布
网络延迟	1～10s
库所 P_x 的初始队列长度 L_x	{1000,2000,3000}
变迁 T_y 的初始平均运行时间 E_y	服从 10～100 之间的指数分布
定位和优化时刻 T_0	{1000,2000,3000,4000,5000}
定位方法	随机、简单变迁瓶颈定位方法、综合变迁瓶颈定位方法,且 $TopX=$ {5%,10%,20%,30%,40%}
优化方法	不优化,减半,成比例较少

2. 实验组 1

　　目标:观测不做任何优化情况下系统的收敛性。

　　系统环境参数保持不变:包括托肯数目、到达间隔、网络延迟以及变迁的初始平均运行时间;初始统计时刻点 $T_0=1000$。

　　实验结论及分析:在实验参数统一且不发生变化情况下,该实验分别在不同的库所容量条件下进行重复实验达 1000 次,均得到类似如图 4.15 所示结论,即只需要经过 $T_0=$ 1000 个运行周期,也即只需要接收和处理 1000 个托肯,系统中变迁的平均运行时间与初始的平均运行时间已经趋向拟合,使得系统处理一个托肯的响应时间也趋向稳定。该结论为后续所有实验的基础,即在瓶颈定位和优化点至少为 $T_0=1000$ 之后,此时系统处于稳定运行状态,经过统计所获取的性能数据不再只具有随机性,而且能代表系统的性能指标,此时选取的瓶颈才具有现实意义,对其进行模拟优化才具有现实意义。

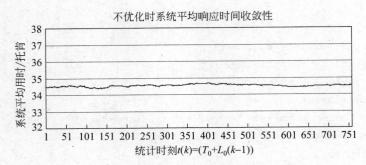

图 4.15　不优化时系统平均响应时间

3. 实验组 2

目标：系统实施瓶颈定位及优化方法的有效性和准确性。

系统环境参数保持不变：包括托肯数目、到达间隔、网络延迟以及变迁的初始平均运行时间；初始统计时刻点 $T_0 = 3000$，库所初始队列长度 $L_0 = 2000$，定位方法选取简单变迁瓶颈定位方法，优化的范围为 $X = 20\%$。

该组实验包括 5 个实验，2 个影响因子，包括定位方法为随机选取 X 或选取 Top X，优化方法为不优化，减半或成比例较少。经过多次实验得到如图 4.16 所示实验结果。

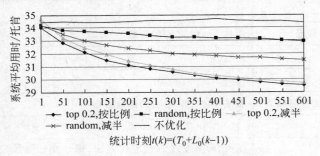

图 4.16　瓶颈定位优化方法有效性比较

实验结论及分析：从中可以看出在统计时刻 $T_0 = 3000$，在不进行优化条件下，系统早已处于稳定收敛状态。此时对可能的瓶颈进行定位，在同等优化方法条件下，选取 Top X 的定位方法明显优于随机的方法，从反面证明我们所提出的瓶颈定位方法的有效性。而选用同样的瓶颈定位方法进行定位之后，选取按比例优化的方法比简单的减半优化方法效果要好。这是由于在系统处于稳定状态时，各变迁对托肯的平均处理时间差异较大，那些平均处理时间较长的节点被选为瓶颈，如果按比例进行优化，则这些节点被优化的幅度较大，整个 Petri 网系统优化的效果更为明显。

此外根据 4.3.5 节中定位准确性评估方法得知，采用简单瓶颈定位准确性达到 99.8%。

4. 实验组 3

目标：系统实施不同的定位及优化范围对系统性能的影响。

系统环境参数保持不变：包括托肯数目、到达间隔、网络延迟以及变迁的初始平均运行时间；初始统计时刻点 $T_0 = 3000$，库所初始队列长度 $L_0 = 2000$，定位方法选取简单变迁瓶颈定位方法,优化方法选取按比例优化。

该组实验包括 5 个实验,只考虑定位和优化范围 Top X 影响因子,经过多次实验得到如图 4.17 所示实验结果。

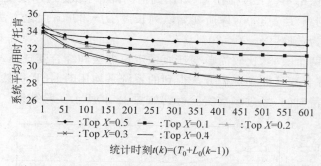

图 4.17　瓶颈定位优化范围比较

实验结论及分析:从中可以看出在定位瓶颈范围增大的情况下,系统的性能得到相应的提高,这与理论进行分析得到的结论是一致的。选取 Top $X=5\%$ 对系统影响几乎很小;而选取 Top $X=40\%$ 相比较于 Top $X=30\%$ 对系统的影响也不大。因此在实际的网络环境中,选取范围的确定还需要根据实际情况而定。不过从理论上,我们可以借鉴社会经济领域中的 2/8 法则(通过大量的社会实践,犹太人摸索出了一套简单的商业操作规则,即 2/8 法则:20% 的商品贡献了总盈利的 80% 利润,因此犹太商人最关注 20% 的主打商品),更加关注系统中 20% 的变迁。因此后续实验中瓶颈定位和优化的范围统一选取 Top $X=20\%$。

5. 实验组 4

目标:系统定位优化时刻选取点 T_0 对系统性能的影响。

系统环境参数保持不变:包括托肯数目、到达间隔、网络延迟以及变迁的初始平均运行时间;库所初始队列长度 $L_0=2000$,定位方法选取简单变迁瓶颈定位方法,优化方法选取按比例优化,定位和优化的范围为选取 Top $X=20\%$。

该组实验包括 5 个实验,只考虑定位和优化初始统计时刻点 T_0 影响因子,经过多次实验得到如图 4.18 所示实验结果。

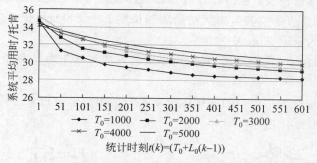

图 4.18　瓶颈定位时刻点选取比较

实验结论及分析:从实验组 1 已经得知在不进行任何优化情况下,在 $T_0=1000$,系统已经处于稳定状态。而瓶颈定位和优化点选取得越早,对系统的优化效果越好。

6. 实验组 5

目标：我们提出的两种定位方法的比较。

系统环境参数保持不变：包括托肯数目、到达间隔、网络延迟以及变迁的初始平均运行时间；初始统计时刻点 $T_0=3000$，库所初始队列长度 $L_0=2000$；优化方法选取按比例优化，定位和优化的范围为选取 Top $X=20\%$。

该组实验包括两个实验，比较简单变迁瓶颈定位方法和综合变迁瓶颈定位方法的优劣，为方便横向比较，综合变迁瓶颈定位方法得到的系统平均用时/托肯仍然不包括系统传输每一个托肯的平均等待时间，经过多次实验得到如图 4.19 所示实验结果。

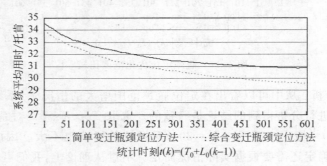

图 4.19　两种瓶颈定位方法比较

实验结论及分析：大量的实验表明，采用综合变迁瓶颈定位方法几乎可以得到与简单变迁瓶颈定位方法相似的结论。而在同等条件情况下，采用综合瓶颈定位优化方法更能准确地定位到瓶颈节点，并作出更好的优化。这是由于瓶颈节点处理能力的不足将托肯阻塞在其前置库所中，造成其前置库所平均等待时间的增加，如果考虑其前置库所收到的影响，则该影响反过来可以加重对瓶颈节点的定位和区分，在更加准确区分的同时，优化幅度也比简单变迁瓶颈定位优化方法要大，因而定位优化效果更加明显。

7. 实验组 6

目标：我们提出的综合瓶颈定位方法与基于数值分析方法的比较。

系统环境参数保持不变：包括托肯数目、到达间隔、网络延迟以及变迁的初始平均运行时间；初始统计时刻点 $T_0=3000$，库所初始队列长度 $L_0=2000$；优化方法选取按比例优化，定位和优化的范围为选取 Top $X=20\%$。

显然，针对同样的 Petri 网结构，我们所提出的方法与基于数学分析方法得出的结论是一致的。

采用综合瓶颈定位方法得到的瓶颈定位结果与采用数学分析方法得到的瓶颈定位结果分别如图 4.20 和图 4.21 所示。

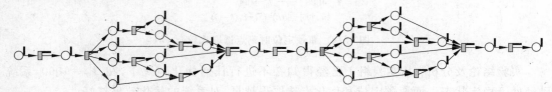

图 4.20　采用综合瓶颈定位方法得到的瓶颈定位结果

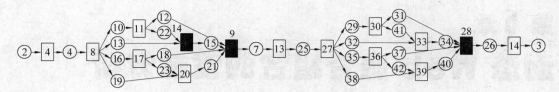

图 4.21 采用数学分析方法得到的瓶颈定位结果

4.4 本章小结

本章以动态 Web 服务组合设计阶段的仿真需求为背景,以构建性能模型,进行性能仿真和性能分析为研究方向,分别从两个方面进行了深入的研究。

(1) 建立适合于我们研究需要的基于 Petri 网的仿真方案,并设计和实现了相应的可视化软件工具集,提供了定位方法及优化方法的扩展接口,为后续研究提供基础平台。

(2) 在仿真方案框架下,提出了简单变迁瓶颈定位方法及综合变迁瓶颈定位方法,通过实验比较证实,两者均能有效发现系统中的瓶颈性能瓶颈定位,同等条件情况下,采用综合瓶颈定位优化方法更能准确地定位到瓶颈节点;在瓶颈定位的基础上,提出了折半减少以及按比例减少两种优化算法,通过实验证实其有效性,在同等条件下,选取按比例减少优化的方法比简单的减半优化方法效果要好。

参 考 文 献

[1] Narayanan S, S McIlraith. Simulation, verification and automated composition of Web services [J]. ACM.

[2] Chandrasekaran S, Miller J, et al. Composition, performance analysis and simulation of Web services [J]. Electronic Markets: The International Journal of Electronic Commerce and Business Media (EM) Web Services EM, 2003(13).

[3] Trainotti M, Pistore M, et al. Astro: Supporting composition and execution of Web services[C]. Service-Oriented Computing-ICSOC 2005: 495-501.

[4] BEA, IBM. Microsoft, SAP and Siebel, Business Process Execution Language for Web Services Version 1. 1 [R], May 2003. ftp://www6. software. ibm. com/software/developer/library/ws-bpel. pdf.

[5] BEA, IBM, Microsoft, SAP and Siebel, Business Process Execution Language for Web Services Version 2.0[R], April 2007. http://docs. oasis-open. org/wsbpel/2. 0/OS/wsbpel-v2. 0-OS. html.

[6] JGraph. http://www. jgraph. com/jgraph. html.

[7] Desmoj. http://desmoj. sourceforge. net/home. html.

第5章
动态Web服务组合的性能分析

 ## 5.1 动态Web服务组合性能分析概述

5.1.1 动态Web服务组合性能分析研究背景

Web服务是建立可互操作的并发分布式应用程序的新平台。随着互连网络的广泛应用和高速发展,出现了大量基于网络的Web服务,基于Web服务的分布式计算模式正在成为技术发展的趋势。Web服务技术通过采用WSDL(Web Service Description Language,Web服务描述语言)、UDDI(Universal Description Discovery and Integration,统一描述、发现和集成)和SOAP(Simple Object Access Protocol,简单对象访问协议)等基于XML的标准和协议,解决了异构分布式计算以及代码与数据重用等问题,具有高度的互操作性、跨平台性和松耦合的特点。然而单个Web服务提供的功能有限,只有通过对已有的单个Web服务进行组合,Web服务的潜力才能真正发挥出来。Web服务组合是各个小粒度的Web服务互相之间通信和协作来实现大粒度的服务功能;通过有效地联合各种不同功能的Web服务,组合服务开发者可以解决更为复杂的问题,达到服务增值的目的。虽然Web服务组合能够满足用户动态地、即时地提出的任务执行,信息提供、商业交易的需要,但也带来了一系列的问题。其中如何从众多的功能相似的Web服务中高效地发现满足条件的服务、Web服务组合的正确性、Web服务组合是否能够满足设计者、规划者或用户的预期目标等等问题都成为大家非常关注的问题。由于并发分布式系统非常复杂,因此开发过程不仅难度大,效率低,周期长,而且难以避免和发现其中隐含的错误和缺陷[1]。因此,为了确保Web服务组合的正确性和确保它们能正常执行以满足预期目标,往往在执行Web服务组合之前要对其进行验证和性能分析。

解决上述问题的方法可以分为两大类:一类是基于仿真的方法和另一类是形式化方法(Formal Methods,FM)(或称为基于数学分析的方法)。一般说来,形式化方法是指具有坚实数学基础的方法,是数学上的综合、分析技术的应用,用于开发计算机控制的系统,经常有推理工具的支持,它可提供一个用于模型设计和分析的一个严格而有效的途径。其目标是希望能使系统具有较高的可信度和正确性,并能使系统具有良好的结构,使其易维护,关键是能较好地满足用户需求[2][3]。形式化方法具有以下优点:首先,数学分析方法具有良好的理论基础,可以详细地刻画动态Web服务组合系统中各因素之间的关系,能够从分析结果中得出性能变化的因果联系;其次,采用数学方法能够以较低的成本构造性能模型,能够利用分析工具以较低的时间代价完成性能分析,并且易于实现无人工参与的自动化性能分析,可以用于时间受限和自动化要求较高的场合。但是数学分析方法需要对动态Web服务组合系统进行简化和假定,刻画系统的详细程度较弱,与实际系统性能指标有一定的误差。

Ulrich Herzog 在文献[4]中也提倡将 FMs 不断地应用到性能评价(Performance Evaluation,PE)领域。性能评价 PE 是指对系统的动态行为进行研究和优化,包括对实际系统的行为进行测量和模型,按照一定的性能要求对方案进行选择,对现有系统的性能缺陷和瓶颈进行改进,对未来系统的性能进行预测,以及在保证一定服务质量的前提下进行设计[5]。纵观目前国内外有关 Web 服务组合性能建模及性能分析方法的文献[6-26],我们发现,自动机理论、进程代数、排队论、Pi 演算和随机 Petri 网等是使用最多的几种形式化方法。

5.1.2　动态 Web 服务组合性能分析相关工作介绍

我们的整个项目共分为四大模块:Web 服务组合的概念建模模块,基于 QoS 的服务选择模块,基于仿真的性能分析模块(简称为仿真分析模块)和基于形式化方法的性能分析模块(简称为数学分析模块)。为了叙述的方便,我们将前两个模块统称为服务组合生成模块。本章涉及的是第四个模块的相关工作。

数学分析模块以服务组合生成模块的输出为输入(即描述 Web 服务组合的 WSDL 文件和 BPEL 文件为输入)。首先模块根据得到的输入生成所需要的性能分析模型,然后对性能模型分别进行静态分析和动态分析,最后将性能分析结果反馈给服务组合生成模块,从而形成一个闭环负反馈系统。

性能模型的静态分析是指设计阶段对模型结构的有界性、活性等属性的验证,并验证所得的模型是否存在死锁或陷阱,并将诊断的结果反馈给数学分析模块的输入端——服务组合生成模块。对模型进行静态分析的目的在于发现结构中固有的致命弱点,保证运行时的 Web 服务组合是良结构的。

性能模型的动态分析是指对模型中与时间相关的性能进行分析。对模型进行动态分析的目的在于,在时间受限的场合下也能发现并快速定位性能瓶颈可能发生的位置,使服务组合生成模块能够根据反馈的预测结果做出调整,实现 Web 服务组合自适应地修复和完善,从而满足了高自动化的要求。

整个技术方案如图 5.1 所示。

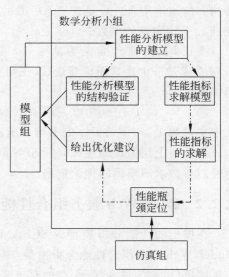

图 5.1　数学分析模块的技术方案

 ## 5.2　动态 Web 服务组合性能分析模型

5.2.1　动态 Web 服务组合性能建模的工具

Petri 网作为一种重要的数学工具,具有严格的数学基础和规范化的语义[27]。Petri 网是 20 世纪 60 年代由卡尔·A·佩特里发明的,它能够有效地对信息系统进行描述和建模,并对系统的并发性、异步性和不确定性具有很强的动态分析能力。特别是考虑到 Web 服务组合过程较为复杂，如存在并发、冲突等情形时，采用 Petri 网建立组合服务模型，对其进行性能分析有明显的优势[28]。Petri 网主要用来研究系统的性能和可靠性，主要分析方法包括：可达树、关联矩阵和状态方程、不变量和分析化简规则。同时，它也可通过可达性分析研究系统的功能特性，如死锁、安全性等动态行为。

随机 Petri 网（Stochastic Petri Net，SPN）是在 1980 年作为描述离散事件动态系统（Discrete Event Dynamic Systems，DEDS）的形式化工具被提出来的[29]。它是在基本 Petri 网的基础上，在每个变迁的可实施与实施之间联系了一个随机的延迟时间。在 Petri 网中引入时间的概念，虽然模型的动态行为将受时间参数影响，但时间的引入缩小了状态空间、增强了 PN 的描述能力，且不会破坏和修改原 Petri 网结构描述以及同步和并行性的表达，这大大增强了模拟能力。使得它能有效地模型复杂系统、进行性能和可靠性评价，目前已被广泛地用于计算机网络和系统的性能评价等方面。

正是基于上述考虑，我们选择 SPN 作为构建 Web 服务组合性能分析模型的建模工具，采用的是 Molloy 连续时间 SPN。其定义如下：

定义 5.1　连续时间 SPN

连续时间 $\mathbf{SPN}=(S,T;F,W,M_0;\lambda)$，其中 $(S,T;F,W,M_0)$ 是一个 P/T 系统，λ 是变迁平均实施速率集合。λ_i 是变迁 $t_i \in T$ 的平均实施速率，表示在可实施的情况下单位时间内变迁 t_i 平均实施的次数。

变迁 t 的时延 x_t 定义为从变迁 t 变成可实施的时刻到它实施时刻之间的时间间隔。x_t 被看成是一个连续随机变量（取正实数值），假设每个变迁时延的分布函数为一个指数分布函数：

$$\forall t \in T: F_t(x) = P(x_t \leqslant x) = 1 - e^{-\lambda_t x}$$

其中实参数 $\lambda_i > 0$ 是变迁 t 的平均实施速率，变量 $x \geqslant 0$。

已证明上述假设的连续时间 **SPN** 同构于一个连续时间 MC，这是我们将性能模型转换为性能参数求解模型的理论依据。

5.2.2　动态 Web 服务组合性能模型的描述

在提出的性能分析模型 WSCPAM（Web Services Composition Performance Analysis Model，Web 服务组合性能分析模型）中，Web 服务或子 Web 服务组合用变迁表示，变迁的前置库所（也称为输入库所）存放对该变迁的请求队列，变迁的后置库所（也称为输出库所）存放的是该变迁对某个后置变迁的服务请求，且请求队列的长度不限。

定义 5.2　Web 服务组合性能分析模型 WSCPAM

WSCPAM 是一个四元组 $\Sigma = (S,T;F;M_0)$，其中 S 为库所集，每个库所容量不限，T 为变迁集，M_0 为初始标识，并且满足以下条件：

(1) $S \neq \varnothing$ && $T \neq \varnothing$。

(2) $|S| \ll \infty$ && $|T| \ll \infty$。

(3) $S \cap T = \varnothing$。

(4) $F \subseteq (S \times T) \bigcup (T \times S)$。

(5) $\mathrm{dom}(F) \bigcup \mathrm{cod}(F) = S \bigcup T$。

(6) $\forall s \in S(|\cdot s| \leqslant 1 \wedge |s \cdot| \leqslant 1)$。

(7) $\forall x \in S \cup T(\cdot x \cap x \cdot = \varnothing)$。

(8) $\forall t \in T$ 变成可实施的时刻到它实施时刻之间被看成是一个连续随机变量 x_t（取正实数值），且服从分布函数

$$\forall t \in T: F_t(x) = P(x_t \leqslant x) = 1 - e^{-\lambda_t x}$$

其中实参数 $\lambda_i > 0$ 是变迁 t 的平均实施速率，变量 $x \geqslant 0$。

因为在模型 WSCPAM 中，Web 服务或子 Web 服务组合用变迁表示，而库所表示前置服务（即前置变迁）对后置服务（即后置变迁）的请求队列，换句话说，库所表示的关系是服务序偶对。

(1) 对 $\forall t_i, t_j, t_k, t_r \in T \ \&\& \ t_i \neq t_j \neq t_k \neq t_r, \exists s_i, s_j, s_k, s_r, s_i', s_j', s_k', s_r' \in S$：

$$s_i: <t_i, t_j> \neq s_i': <t_k, t_r>, s_j: <t_i, t_j> \neq s_j': <t_j, t_i>$$
$$s_k: <t_i, t_j> \neq s_k': <t_i, t_k>, s_r: <t_i, t_j> \neq s_r': <t_k, t_j>$$
$$\neg \exists s_e: <t_i, t_i>$$

(2) 对于起始库所而言，它没有前置库所，有且仅有一个后置库所；对于终止库所而言，它没有后置库所，有且仅有一个前置库所。

综上所述，易知，对 $\forall s \in S$，有 $|\cdot s| \leqslant 1 \ \&\& \ |s \cdot| \leqslant 1 \ \&\& \ \cdot s \cap s \cdot = \varnothing$，这被称为 WSCPAM 的结构约束条件 1。

此外，在 WSCPAM 中，任一库所和任一变迁之间最多只有一个弧，即：$\forall x \in S \cup T$，$\cdot x \cap x \cdot = \varnothing$，这被称为 WSCPAM 的结构约束条件 2。

5.2.3　动态 Web 服务组合性能模型的生成

在使用 WS-BPEL 描述的 Web 服务组合流程中，活动是与被组合的 Web 服务进行交互的手段。而 WS-BPEL 中的活动又分为基本活动和结构化活动两大类，基本活动仅仅描述了 Web 服务组合流程处理数据的基本步骤；而结构化活动不但包含基本活动，还描述了基本活动之间的逻辑关系，体现了一定的业务规则。基本活动和结构化活动之间有着截然不同的区别，因而，以下分别就基本活动和结构化活动介绍 BPEL 模型到 WSCPAM 模型的转换方法。

1. WS-BPEL 基本活动转换方法

在 WS-BPEL 中，结构化活动是由基本活动组合而成的，因此，在转换结构化活动之前必须先完成基本活动由 BPEL 模型到 WSCPAM 模型的转换，这样才能递归地完成整个 Web 服务组合流程的 WSCPAM 模型构建。

1) 整体流程

WS-BPEL 中的基本活动有 Receive、Reply、Invoke、Wait、Empty、Throw 和 ReThrow 等，其中 Throw 和 ReThrow 虽然在语义上有所差别，但是它们的实质都是抛出一个有名字的故障，因此可以将它们都作为 Throw 活动进行处理。在进行转换的时候，首先就要根据各种基本活动的具体类型分别处理，整体流程如图 5.2 所示。

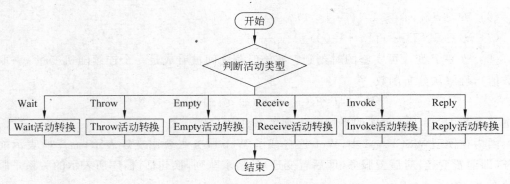

图 5.2　基本活动转换整体流程

2）转换方法

在 WS-BPEL 中，基本活动又称为原子活动，就是因为基本活动的操作是不可再分的步骤。因此，在 WSCPAM 模型中可以将所有的基本活动都映射为变迁，以此来表示原子性的操作。基本活动转换后的结构如图 5.3 所示。

在图 5.3 所示的结构中，基本活动映射到 WSCPAM 之后包含三个部分：Ready Place、Transition 和 Completed Place。其中 Ready Place 表示基本活动已经准备就绪，随时可以被触发执行；Transition 则表示基本活动的数据处理或者同步等待的过程；Completed Place 表示基本活动已经完成执行，这时就可以触发后续活动的执行。

根据基本活动的 WSCPAM 结构，相应的转换方法如图 5.4 所示。

图 5.3　基本活动对应的 WSCPAM 结构　　　　图 5.4　基本活动转换方法

2. WS-BPEL 结构化活动转换方法

WS-BPEL 中的结构化活动不但组合了一系列的活动，还表述了这些活动之间的逻辑关系，因此，将结构化活动转换到 WSCPAM 的方法和最终结果都是不同的，这就必须根据各种结构化活动的特点分别处理。

1）整体流程

同基本活动的处理方式一样，在将结构化活动转换到 WSCPAM 模型的时候首先要判断结构化活动的具体活动类型，然后再进行具体的处理，如图 5.5 所示。

2）各种活动的转换实现

在 WS-BPEL 中，If 活动实现了条件跳转行为。If 活动中包含若干分支，每个分支对应于一个判断条件，并且每个分支中都可以包含若干活动。If 活动转换为 WSCPAM 结构的转换方法如图 5.6 所示。

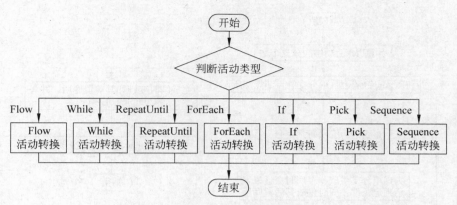

图 5.5　结构化活动转换整体流程

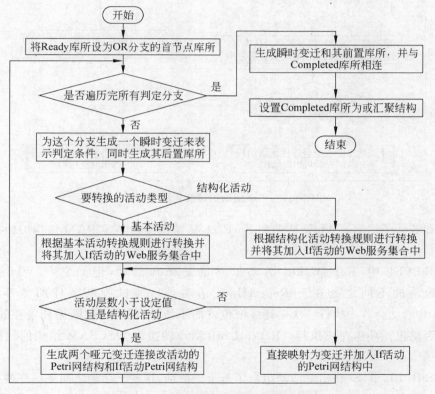

图 5.6　If 活动的转换算法流程图

Pick 活动也是一种分支选择活动，它可以包含任意数目的分支。与 If 活动不同的是，Pick 活动对分支的选择并不是通过条件判断进行的，而是为每个分支设置等待特定事件发生或消息到达的活动，一旦某个事件发生或者消息到达，与其相匹配的分支就被触发，而其他分支则被丢弃。Pick 活动转换为 WSCPAM 结构的转换方法如图 5.7 所示。

在 WS-BPEL 中，While 活动和 ForEach 活动都是预先测试判断条件的循环活动，因此可以将它们转换到相同的 WSCPAM 结构。While 活动和 ForEach 活动都包含了一个循环

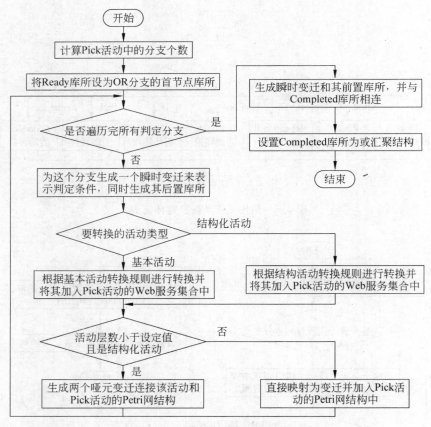

图 5.7 Pick 活动的转换算法流程图

判断条件和若干子活动。While 活动和 ForEach 活动转换为 WSCPAM 结构的转换方法如图 5.8 所示。

在 WS-BPEL 中,RepeatUntil 活动虽然也是循环活动,但是它与 While 活动和 ForEach 活动的不同之处在于 RepeatUntil 活动是后测试判断条件的循环活动,即 RepeatUntil 活动会首先执行一次循环体中包含的子活动,然后再判断循环条件的真假,进而决定是否跳出循环体完成执行。RepeatUntil 活动转换为 WSCPAM 结构的转换方法如图 5.9 所示。

在 WS-BPEL 中,Sequence 活动组合了若干子活动,这些子活动之间是顺序的关系。在 Sequence 活动执行的时候,各个子活动按照它们在 Sequence 活动中出现的次序依次执行。因此,在将 Sequence 活动转换到 WSCPAM 结构的时候,要体现出这种次序关系。Sequence 活动转换为 WSCPAM 结构的转换方法如图 5.10 所示。

Flow 活动是 WS-BPEL 中比较复杂的结构化活动。在 Flow 活动中同样有多个分支,但是与其他有分支的结构化活动不同,Flow 活动中的分支之间并不是取一的关系,它们会并行地执行,并且只有所有的分支都结束执行的时候,Flow 才能完成执行。Flow 活动转换为 WSCPAM 结构的方法如图 5.11 所示。

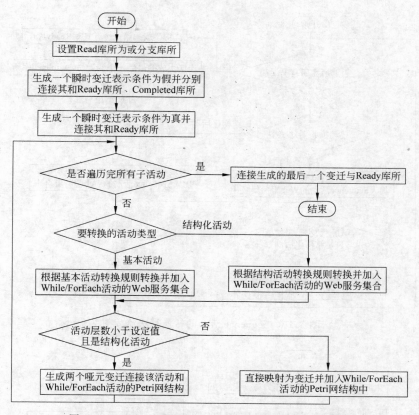

图 5.8　While 活动和 ForEach 活动的转换算法流程图

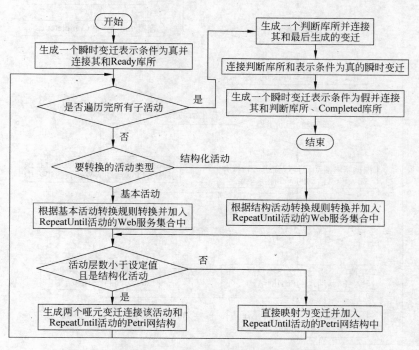

图 5.9　RepeatUntil 活动的转换算法流程图

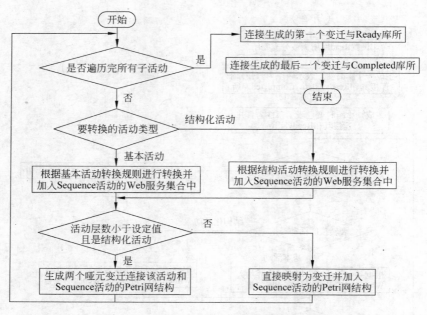

图 5.10　Sequence 活动的转换算法流程图

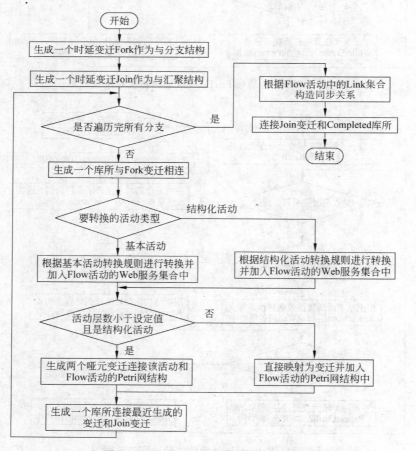

图 5.11　Flow 活动的转换算法流程图

5.3 动态 Web 服务组合性能模型的静态分析

模型的静态分析是指设计阶段对模型的结构约束条件的验证,以及对模型结构的有界性、活性等属性的验证,并验证所得的模型是否存在死锁或陷阱。对模型进行静态分析的目的在于发现结构中固有的致命弱点,保证运行时的 Web 服务组合是良结构的。

5.3.1 静态分析所用性能参数

推论 5.1 结构约束条件 1⇒结构约束条件 2

证明: 如果结构约束 1 为真,可知对于 $\forall s \in S$ 有 $\cdot s \cap s \cdot = \varnothing$ 成立。在此前提下,考查约束条件 2:

(1) 对于 $\forall x \in S$,显然 $\cdot x \cap x \cdot = \varnothing$ 成立;

(2) 对于 $\forall x \in T$,用反证法,假设 $\cdot x \cap x \cdot \neq \varnothing$,则一定 $(\exists s \in S) s \in \cdot x \cap x \cdot$,也就是说,$\exists(s,x) \in F \&\& \exists(x,s) \in F \vdash x \in \cdot s \cap s \cdot$,与约束条件 1 矛盾,因此假设不成立。

综上所述可得:$(\forall s \in S) \cdot s \cap s \cdot = \varnothing \Rightarrow (\forall t \in T) \cdot t \cap t \cdot = \varnothing$,即推论 1 得证。

由推论 5.1 可知,在进行结构约束验证时只需要验证约束条件 1 即可。

定义 5.3 活性 liveness

设 $\Sigma = (S,T;F;M_0)$ 为一个 WSCPAM,M_0 为初始标识,$t \in T$。

如果 $\forall M \in R(M_0)(\exists M' \in R(M)(M'[t>))$,则称变迁 t 为活的,记为 $L(t)$。

如果 $\forall t \in T(L(t))$,则称 Σ 为活的 WSCPAM。

验证 WSCPAM 的活性可以判断是否组合中的所有 Web 服务或子 Web 服务组合均可被实施。如果对应的 WSCPAM 不是活的,则可以返回那些变迁不会被实施的反馈信息。

定义 5.4 有界性 boundedness

设 $\Sigma = (S,T;F;M_0)$ 为一个 WSCPAM,M_0 为初始标识,$s \in S$。

如果 $\exists$ 正整数 $B(\forall M \in R(M_0)(M(s) \leqslant B))$,则称库所 s 为有界的,记为 $B(s)$。

如果 $\forall M_0(\forall s \in S(B(s)))$,则称 Σ 为有界的 WSCPAM。

验证 WSCPAM 的有界性可以判断是否存在服务请求队列长度不停增长的 Web 服务或子 Web 服务组合。如果存在,则该服务请求队列的后置库所将是潜在的性能瓶颈。

定理 5.1 设 C 为 $\Sigma = (S,T;F;M_0)$ 的关联矩阵,则 Σ 是有界网的充分必要条件是:$\exists n(n=|S|)$ 维正整数向量 x,使得 $C^T x \leqslant 0$。

定义 5.5 WSCPAM 关联矩阵(incidence matrix)

设 $\Sigma = (S,T;F;M_0)$ 为一个 WSCPAM,$S=\{s_1,s_2,\cdots,s_n\}$,$T=\{t_1,t_2,\cdots,t_m\}$,则 Σ 的关联矩阵 C 是一个 $n \times m$ 矩阵,且满足下列条件:

$$c_{ij} = \begin{cases} 1, & (s_i,t_j) \in F \\ -1, & (t_j,s_i) \in F \\ 0, & \text{其他} \end{cases}$$

我们求解不等式 $C^T x \leqslant 0$ 的基本思想是将不等式方程组转换为等价的等式方程组进行求解。其基本原理阐述如下:因为在模型 WSCPAM 中,库所个数是大于等于变迁个数的,这个结论通过约束条件 1 很容易得到,因此 WSCPAM 的关联矩阵的转置矩阵的行数大于其列数。

假设有线性不等式组

$$Ax \leqslant b, \quad A \in \mathbf{R}^{m,n}, \quad x \in \mathbf{R}^n, \quad n > m \tag{5-1}$$

对其引入向量 k，使得

$$\begin{cases} Ax + Kk = b \\ k \geqslant 0 \end{cases}, \quad K \in \mathbf{R}^{m,n}, \quad k \in \mathbf{R}^n \tag{5-2}$$

矩阵 K 按如下方法进行构造：

$$B_1 = \begin{pmatrix} I_{n-m} \\ 0 \end{pmatrix}_{m,n-m}, \quad n - m < m$$

$$B_2 = (I_m, 0)_{m,n-m}, \quad n - m \geqslant m$$

$$K = \begin{cases} (I_m \ \vdots \ B_1)_{m,n}, \quad n - m < m \\ (I_m \ \vdots \ B_2)_{m,n}, \quad n - m \geqslant m \end{cases}$$

下面证明式(5-1)和式(5-2)是等价的。

假设 x^*、k^* 是方程组(5-2)的解，且 $k^*(k_1^*, k_2^*, \cdots, k_n^*) \geqslant 0$，$Kk = b^*$ 则有：

① 当 $n - m < m$ 时，$Kk = b^*$ 展开为：

$$k_1^* + k_{m+1}^* = b_1^*$$
$$k_2^* + k_{m+2}^* = b_2^*$$
$$\vdots$$
$$k_{n-m}^* + k_{m+(n-m)}^* = k_{n-m}^* + k_n^* = b_{n-m}^*$$
$$k_{n-m+1}^* = b_{n-m+1}^*$$
$$k_{n-m+2}^* = b_{n-m+2}^*$$
$$\vdots$$
$$k_m^* = b_m^*$$

因为 $k^*(k_1^*, k_2^*, \cdots, k_n^*) \geqslant 0$ 且由上述展开式可知：$b^* \geqslant 0$。

② 当 $n - m \geqslant m$ 时，$Kk = b^*$ 展开为：

$$k_1^* + k_{m+1}^* = b_1^*$$
$$k_2^* + k_{m+2}^* = b_2^*$$
$$\vdots$$
$$k_m^* + k_{m+m}^* = b_m^*$$

因为 $k^*(k_1^*, k_2^*, \cdots, k_n^*) \geqslant 0$ 且由上述展开式可知：$b^* \geqslant 0$。

故

$$Ax + b^* = b \Rightarrow Ax = b - b^* \Rightarrow Ax \leqslant b$$

因此方程组(5-1)和方程组(5-2)是等价。令

$$G = (A, K)$$

$$\ddot{x} = \begin{pmatrix} x \\ k \end{pmatrix}$$

则不等式方程组(5-2)的线性方程组部分可表示为：

$$G\ddot{x} = b \tag{5-3}$$

如果方程组(5-3)有解

$$\ddot{x}^* = (x^*, k^*)$$

且 $k^* \geqslant 0$，那么就得到 $\exists n$ 维向量 x 使得 $Ax \leqslant b$ 成立的结论。

定义 5.6　死锁 deadlock

设 $\Sigma = (S, T; F; M_0)$ 则为一个 WSCPAM，M_0 为初始标识，$S' \subseteq S$。

如果 $\cdot S' \subseteq S' \cdot$，则称 S' 为 Σ 的一个死锁，记为 $\overline{B}(S')$。

WSCPAM 存在死锁会导致这样的情况：如果一个死锁不含有托肯（即死锁所覆盖的所有库所的托肯数均为 0），那么该死锁将永远得不到托肯。因此验证 WSCPAM 模型是否存在死锁可以发现是否存在可能的服务盲区（之所以把死锁覆盖的服务区域称为服务盲区，是因为如果死锁不含有托肯，那么根据定义可知，此时死锁对外是不可见的，也就是说死锁中所覆盖的服务对外是不可见的）。服务盲区定义为死锁覆盖 Web 服务或子 Web 服务组合的区域。

定义 5.7　陷阱 trap

设 $\Sigma = (S, T; F; M_0)$ 为一个 WSCPAM，M_0 为初始标识，$S' \subseteq S$。

如果 $S' \cdot \subseteq \cdot S'$，则称 S' 为 Σ 的一个陷阱，记为 $\overline{T}(S')$。

WSCPAM 存在陷阱会导致：如果一个陷阱含有托肯（即陷阱所覆盖的库所中至少有一个库所的托肯数不为 0），那么该陷阱将永远不会失去托肯。因此验证 WSCPAM 模型是否存在陷阱可以发现是否存在可能的服务异常区。之所以把陷阱覆盖的服务区域称为服务异常区，是因为如果陷阱含有了托肯，那么根据定义可知，此时陷阱中的某些服务会被不停地触发，也就是说陷阱中的某些服务会在非控下执行。服务异常区定义为陷阱覆盖 Web 服务或子 Web 服务组合的区域。

我们验证给定 WSCPAM 是否存在死锁或陷阱所采用方法的理论基础是下述定理。

定理 5.2　设 C 为 $\Sigma = (S, T; F; M_0)$ 的关联矩阵，$S_1 = \{s_{i1}, s_{i2}, \cdots, s_{ik}\}$ 为 Σ 的一个死锁（陷阱）的充分必要条件是：C^T 关于 S_1 列的列生成子阵中，每个非全零行至少包含一个 -1（或"1"）元素。

这里所求的是 WSCPAM 中的一个极大死锁或陷阱，下面给出极大死锁或陷阱的定义。

定义 5.8　极大死锁或陷阱

假设 $S_1 = \{s_{i1}, s_{i2}, \cdots, s_{ik}\}$ 是 $\Sigma = (S, T; F; M_0)$ 的一个死锁（陷阱），S_1 是 Σ 一个极大死锁（陷阱）当且仅当 S_1 满足以下条件：$\forall s \in S - SS_1(S_1 \bigcup \{s\})$ 不是死锁（陷阱））。

发现 1　C^T 的每一列的元素具有以下特点：有且只有一个 1 元素、有且只有一个 -1 元素、其余的为 0 元素。

发现 2　在 WSCPAM 中，每个变迁一定有输入的弧和输出的弧，所以 C^T 的每一行一定有一个或多个元素 1 和一个或多个元素 -1。

发现 3　假设 $|S| = n$，$|T| = m$，发现如果 WSCPAM 中存在死锁或陷阱，那么死锁或陷阱所覆盖的库所子集的大小为 m。

说明：

(1) 约束条件 1 的限制，使得在 WSCPAM 中 $|S| \geqslant |T|$ 始终成立。

(2) 根据定理 5.2 和(1)，我们可以知道死锁或陷阱所覆盖的库所子集的大小应小于等于 m。

(3) 假设死锁或陷阱所覆盖的库所子集小于 m，可知造成这个结果有以下两种情况：

① C^T 中至少有一列存在两个或两个以上 -1 元素或 1 元素。

② C^T 中至少有一行不存在元素 -1 或元素 1。

显然,情况 1 与发现 1 矛盾,情况 2 和发现 2 矛盾,因此假设不成立。

(4) 综合(2)、(3),结论得证。

5.3.2　静态分析的描述

算法 5.1：验证给定 WSCPAM 模型的有界性

输入：WSCPAM

输出：验证结果

1. 求给定 WSCPAM 的关联矩阵 $C,C \in R^{(n,m)}$。
2. 利用矩阵的行最简形来求解 $C^T x = 0$,如果存在非零解向量 x,且 x 的各个分量均为正整数,则可知 WSCPAM 是有界的,算法结束,否则继续执行下面的步骤。
3. 构造矩阵 $K \in R^{(n,m)}$。
4. 生成矩阵 $G = (C^T, K)$,$G \in R^{(m,2n)}$。
5. 将系数矩阵 G 化简称行最简形来求解 $G x = 0$,$x \in R^{2n}$,$0 \in R^m$。

如果有解,且 x 的后 n 个分量均大于零、前 n 个分量均为正整数,则 WSCPAM 是有界的,否则是无界网。

算法 5.2：验证给定 WSCPAM 模型是否存在死锁或陷阱的算法（假设 $|S| = n$,$|T| = m$）

输入：C^T

输出：一个极大死锁和一个极大陷阱

描述：

(1) 初始化一个大小为 $n \times 2$ 的二维数组 RF。

(2) 根据 C^T 填写 RF。

(3) 初始化一个大小为 m 的一维指针数组 PLB。

(4) 初始化一个大小为 m 的一维指针数组 PLT。

(5) 根据二维数组 RF 对一维指针数组 PLB 和 PLT 进行信息填充。

(6) 如果一维指针数组 PLB 中仍有空指针元素,则得到"无死锁"结论;否则从 PLB 每个链队列中摘下队首元素,这些元素的集合（即库所号集合）即为一个死锁。

(7) 如果一维指针数组 PLB 中仍有空指针元素,则得到"无陷阱"结论;否则从 PLT 每个链队列中摘下队首元素,这些元素的集合（即库所号集合）即为一个陷阱。

(8) 返回判断结果。

说明：

(1) 二维数组 RF 的作用是用来记录每一列 1 元素所在的行号和 -1 元素所在行号,RF 的第 i 行对应 C^T 的第 i 列。

(2) 一维指针数组 PLB 的第 i 个数组元素对应的链式队列存放了在 C^T 中第 i 行有元素 -1 的所有列的列号。

(3) 一维指针数组 PLT 的第 i 个数组元素对应的链式队列存放了在 C^T 中第 i 行有元素 1 的所有列的列号。

5.3.3　静态分析的实现

性能分析模型 WSCPAM 结构约束条件验证和结构属性验证的算法实现如下所示。

（1）设计阶段性能分析模型结构验证主程序

函数名：VerifyStructureOfMathsModel

函数功能：对给定的 SPN 进行结构验证

入口参数：SPN，库所的个数 n，变迁的个数 m，可达标识集 ReachabilitySet

出口参数：给出相应的验证结果，并将结果反馈给模型组

```
1    关联矩阵 C←GetIncidenceMatrixOfPetriNet(SPN,n,m);
2    初始化队列 q_CCPlaceNo 为空;
3    q_CCPlaceNo←VerifyStructureConstraintCondition(SPN,n);
4    if(q_CCPlaceNo 为空队列)
5        结果 1←满足结构约束条件;
6    else
7        结果 1←不满足结构约束条件的库所集,即 q_CCPlaceNo 中的信息;
8    初始化队列 q_LTransitionNo 为空;
9    q_LTransitionNo←VerifyMathsModelLiveness(SPN,m,ReachabilitySet);
10   if(q_LTransitionNo 为空队列)
11       结果 2←是活的;
12   else
13       结果 2←不满足活性的变迁集,即 q_LTransitionNo 中的信息;
14   result←1;
15   result←VerifyMathsModelBoundedness(C,n,m);
16   if(result==0)
17       结果 3←不是有界的;
18   else
19       结果 3←是有界的;
20   初始化一个大小为 m 的一维数组 BPS;
21   初始化一个大小为 m 的一维数组 TPS;
22   BPS,TPS←VerifyMathsModelDeadlockAndTrap(C,n,m);
23   if(BPS 为空)
24       结果 4←不存在死锁;
25   else
26       结果 4←一个死锁所覆盖的库所集,即 BPS 中的信息;
27   if(TPS 为空)
28       结果 5←不存在陷阱;
29   else
30       结果 5←一个陷阱所覆盖的库所集,即 TPS 中的信息;
31   将结果列表{结果 1,结果 2,结果 3,结果 4,结果 5}以 XML 的文件形式反馈给模型组;
```

（2）Petri 网关联矩阵的求解

函数名：GetIncidenceMatrixOfPetriNet

函数功能：求解给定 SPN 的关联矩阵

入口参数：SPN，库所的个数 n，变迁的个数 m

出口参数：关联矩阵 C

```
1   初始化一个 n×m 的二维数组 C 为 0;
2   for(k=0;k<n;k++)
3       if(|s_k·|≥1)
4           将 |s_k·| 中的变迁均标注为尚未判断过;
5           while(|s_k·| 中还有尚未判断过的变迁)
6               if(t_j∈|s_k·| && t_j 尚未判断过){C[k,j]=1;t_j 标注为已判断过;}
7       if(|·s_k|≥1)
8           将 (|·s_k| 中的变迁均标注为尚未判断过;
9           while((|·s_k| 中还有尚未判断过的变迁)
10              if(t_j∈(|·s_k| && t_j 尚未判断过){C[k,j]=- 1;t_j 标注为已判断过;}
11  返回 C;
```

（3）性能模型结构

函数名：VerifyStructureConstraintCondition

函数功能：验证给定 SPN 是否满足结构约束条件

入口参数：SPN,库所的个数 n

出口参数：不满足条件的库所编号队列

说明：如果所有库所均满足约束条件,则返回的队列为空。

```
1   初始化空队列 q_CCPlaceNo;
2   for(k=0;k<n;k++)
3       if(|s_k·|!=1‖|·s_k|!=1‖s_k·∩·s_k!=∅)编号 k 入队列 q_CCPlaceNo;
4   返回队列 q_CCPlaceNo;
```

（4）性能模型结构性质之活性的验证

函数名：VerifyMathsModelLiveness

函数功能：验证给定 SPN 是否是活的

入口参数：SPN,变迁的个数 n,可达状态集 ReachabilitySet

出口参数：非活变迁的编号队列

说明：如果 SPN 是活的,则返回的队列为空。

```
1   初始化空队列 q_LtransitionNo;
2   for(k=0;k<n;k++)
3       if(∀M∈ReachabilitySet(变迁 t_k 均不可实施))编号 k 入队列 q_LTransitionNo;
4   返回队列 q_LTransitionNo;
```

（5）矩阵行最简形的求解

函数名：SolveRowSimplestFormOfMatrix

函数功能：求解给定矩阵的行最简形

入口参数：矩阵 A,矩阵的行数 m、列数 n

出口参数：矩阵 A(此时矩阵已是原矩阵的行最简形)

```
1   k_j← 0;z←0;
2   for(k=0;k<m-z && k_j<n;k++)
```

```
3        flag←0;
4        while(kⱼ<n && !flag)
5            if(A[k][kⱼ]==0)
6                if(A[k+1][k],A[k+2][k],…,A[m-1][k]均为 0)      kⱼ←kⱼ+1;
7                else
8                    在第 k 行之后找到第 k 列绝对值最大元素,假设所在的行是第 i 行;
9                    交换矩阵 A 的第 k 行↔第 i 行;flag←1;
10           else break;
11       if(kⱼ≥n)                                      //说明第 k 行全为 0
12           第 k 行↔第 m-1-z 行;z←z+1;k←k-1;kⱼ←k;continue;
13       else
14           for(t=0;t<m;t++)
15               if(t!=k)
16                   f←A[t][k]/A[k][kⱼ];
17                   for(j=k;j<n;j++)      A[t][j]←A[t][j]-f*A[k][j];
18           for(i=kⱼ;i<n;i++)      A[k][i]←A[k][i]/A[k][kⱼ];
19           kⱼ←kⱼ+1;
20   返回矩阵 A;
```

(6) 齐次方程组的求解

函数名：SolveHomogeneousEquationSet

函数功能：求解给定齐次方程组

入口参数：系数矩阵 A，矩阵的行数 m、列数 n

出口参数：解向量 x

说明：这里只返回方程组的一个特解。

```
1    初始化一个 n 维向量 x,使其所有分量为 0;
2    A←SolveRowSimplestFormOfMatrix(A,m,n);
3    kⱼ←0;
4    for(k=0;k<m && kⱼ<n;k++)
5        if(A[k][kⱼ]!=0) kⱼ←kⱼ+1;
6        else {while(A[k][kj]==0 && kⱼ<n){x[kⱼ]←-1;kⱼ←kⱼ+1;}
7            if(kⱼ<n) k←k-1;}
8    for(i=k;i<n;i++){x[i]←1}
9    kⱼ←0
10   for(k=0;k<m && kj<n;k++)
11       while(A[k][kⱼ]==0 && kj<n) kⱼ←kⱼ+1;
12       if(kⱼ<n)
13           for(j=kⱼ+1;j<n;j++)
14               if(A[k][j]!=0){x[kⱼ]←x[kⱼ]+A[k][j]×x[j];kⱼ←kⱼ+1;}
15   return x;
```

(7) 性能模型结构性质之有界性的验证

函数名：VerifyMathsModelBoundedness

函数功能：验证给定 SPN 是否是有界的

入口参数：关联矩阵 C,库所的个数 n,变迁个数 m

出口参数：1 表示是有界的;0 表示是非有界的

```
1    初始化一个 n 维的解向量 x,使 x 成为零向量;
2    初始化一个 m * n 的矩阵 Cᵀ,使其元素均为 0;
3        for(k=0;k<m;k++)
4    for(t=0;k<n;k++)  CT[k][t]=C[t][k];
5    x←SolveHomogeneousEquationSet(CT,m,n);
6    if(x 为正整数向量) return 1;
7    初始化一个 m * 2n 二维数组 G 为 0;
8    for(k=0;k<m;k++)
9        for(t=0;k<n;k++)  G[k][t]=C[t][k];
10   for(k=0;k<m;k++)        G[k][n+k]=1;
11   if(n-m<m)
12       for(k=0;k<n-m;k++)  G[k][n+m+k]=1;
13   else for(k=0;k<m;k++)      G[k][n+m+k]=1;
14   初始化一个 2n 维的解向量 s,使 s 成为零向量;
15   s←SolveHomogeneousEquationSet(G,m,2n);
16   if(向量 s 前 n 个分量为正整数 && 向量 s 的后 n 个分量均大于等于 0)
17     return 1;
18   return 0;
```

(8) 性能模型结构性质之死锁 & 陷阱的验证

函数名：VerifyMathsModelDeadlockAndTrap

函数功能：验证给定 SPN 是否存在死锁和陷阱

入口参数：SPN 的关联矩阵 C,库所的个数 n,变迁的个数 m

出口参数：死锁库所集 BPS、陷阱库所集 TPS

说明：BPS 为空表示不存在死锁,否则 BPS 存放的就是一个死锁信息;TPS 为空表示不存在陷阱,否则 TPS 存放的就是一个陷阱信息。

```
1    初始化一个 n×2 的二维数组 RF,使其元素均为-1;
2    初始化一个 m * n 的矩阵 Cᵀ,使其元素均为 0;
3    for(k=0;k<m;k++)
4        for(t=0;k<n;k++)
5            CT[k][t]=C[t][k];
6    for(t=0;t<n;t++)
7        flag←-2;
8        for(k=0;k<m;k++)
9            if(CT[k][t]==-1)
10             RF[t][0]=k;flag←flag+1;
11           else if(CT[k][t]==1)
12             RF[t][1]=k;flag←flag+1;
13           if(flag≥0) break;
14   初始化一个大小为 m 的一维指针数组 PLB;
15   初始化一个大小为 m 的一维指针数组 PLT;
16   for(k=0;k<n;k++)
```

```
17        将 k 插入到链队列 PLB[RF[k][0]];
18        将 k 插入到链队列 PLT[RF[k][1]];
19   初始化一个大小为 m 的一维数组 BPS;
20   初始化一个大小为 m 的一维数组 TPS;
21   if(PLB 中不存在空链队列)
22        for(k=0;k<m;k++)
23            BPS[k]←链队列 PLB[k]的队首元素;
24   if(PLT 中不存在空链队列)
25        for(k=0;k<m;k++)
26            TPS[k]←链队列 PLT[k]的队首元素;
27   返回 BPS 和 TPS;
```

5.4　动态 Web 服务组合性能模型的动态分析

5.4.1　动态分析常用方法论

动态分析常用方法论一般包括如图 5.12 所示的几个步骤[4]。

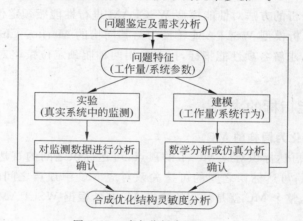

图 5.12　动态分析常用方法论

通过图 5.12,可以发现 Ulrich Herzog 将性能评价的方法总体上分为了两大类,一类是基于性能测试的性能评价,另一类是基于建模的性能评价。

具体来看,基于性能测试的性能评价方法论包括以下 5 个步骤:

(1) 对问题的描述和需求的分析。

(2) 抽取出反映问题本质特征的数据。

(3) 对真实系统进行监控。

(4) 对监控数据进行分析。

(5) 在性能分析的基础上进行性能优化。

基于建模的性能评价方法论也包括 5 个步骤:

(1) 对问题的描述和需求的分析。

(2) 抽取出反映问题本质特征的数据。

(3) 建立性能模型(描述系统的行为特征)。

（4）对性能模型进行数学方法的性能分析或进行仿真的性能分析。

（5）在性能分析的基础上进行性能优化。

基于数学的方法对系统进行动态分析又可分为以下两种：解析/代数方法（Analytic/ Algebraic Methods）和数值分析法（Numerical Analysis）。

解析/代数方法简单地说就是建立一个解析可解的或代数可解的等式，该等式描述的是系统参数和某个选定性能标准之间的函数关系[27]。一些属于解析/代数中的基本方法的介绍可参看文献［27-30］。

文献[31-32]提出利用数值分析方法（Numerical Analysis）对系统进行分析一般遵循以下 3 个步骤：

（1）将系统描述成一个马尔可夫链（Markov Chain）。

（2）确定变迁速率矩阵或变迁概率矩阵。

（3）数值求解系统的性能参数。

一些应用广泛的数值分析方法的细节可以参看文献[33,34]。

5.4.2　模型的动态分析方法的选定

我们采用数值分析的方法对性能模型 WSCPAM 进行性能瓶颈定位分析。具体的技术路线是：先将性能分析模型 WSCPAM 转换为与其同构的 Markov Chain（以下简称 MC），然后根据得到的 MC 求解各项性能指标，接着采用两种瓶颈定位策略对模型中可能存在的瓶颈进行预测。

5.4.3　模型性能指标的求解

1. WSCPAM 转化为同构的 MC

WSCPAM 中的可达标识对应 MC 中的顶点；可达标识之间的直达关系对应 MC 中两个顶点之间的有向弧；可达标识之间的可达关系对应 MC 中顶点之间的有向路径；起始顶点对应初始标识 M_0，整个 MC 就是从起始顶点 M_0 开始根据 WSCPAM 不断演变得到的。

1）符号说明

（1）T_{Mc} 表示在标识 M_c 下可实施的变迁集合。

（2）T'_{Mc} 表示在标识 M_c 下已实施的变迁集合。

（3）M_c 取 current 首字母作为下标，表示正在演变的标识，称为当前标识。

（4）MCS 表示可以进行演变的标识的集合，称为后备演变标识集。

（5）M_n 取 new 首字母作为下标，表示演变得到的新标识。

（6）M_e 取 end 首字母作为下标，表示该标识为终止演变的标识。

（7）M_d 取 different 首字母作为下标，表示是另一个不同的标识。

2）初始条件

$$M_c = M_0, \quad \text{MCS} = \varnothing, \quad T'_{Mc} = \varnothing$$

3）转换规则

（1）如果 $\exists t \in T_{Mc} - T'_{Mc}$，则 $M_c[t > M_n$，且 $T'_{Mc} = T'_{Mc} + \{t\}$。根据"演变规则"对 M_n 进行判断，如果 M_n 能继续演变，则 MCS＝MCS＋$\{M_n\}$，否则直接执行步骤（2）。

（2）如果 $T_{Mc} - T'_{Mc} \neq \varnothing$，则重复步骤（1），否则执行步骤（3）。

(3) 如果 MCS $\neq \varnothing$,即 $\exists M'_c \in$ MCS,则 $M_c = M'_c$,MCS $=$ MCS $-\{M'_c\}$,并重复步骤(1),否则执行步骤(4)。

(4) 依据"合并规则"合并相应的顶点和相应的边,得到对应的马尔可夫链 MC。

4) 演变规则

若从初始顶点 M_0 到顶点 M_e 的演变序列中 M_e 已出现(若序列中存在一个不同于 M_e 的标识 M_d,M_e 和 M_d 的各个分量满足合并规则中的条件,我们就认为在序列中 M_e 已经出现过),此时,这条演变链将到顶点 M_e 为止不再生长。

5) 合并规则

假设是 n 维标识,即假设有 n 个库所。若任意两个标识 $M_i = (m_{i1}, m_{i2}, \cdots, m_{in})$、$M_j = (m_{j1}, m_{j2}, \cdots, m_{jn})$ 每个分量同时满足以下任何一个条件,那么我们认为这两个标识是相同的,将合并 M_i 和 M_j:

(1) $m_{it} = m_{jt}$;

(2) $m_{it} \neq m_{jt}$,且 $m_{it} \geqslant 2, m_{jt} \geqslant 2$;在这里 $t = 1, 2, \cdots, n$。

算法 WSCPAM2MC 按照上述转换规则实现了性能分析模型 WSCPAM 到同构 MC 的转换过程,其主流程图如图 5.13 所示。

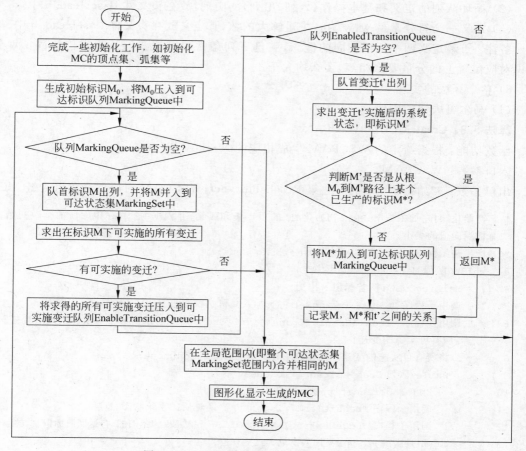

图 5.13 WSCPAM2MC 主流程图(算法 5.3)

6）所需子程序说明

（1）子程序 CreateMCfromWSCPAM 用来生成某个 WSCPAM 对应的 Markov Chain。

（2）子程序 JoinInMarkingSet 将给定标识 M 加入到可达状态集。

（3）子程序 GetPreMarking 用来获得指定标识的直接前驱标识。

（4）子程序 JudgeMarkingIsNewOrOld 用来判断给定标识是新标识还是终止演变标识。

（5）子程序 FindAllEnabledTransitions 用来求解给定标识下的所有可实施变迁。

（6）子程序 JudgeMarkingIsCoverPreSet 用来判断给定标识是否覆盖指定变迁的前置集。

（7）子程序 TransitionFiring 用来返回一个 enabled 变迁实施后的系统状态（即标识）。

（8）子程序 JudgeMarkingEqual 用来判断给定的两个标识是否相同。

（9）子程序 MarkingCmp 用来判断两个给定的标识是否相同。

（10）子程序 MarkingCpy 标识拷贝（封装库函数 memcpy）。

7）其他说明

（1）单链表的定义和基本操作（插入、删除）的实现，放在头文件 BaseHead.h 中。

（2）循环队列的定义和基本操作（入列、出列）的实现，放在头文件 BaseHead.h 中。

（3）定义一个符号常量 w，w 为一个足够大的数，其定义放在头文件 BaseHead.h 中。

备注：重新定义两个标识相同的概念，满足下列条件的标识我们认为它们相同：两个标识对应位置上的分量要么相等，要么均大于 1。

8）整个算法的实现

（1）马尔可夫链的创建

算法 5.3：CreateMCfromWSCPAM

函数功能：根据给定的 WSCPAM 生成相应的 Markov Chain

入口参数：WSCPAM

出口参数：初始标识 M_0 的可达集 ReachabilitySet；WSCPAM 对应的马尔可夫链 MC

```
1   初始化操作,如根据 WSCPAM 初始化 MC 的顶点集和弧集,并根据 WSCPAM 中库所的个数初始化
    标识向量的大小;
2   产生初始标识 M0,M0 将加入到队列 MarkingQueue;
3   while(队列 MarkingQueue 不为空)
4       MarkingQueue 队首标识 M 出列;
5       调用子程序 JoinInMarkingSet 将 M 加入到可达状态集 MarkingSet;
6       调用子程序 FindAllEnabledTransitionOfOneMarking,求出 M 下可实施的所有变迁;
7       if(有可实施的变迁)
8         将所有可实施的变迁加入队列 EnabledTransitionQueue;
9         while(队列 EnabledTransitionQueue 不为空)
10            EnabledTransitionQueue 队首变迁 t'出列;
11            调用子程序 TransitionFiring,得到 t'实施后的系统状态,即标识 M';
12            调用子程序 JudgeMarkingIsNewOrOld;    //如果 M'是旧的,将返回旧标识 M'的编号
13        if(M'是新的)then M* 加入队列 MarkingQueue;
14            将 M* 和 t'的编号填入 M 的邻接表 AdjMarking_first;
15            将 M 和 t'的编号填入 M* 的逆邻接表 AntiAdjMarking_first;
```

16　　　　将(M,M*)的编号序偶对填入 t'对应的单链表;

（2）可达状态集的添加操作

算法 5.4：JoinInMarkingSet

函数功能：将给定的标识加入到可达状态集 ReachabilitySet

入口参数：标识 M,可达状态集 ReachabilitySet

出口参数：可达状态集 ReachabilitySet

1　将 M 加入到可达状态集 ReachabilitySet 中;
2　修改可达状态集中所含的标识个数(增 1);

（3）前驱标识的获得

算法 5.5：GetPreMarking

函数功能：求指定标识的所有前驱标识

入口参数：标识 M 的编号,当前产生的 MC

出口参数：记录所有前驱标识编号的循环队列 Q

函数返回值：1—操作成功;0—M 没有前驱标识;—1—队列初始化失败;—2—入列操作失败

备注：标识的编号从 0 开始(初始标识的编号为 0)。

```
1   if(M的编号为 0)
2       return 0;
3   if(初始化空队列 Q 失败)
4       return-1;
5   k←M 编号;                          //k 始终是当前标识的编号
6   p←k 的逆邻接表起始地址;
7   flag←0;                            //用来表示 M 是否有前驱
8   while(NULL!=p && 0!=k)
9       if(p-> TransitionNo<k)
10          k←p-> TransitionNo;k 入列;
11          if(入列失败)
12              return-2;
13          flag←1;p←k 的逆邻接表起始地址;
14      else p←p-> next;
15  return 1;
```

（4）标识新旧的判断

算法 5.6：JudgeMarkingIsNewOrOld

函数功能：判断给定的标识是否是从初始标识到该标识的变迁路径上某个已经生成的标识,如果是,则还要返回这个已产生标识的编号

入口参数：标识 M,M 的直接前驱标识 M',当前产生的 MC,当前产生的可达集 RS

函数返回值：—1—表示不是原来已经产生过的旧标识的编号;n(n≥0)—表示是原来已经产生过的

备注：标识的编号从 0 开始。

```
1   if(M'为空)说明 M 是初始标识,返回-1;
2   else 求 M'所有的前驱标识,将它们的编号存放在队列 Q 中;
3       if(M 与 M'相同)返回 M'的编号;
4       while(Q 不为空)
5           k←Q 队列队首编号出列;
6           M"←k 对应的标识;
7           if(M 与 M"相同)返回 k;
8       返回-1;
```

(5) 获得所有可实施变迁

算法 5.7：FindAllEnabledTransitions

函数功能：求给定标识下的所有可实施的变迁

入口参数：标识 M,WSCPAM

出口参数：结果集 Result(存储了所有可实施变迁的编号)(用循环队列表示结果集)

```
1   初始化一个空结果集 Result;
2   while(没有访问完 WSCPAM 变迁集中所有的变迁)
3       if(当前访问变迁的前置集被 M 所覆盖)
4           将该变迁的编号加入到结果集 Result;
5       else 继续访问下一个变迁;
6   返回结果集;
```

(6) 判断变迁前置集是否被覆盖

算法 5.8：JudgeMarkingIsCoverPreSet

函数功能：判断给定标识是否覆盖指定变迁的前置集

入口参数：标识 M,指定变迁的编号 t,WSCPAM

函数返回值：-1 表示给定的变迁编号有误

　　　　　　0 表示指定变迁 t 在标识 M 下不可实施

　　　　　　1 表示指定变迁 t 在标识 M 下可实施

```
1   if(t 不合法)返回-1;
2   while(没有访问完变迁 t 的前置集)
3       i←前置集中当前访问的库所编号;
4       if(M[i]!=1)返回 0;
5       else 继续访问前置集;
6   返回 1;
```

(7) 变迁实施

算法 5.9：TransitionFiring

函数功能：求解指定变迁实施后产生的标识

入口参数：一个可实施变迁 t,t 的前置集,t 的后置集,实施前的标识 M

出口参数：新产生的标识 M'

```
1   将 M 中 t 的前置集所对应的分量统统减去相应弧(从前置集库所指向 t 的弧)上的权值,得到中
    间结果 M";
```

2 将 M"中 t 的后置集所对应的分量统统加上相应弧(从 t 指向后置集库所的弧)上的权值,得到新
  产生的标识 M';

3 返回 M';

(8) 标识相等的判断

算法 5.10:JudgeMarkingEqual

函数功能:判断给定的两个标识是否相等

入口参数:给定标识 M' 和它的直接前驱标识 M,当前生成的中间态 MC

出口参数:0 表示相等;1 表示不相等

备注:标识的编号从 0 开始,且假设初始标识的直接前驱的编号为 -1;假设标识是
n 维标识。

```
1  flag=0;
2  for(k=0;k<n;k++)
3      if(mk'!=mk &&( mk'≤1‖ mk≤1))
4          flag=1;break;
5  返回 flag;
```

2. 性能指标的定义

通过求解 MC 的平衡状态方程组,来得到 MC 的可达状态稳定概率,从而求解出其他
性能指标。为了进行性能分析,需要求解的性能指标包括:库所中的平均托肯数、变迁利用
率、变迁的托肯流速、变迁的平均延迟、变迁前置集的平均托肯数、变迁到后置集的托肯流速
等等。下面给这些性能指标以及其他相关概念的定义。

定义 5.9 转移矩阵

假设已有一个与 WSCPAM 同构的 MC,其中 MC 有 n 个状态,转移矩阵 $Q=[q_{(i,j)}]$ 是
一个满足下列条件的 $n \times n$ 方阵。

(1) $i \neq j$

$$\text{if } \exists t_k \in T : M_i[t_k > M_j \text{ then}$$

$$q_{i,j} = \frac{d(1-e^{-\lambda_k t})}{dt}\bigg|_{t=0} = \lambda_k e^{-\lambda_k t}\big|_{t=0} = \lambda_k$$

$$\text{else } q_{i,j} = 0$$

(2) $i = j$

$$q_{i,j} = \frac{d\prod_k(1-(1-e^{-\lambda_k t}))}{dt}\bigg|_{t=0} = \frac{d(e^{-t}\prod_k \lambda_k)}{dt}\bigg|_{t=0} = -\sum_k \lambda_k$$

其中 $k \neq i$ 且有 $\exists M' \in [M_0 >, \exists_k \in T : M_i[t_k > M', \lambda_k$ 是 t_k 的速率。

设 MC 中 n 个状态的稳定状态概率为一个行向量 $X=(x_0, x_1, x_2, \cdots, x_{(n-1)})$,易知

$$\sum_{i=0}^{n-1} x_i = 1$$

定义 5.10 平衡状态方程组

对于任一标识 $\exists M_i \in [M_0 >$,所有 $M_i, M_k \in [M_0 >$ 且有 $M_i[t_j > M_j, M_k[t_i > M_i$,则有方
程组

$$\Big(\sum_j \lambda_j\Big)x_i = \sum_k (\lambda_k x_k), \quad i = 0,1,\cdots,n-2$$

$$\sum_0^{n-1} x_i = 1$$

此方程组称为平衡状态方程组，它有 $n-1$ 个未知数，$n-1$ 个方程。

设 A 是平衡状态方程组的系数矩阵，则 A 和 MC 的转移矩阵 Q 之间具有如下关系：

$$A = Q^{\mathrm{T}}$$

所以，本文求解稳定状态概率的思路是：通过求解 MC 的转移矩阵 Q 得到平衡状态方程组

$$\begin{cases} Q^{\mathrm{T}} - X = 0 \\ \sum_0^{n-1} x_i = 1 \end{cases}$$

采用高斯消去法（列主元消去法）求解上述方程组，得到所有可达状态的稳定状态概率。

定义 5.11　托肯概率密度函数

在稳定状态下，每个库所中所包含的托肯数量的概率。对 $\forall s \in S, \forall i \in N$，令 $P[M(s)=i]$ 表示位置 s 中包含 i 个托肯的概率，则可从标识的稳定概率求得库所 s 的托肯概率函数为：

$$P[M(s) = i] = \sum_j p(M_j)$$

其中 $M_j \in [M_0 >$ 且 $M_j(s)=i$。

定义 5.12　库所中的平均托肯数

对于 $\forall s_i \in S, \bar{u}_i$ 表示在稳定状态下库所 s_i 在任一可达标识中平均所含托肯数，则有：

$$\bar{u}_i = \sum_j j \times p(M(s_i) = j)$$

定义 5.13　变迁利用率

$\forall t \in T$ 的利用率 $U(t)$ 等于使 t 可实施的所有标识的稳定概率之和。

$$U(t) = \sum_{M \in E} P(M)$$

其中 E 是使 t 可实施的所有可达标识集合。

定义 5.14　变迁的托肯流速

$\forall t \in T$ 的托肯流速是指单位时间内流入 t 的后置库所 s 的平均托肯数，用 $R(t,s)$ 表示：

$$R(t,s) = W(t,s) \times U(t) \times \lambda$$

其中 λ 是 t 的平均实施速率。

定义 5.15　变迁的平均延迟

$\forall t \in T$ 的平均时间延迟定义为变迁 t 的前置集中所有库所的平均托肯数之和与变迁 t 的平均实施速率的比值，即

$$T(t) = \frac{\sum\limits_{s_i \in \cdot t} \bar{u}_i}{\lambda}$$

其中 λ 是 t 的平均实施速率。

定义 5.16　变迁前置集的平均托肯数

设 S_t 是变迁 t 的前置集，则 S_t 的平均托肯数为

$$\bar{N}_t = \sum_{s_i \in s_t} \bar{u}_i$$

定义 5.17　变迁到后置集的托肯流速

设 S_t 是变迁 t 的后置集,则变迁 t 到 S_t 的托肯流速 AR_t 为

$$AR_t = \sum_{s_i \in s_t} R(t, s_i)$$

3. 性能指标的求解

1) 所需子程序说明

(1) 子程序 GetTransMatrix 用来生成 MC 对应的转移矩阵(Q)。

(2) 子程序 GetAvrStateMatrix 根据 Q 生成 MC 的平衡状态方程组(系数矩阵 A 和右端 b)。

(3) 子程序 SolveAvrStateMatrix 求解平衡状态方程组,得到各个可达标识的稳定概率(b)。

(4) 子程序 SolveTorkenProbDensityFunc 用来求解稳定状态下,每个库所中所包含的托肯数量的概率(P)。

(5) 子程序 GetAvgTorkenNumInPlace 用来求解库所中的平均托肯数($\bar{u}$)。

(6) 子程序 GetUtilizationRateOfTrans 用来求解变迁的利用率(U)。

(7) 子程序 GetTokenRateOfTrans 用来求解变迁的托肯流速(R)。

(8) 子程序 GetAvgTimeLapseOfTrans 用来求解变迁的平均延迟时间(T)。

(9) 子程序 GetAvgTokenNumInPlace 用来求解某变迁前置集的平均托肯数(N)。

(10) 子程序 GetAvgTokenRate 用来求解某变迁到其后继集的平均托肯流速(AR)。

2) 其他说明

(1) 上述描述中括号内的为程序执行后的结果集。

(2) 平衡状态方程组是用系数矩阵和右端构成的增广矩阵表示的。

(3) 平衡状态方程组的求解目前采用的是列主元消除法。

(4) 子程序 3 得到的结果是子程序 4～8 计算的基础。

3) 性能指标求解的详细算法及说明

(1) 转移矩阵的生成

算法 5.11：GetTransMatrix

函数功能:求得给定 MC 的转移矩阵

入口参数:生成的 MC(假设 MC 有 n 个顶点,即有 n 种状态)

出口参数:MC 对应的转移矩阵 Q

```
1    初始化一个 n×n 的矩阵 Q,使其元素均为 0;
2    for(i=0;i<n;i++)
3        for(j=0;j<n;j++)
4            if(在 MC 中存在从顶点 Mi 出发指向顶点 Mj 的弧)
5                Q[i][j]=弧所代表的变迁 t 的速率;
6                Q[i][i]=Q[i][i]-弧所代表的变迁 t 的速率;
7    图形化显示 Q;返回矩阵 Q;
```

(2) 平衡状态方程的生成

算法 5.12：GetAvrStateMatrix

函数功能:根据给定的转移矩阵生成平衡状态方程组

入口参数：转移矩阵 Q,n(即 Q 是一个 n×n 的方阵)

出口参数：平衡状态方程组系数矩阵 A 和右端数组 b

```
1    初始化一个 n×n 的矩阵 A 和一个大小为 n 的数组 b,使其元素均为 0;
2    for(i=0;i<n-1;i++)
3        for(j=0;j<n;j++)
4            if(i==j) A[i][j]=-Q[j][i];
5            else if(Q[j][i]!=0) A[i][j]=-Q[j][i]
6    for(j=0;j<n-1;j++) A[n-1][j]=1;
7    for(i=0;i<n-1;i++)
8        cout<<"请输入 b["<<i<<"]的值: ";
9        cin>>b[i];cout<<endl
10   图形化显示 A,图形化显示 b;返回矩阵 A 和数组 b;
```

(3) 平衡状态方程的求解

算法 5.13：SolveAvrStateMatrix

函数功能：求解给定平衡状态方程组(列主元消去法)

入口参数：平衡状态方程组系数矩阵 A(A 是一个 n×n 的方阵),平衡状态方程组右端 b,一个足够小的正实数 ε

出口参数：返回函数状态 0—表示有解,且返回右端数组 b(所得到的解 x 存放在数组 b 中);—1—表示无解

```
1    for(k=0;k<=n-1;k++)
2        找出矩阵 A(除前 k 行以外)第 k 列绝对值最大的元素,将其行下标→i;
3        if(abs(A[i][k])<ε)
4            cout<<"矩阵 A 对应的行列式的值为 0,方程无解";
5            return-1;
6        if(k+1!=i)
7            交换矩阵 A 的第 k 行↔第 i 行;
8            交换数组 b 的第 k 个元素↔第 i 个元素;
9        for(t=k+1;t<n;t++)
10           if(A[t][k]!=0)
11               A[t][k]←A[t][k]/A[k][k];
12               for(j=k+1;j<n;j++)
13                   A[t][j]←A[t][j]-A[t][k]*A[k][j];
14               b[t]←b[t]-A[t][k]*b[k];
15   if(abs(A[n-1][n-1])<ε)
16       cout<<"矩阵 A 对应的行列式的值为 0,方程无解"<<endl;
17       reutrn-1;
18   b[n-1]←b[n-1]/A[n-1][n-1];
19   for(i=n-2;i>=0;i--)
20       temp←0;
21       for(j=n-1;j>i;j--)
22           temp+=A[i][j]*b[j];
23       b[i]←(b[i]-temp)/A[i][i];
24   输出(图形化显示)并返回 b;
25   return 0;
```

备注：

(1) 对第 3 行的说明：第一次外层 for 循环(k 为 0)时，是在除第 0 行之后的矩阵 A 中找第 k 列绝对值最大的元素；第二次循环(k 为 1)时，是在除第 0 行、第 1 行(即除去前 k 行)后的 A 中找第 k 列绝对值最大的元素，以此类推。

(2) ε 是一个足够小的数，用作控制常数，当某个选出的主元或完成消元后的系数 A[n][n] 的绝对值小于 ε 时就认为矩阵 A 对应的行列式的值为 0。

(3) 图形显示要求如下：

```
1   cout<<"P[Mi]="<<b[i]<<endl;
2   (这里的 i 从 0 到 n-1)
```

(4) 托肯概率密度函数的求解

算法 5.14：SolveTorkenProbDensityFunc

函数功能：求解在稳定状态下，每个库所中包含指定托肯数的概率

入口参数：平衡状态方程组的解，即数组 b；可达标识集，即 markingSet；库所的个数 n；给定托肯数 τ

说明：将设置一个库所队列长度阈值 δ，即库所所含托肯数的阈值 δ，τ 的最大值为 δ，设置阈值是为了后面的瓶颈定位分析。

出口参数：每个库所中包含指定托肯数的概率(用一个大小为 n 的一维数组 P 表示)

```
1   初始化一个大小为 n 的一维数组 P，使其所有元素值为 0；
2   m←markingSet 的长度(即可达标识的个数)；
3   for(k=0;k<=n-1;k++)
4       for(j=0;j<m;j++)
5           if(markingSet[j][k]==t)
6               P[k]+=b[j];                              //图形化显示 P
7   for(j=0;j<n;j++)
8       cout<<"P[M(p"<<j+1<<")="<<t<<"]="<<P[j]<<endl;
9   返回一维数组 P；
```

(5) 库所中平均托肯数的求解

算法 5.15：GetAvgTorkenNumInPlace

函数功能：求在稳定状态下，每个库所在任一可达标识中平均所含有的托肯数

入口参数：平衡状态方程组的解，即数组 b；可达标识集，即 markingSet；库所的个数 n

出口参数：在稳定状态下，每个库所所含有的平均托肯数(用一个大小为 n 的一维数组 ū 表示)

```
1   初始化两个大小为 n 的一维数组 ū 和 P，使其所有元素值为 0；
2   max←markingSet 中值最大的元素；
3   for(k=0;k<=max;k++)
4       P←SolveTorkenProbDensityFunc(b,markingQueue,n,k);
5       for(j=0;j<n;j++)
6           ū[j]+=k * P[j];                             //图形化显示 ū
7   for(j=0;j<n;j++)
```

```
8      cout<< "ū[p"<<j+1<<"]="<<ū[j]<<endl;
9    返回一维数组 ū;
```

（6）变迁利用率的求解

算法 5.16：GetUtilizationRateOfTrans

函数功能：求变迁的利用率

入口参数：平衡状态方程组的解，即数组 b；MC 中弧与变迁的映射信息，即 transitionArcSet；变迁的个数 n

出口参数：变迁的利用率（用一个大小为 n 的一维数组 U 表示）

```
1    初始化一个大小为 n 的一维数组 U,使其所有元素值为 0;
2    设 E 是使得变迁可实施的所有可达标识的编号集合,初始为空;
3    for(k=0;k<=n-1;k++)
4        在 transitionArcSet 中寻找与变迁 k 相关联的弧,且将弧的出发标识的编号并入到集合
         E 中;
5        m←|E|;
6        for(j=0;j<m;j++)
7          U[k]+=b[E[j]];
8        将集合 E 重新置空;                                    //图形化显示 U
9    for(k=0;k<n;k++)
10       cout<< "U[t"<<k+1<<"]="<<U[k]<<endl;
11   返回一维数组 U;
```

（7）变迁托肯流速的求解

算法 5.17：GetTokenRateOfTrans

函数功能：求变迁的托肯流速

入口参数：变迁的利用率，即数组 U；每个变迁的平均实施速率，即每个 Web 服务的平均执行速度；变迁的个数 n；权函数 W，目前的权函数的值均为 1

出口参数：所有变迁的托肯流速（建议采用指针数组来实现，数组大小为 n，即每个变迁对应一个数组元素；数组元素存放的是某个链表的头指针，该链表记录了对应变迁到其各个后继库所的标记流速，也就是说<库所编号，标记流速>构成了链表的存储映像，假设该存储映像名为 RateNode，两个成员的名字分别为 placeno 和 rate。）

```
1    初始化一个大小为 n 的一维指针数组 R,使其所有元素值为 NULL;
2    设 Sub 是变迁的后继库所的编号集合,初始为空;
3    for(k=0;k<=n-1;k++)
4        找出变迁 k 的所有后继库所,将它们的编号并入到集合 Sub 中;
5        m←|Sub|;
6        for(j=0;j<m;j++)
7            生成一个新的 RateNode;
8            RateNode.placeno=Sub[j];
9            RateNode.rate=W(t,s)*U[k]*变迁 k 的平均实施速率 1;
10           将 RateNode 插入到链表 R[k]中;
11       将集合 Sub 重新置为空;                              //图形化显示结果
12   for(k=0;k<n;k++)
```

```
13      for(R[k]链表没有遍历完,假设用指针 r 进行遍历)
14          cout << "R(t"<< k+1<< ",p"<< r-> placeno<< ")="
                << r-> rate<<endl;
15   返回一维数组 R;
```

（8）变迁平均延迟时间的求解

算法 5.18：GetAvgTimeLapseOfTrans

函数功能：求变迁的平均时延

入口参数：库所中的平均标记数，即数组 ū；每个变迁的平均实施速率，即每个 Web 服务的平均执行速度；变迁的个数 n

出口参数：所有变迁的平均时延（用一个大小为 n 的数组 T 表示）

```
1    初始化一个大小为 n 的一维数组 T,使其元素均为 0;
2    设 Pre 是变迁的前置库所的编号集合,初始为空;
3    for(k=0;k<=n-1;k++)
4        找出变迁 k 的所有前置库所,将它们的编号并入到集合 Pre 中;
5        m← |Pre|;sum←0;
6        for(j=0;j<m;j++) sum+=Pre[j];
7        T[k]=sum/λk;                          //λk 表示变迁 k 的平均实施速率
8        将集合 Pre 重新置为空;                  //图形化显示结果
9    cout<< "变迁的平均时延如下: "<<endl;
10   for(k=0;k<n;k++)
11       cout<< "T[t"<< k+1<< "]="<< T[k]<<endl;
12   返回一维数组 T;
```

（9）变迁前置集平均托肯数的求解

算法 5.19：GetAvgTorkenNumInPlaceSet 函数功能：求变迁前置集的平均托肯数

入口参数：在稳定状态下，每个库所所含有的平均托肯数，即数组 ū；变迁的个数 n

出口参数：在稳定状态下，每个库所所含有的平均托肯数（用一个大小为 n 的一维数组 N 表示）

```
1    初始化一个大小为 n 的一维数组 N,使其所有元素值为 0;
2    设置一个空集合 Sub;
3    for(k=0;k<n;k++)
4        变迁 k 的前置集中所有库所的编号并入集合 Sub;m← |Sub|;
5        for(j=0;j<m;j++) N[k]+=ū[j];
6        重新将集合 Sub 置为空;                  //图形化显示 N
7    for(j=0;j<n;j++)
8        cout << "变迁 t"<<j+1<< "前置集的平均标记数为: "
                <<N[j]<<endl;
9    返回一维数组 N;
```

（10）变迁 t 到后置集的托肯流速的求解

算法 5.20：GetAvgTorkenRate

函数功能：求变迁 t 到后置集的托肯流速

入口参数：变迁的托肯流速，即数组 R；变迁的个数 n

出口参数：变迁 t 到后置集的托肯流速（用一个大小为 n 的一维数组 AR 表示）

```
1  初始化一个大小为 n 的一维数组 AR,使其所有元素值为 0;
2  for(k=0;k<n;k++)
3      if(链表 R[k]没有遍历结束,假设用指针 p 进行遍历)
4          AR[k]+=p-> rate;                              //图形化显示 N
5  for(j=0;j<n;j++)
6      cout <<"变迁 t"<<j+1<<"到后置集的托肯流速为: "
           <<AR[j]<<endl;
7  返回一维数组 AR;
```

5.4.4 模型性能瓶颈定位策略的提出

1. 性能瓶颈定位策略一

1）参数定义及概念说明

定义 5.18 平均消耗时延

对应每个库所定义一个参数 τ_i,称为"平均消耗时延",其定义如下：

$$\tau_i = \frac{\bar{u}_i}{\lambda_i} + \Delta \tag{5-4}$$

式 5-4 中 $\bar{u}_i$ 是库所 s_i 所含的平均托肯数,λ_i 是库所 s_i 后继变迁 t_i 的平均实施速率,Δ 是影响因子。

显然,在变迁始终处于可实施的假设条件下,τ_i 等于 $\bar{u}_i$ 与 λ_i 的比值;但在实际情况中,并不是在任何状态下变迁 t_i 均处于可实施状态,因此 τ_i 还受到变迁可实施度的影响,我们把可实施度对 τ_i 的影响用"影响因子"来表示。

定义 5.19 变迁的可实施度

变迁 t_i 可实施度 f_i 的定义如下：

$$f_i = \min \{\bar{u}_j \mid s_j \in \cdot t_i\}, \quad f_i \geqslant 0 \tag{5-5}$$

显然,可实施度为 0 对 τ_i 的影响最大,将可能导致 τ_i 趋于无穷大;可实施度不为 0,其值越大意味着待变迁 t_i 消耗的托肯越多,则对 τ_i 的影响也就越大。

定义 5.20 影响因子

基于上述特点,Δ 定义如下：

$$\Delta = \frac{\omega}{(f_i+1)^\omega} + f_i \tag{5-6}$$

显然有

$$\lim_{n \to \infty} \frac{n}{2^n} = 0, \lim_{n \to \infty} \frac{3^n}{2^n} = \infty, \cdots, \lim_{\omega \to \infty} \frac{\omega}{(f_i+1)^\omega} = 0, \quad f_i \geqslant 1$$

又有

$$\lim_{\omega \to \infty} \frac{\omega}{(f_i+1)^\omega} = \omega, \quad f_i = 0$$

易知

$$\Delta = \begin{cases} \omega, & f_i = 0 \\ \uparrow, & f_i \uparrow \text{ 且 } f_i \geqslant 1 \end{cases} \tag{5-7}$$

故

$$\tau_i = \frac{\bar{u}_i}{\lambda_i} + \frac{\omega}{(f_i+1)^\omega} + f_i \tag{5-8}$$

式(5-8)也可表示为

$$\tau_i = \begin{cases} \dfrac{\bar{u}_i}{\lambda_i} + \omega, & f_i = 0 \\[3mm] \dfrac{\bar{u}_i}{\lambda_i} + f_i, & f_i \geqslant 1 \end{cases} \tag{5-9}$$

定义 5.21 非终止库所集和终止库所集

根据库所的后置变迁集是否为空,将库所集 S 分为两类:非终止库所集 $\dot{S}$ 和终止库所集 $\overline{\overline{S}}$。其定义如下:

$$\dot{S} = \{s_i \mid s_i \in S \,\&\&\, \mid s_i \bullet \mid \neq 0\}$$
$$\overline{S} = \{s_i \mid s_i \in S \,\&\&\, \mid s_i \bullet \mid = 0\}$$

定义 5.22 主动受阻库所集、被动受阻集和流通库所集

为了便于分析,我们根据 τ_i 的值将非终止库所集分为三类:主动受阻库所集 $\hat{S}$、被动受阻集 $\check{S}$、流通库所集 $\ddot{S}$。其定义如下:

$$\hat{S} = \{s_i \mid s_i \in \dot{S} \,\&\&\, \tau_i \rightarrow \omega \,\&\&\, \bar{u}_i = 0\}$$
$$\check{S} = \{s_i \mid s_i \in \dot{S} \,\&\&\, \tau_i \rightarrow \omega \,\&\&\, \bar{u}_i \neq 0\}$$
$$\ddot{S} = \{s_i \mid s_i \in \dot{S} \,\&\&\, \tau_i \neg \rightarrow \omega\}$$

显然有

$$\hat{S} \cup \check{S} \cup \ddot{S} = \dot{S} \,\&\&\, \hat{S} \cap \check{S} = \varnothing \,\&\&\, \hat{S} \cap \ddot{S} = \varnothing \,\&\&\, \ddot{S} \cap \check{S} = \varnothing$$

定义 5.23 库所流集和变迁流集

用符号 E_S 表示库所流集,用符号 E_T 表示变迁流集,它们的定义分别为:

$$E_S = \{<s_i, v_j> \mid s_i \in S, v_j \in T\}$$
$$E_T = \{<v_r, s_k> \mid v_r \in T, s_k \in S\}$$

定义 5.24 库所的直接后继/前驱库所

库所 s_i 的直接后继库所 $s_i \triangleright$ 定义为:

$$<s_i, t_i> \in E_S \,\&\&\, <t_i, s_i \triangleright> \in E_T$$

库所 s_i 的直接前驱库所 $s_i \triangleleft$ 定义为:

$$<\triangleleft s_i, t_i> \in E_S \,\&\&\, <t_i, s_i> \in E_T$$

定义 5.25 顺向结构分析、逆向结构分析

顺向结构分析(也称为前向结构分析)是指沿着弧的方向进行分析;

逆向结构分析是指逆着弧的方向进行分析。

2) 策略主流程描述

算法 5.21:瓶颈定位策略的主算法

输入:WSCPAM

输出:瓶颈预测结果

1 求非终止库所集 $\dot{S}$ 和终止库所集 $\overline{\overline{S}}$

2 求出非终止库所集 $\dot{S}$ 中所有库所的平均消耗时延 τ_i

3 根据 τ_i 的大小和定义 5.25 将非终止库所集 $\dot{S}$ 分成三个不相交集 $\hat{S}$、$\breve{S}$ 和 $\bar{S}$

4 如果 $\breve{S}$ 非空,则执行步骤 5,否则执行步骤 6

5 依次以 $\breve{S}$ 的库所作为始点进行结构分析,得出预估瓶颈的位置

6 如果 $\bar{S}$ 非空,则按照 τ_i 的大小对 $\bar{S}$ 中的库所进行降序排序,以 $\bar{S}$ 的库所为始点进行结构分析,得出预估瓶颈的位置。如果 $|\bar{S}|$ 很大,则依据 2/8 原则取排序后 $\bar{S}$ 中的前 20% 个库所进行结构分析,得出预估瓶颈的位置

3）最小结构完备集

策略一是基于结构的瓶颈定位,为了简化问题域的规模,首先需要得到能构成 WSCPAM 中所有结构的最小结构集,然后再基于该最小结构集进行瓶颈定位预测。

为了便于叙述,对 SPN 从图论的角度重新定义如下:

定义 5.26 SPN

$$SPN = (V, E) \quad V = S \bigcup T, \quad E = E_s \bigcup E_T$$

定义 5.27 基本结构

基本结构是指库所与变迁之间的直接关系,或者是指库所与变迁之间的一步关系。

显然,对于 SPN 而言,E_s 描述了 s_i、v_j 之间 $R_{1,1}$、$R_{1,n}$、$R_{n,1}$、$R_{m,n}$ 四种关系,同理 E_T 也描述了 v_r、s_k 之间上述四种关系,如图 5.14 所示。

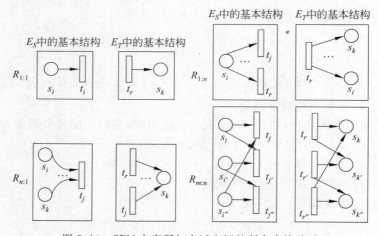

图 5.14 SPN 中库所与变迁之间的所有直接关系

显然,E_s 中的基本结构和 E_T 的基本结构涵盖了 SPN 中库所与变迁之间所有的直接关系。假设用符号 WSCPAM$|S$ 表示 WSCPAM 的基本结构集,SPN$|S$ 表示 SPN 的基本结构集。

由上述分析可知:

$$SPN \mid S = \{E_s:R_{1,1}, E_s:R_{1,n}, E_s:R_{n,1}, E_s:R_{m,n}, E_T:R_{1,1},$$
$$E_T:R_{1,n}, E_T:R_{n,1}, E_T:R_{m,n}\}$$

由于 WSCPAM$\subset$SPN $\Rightarrow$WSCPAM$|S\subset$SPN$|S$,因此可以根据 WSCPAM 中的约束条件对 SPN$|S$ 进行过滤,以得到 WSCPAM$|S$。以下是过滤过程。

首先令 WSCPAM$|S=$SPN$|S$,即:

$$WSCPAM \mid S = \{E_s:R_{1,1}, E_s:R_{1,n}, E_s:R_{n,1}, E_s:R_{m,n}, E_T:R_{1,1},$$

$$E_T:R_{1,n}, E_T:R_{n,1}, E_T:R_{m,n}\}$$

在 WSCPAM 中,变迁表示某个 Web 服务或子 Web 服务组合,输入库所代表相应服务的请求队列,所以在 WSCPAM 中存在如下制约:$|\cdot s|=1$,因此在 WSCPAM 不存在 SPN$|S$ 中的 E_S 的 $R_{1,n}$ 结构和 $R_{m,n}$ 结构。故

$$\text{WSCPAM}|S=\{E_S:R_{1,1}, E_S:R_{n,1}, E_T:R_{1,1}, E_T:R_{1,n}, E_T:R_{n,1}, E_T:R_{m,n}\}$$

定义 5.28　最小结构完备集

假设结构集合 S 是构成网 Σ 所有可能结构类型的集合,符号□表示某种结构类型,□∠S 表示结构类型□可以由集合 S 中的结构类型组合得到。

如果命题

$$\exists S_1, S_2\ \&\&\ S_1\bigcap S_2=\varnothing\ \&\&\ S_1\bigcup S_2$$
$$=S:\forall\square\in S_2(\square\angle S_1)\&\&\neg\ \exists\square\in S_1(\square\angle S_1)$$

成立,那么 S_1 称为 Σ 的最小结构完备集。

最小结构完备集的求解过程如下:

首先令 WSCPAM$|S_1=$WSCPAM$|S$,WSCPAM$|S_2=\varnothing$。

为了进一步明确地表示 Web 服务或子 Web 服务组合之间的前后执行的制约关系,我们用 Web 服务或子 Web 服务组合之间的一个库所来表示它们之间的直接制约关系:直接前驱变迁向库所中发送服务请求,后继变迁则从库所中取出服务请求进行消费。换句话说,我们做了如图 5.15 所示的结构变换。

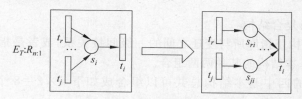

图 5.15　$E_T:R_{n,1}$ 的结构变换

从图 5.15 可以发现,$E_T:R_{n,1}$ 可以通过 $E_T:R_{1,1}$ 和 $E_S:R_{n,1}$ 进行描述。

因为 $E_T:R_{n,1}, E_T:R_{1,1}, E_S:R_{n,1}\in$ WSCPAM$|S_1$

所以 $E_T:R_{n,1}\angle\{E_T:R_{1,1}, E_S:R_{n,1}\}$

因为 WSCPAM$|S_1=$WSCPAM$|S_1-E_T:R_{n,1}$

WSCPAM$|S_2=$WSCPAM$|S_2\bigcup E_T:R_{n,1}$

根据 $E_T:R_{n,1}$ 的结构变换,可以得到 $E_T:R_{m,n}$ 的如图 5.16 所示的结构变换。

从图 5.4 得到的变换结果可知,$E_T:R_{m,n}$ 结构可以通过 $E_T:R_{n,1}$ 和 $E_S:R_{n,1}$ 进行描述。

因为 $E_T:R_{m,n}, E_T:R_{1,n}, E_S:R_{n,1}\in$ WSCPAM$|S_1$

所以 $E_T:R_{m,n}\angle\{E_T:R_{1,n}, E_S:R_{n,1}\}$

所以 WSCPAM$|S_1=$WSCPAM$|S_1-E_T:R_{m,n}$

WSCPAM$|S_2=$WSCPAM$|S_2\bigcup E_T:R_{m,n}$

WSCPAM$|S_1=\{E_S:R_{1,1}, E_S:R_{n,1}, E_T:R_{1,1}, E_T:R_{1,n}\}$

因此可知得到 WSCPAM 完备的基本结构集,如图 5.17 所示。

求解 WSCPAM 完备初级复合结构集。

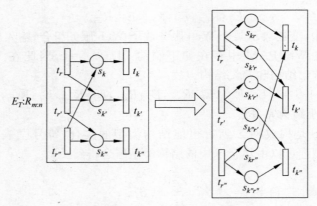

图 5.16　$E_T:R_{m:n}$ 的结构变换

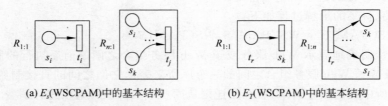

(a) E_s(WSCPAM)中的基本结构　　　　(b) E_T(WSCPAM)中的基本结构

图 5.17　WSCPAM 中库所与变迁之间的所有直接关系

定义 5.29　初级复合结构

所谓初级复合结构是指库所与变迁之间的一级间接关系,或者是指库所与变迁之间的 2 步关系,或者是指基本结构的某种两两组合。

图 5.17 中所示的四中基本结构总共可以组合成如下 $4 \times 2 = 8$ 个初级复合结构,如图 5.18 所示。

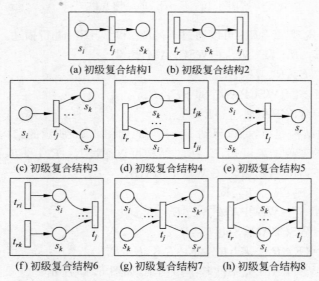

(a) 初级复合结构1　　(b) 初级复合结构2

(c) 初级复合结构3　　(d) 初级复合结构4　　(e) 初级复合结构5

(f) 初级复合结构6　　(g) 初级复合结构7　　(h) 初级复合结构8

图 5.18　WSCPAM 中库所与变迁之间的复合结构

对以上 8 种结构做如图 5.19 至图 5.23 所示的结构转换。

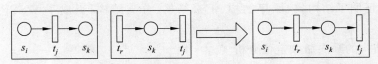

图 5.19　结构转换 1

易知图 5.19 的转换结果就是 WSCPAM 的顺序结构。

易知图 5.20 涵盖了 WSCPAM 的分支结构。

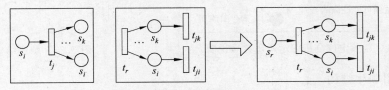

图 5.20　结构转换 2

易知图 5.21 涵盖了 WSCPAM 的汇聚结构。

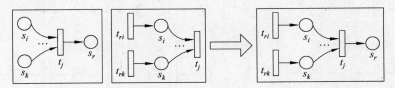

图 5.21　结构转换 3

结构转换 4 说明结构图 5.18(g)与顺序结构等价。

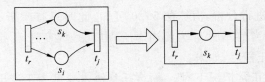

图 5.22　结构转换 4

图 5.23 是图 5.18(h)所示结构的两种变换情况。变换结果说明图 5.18(h)所示结构可以由汇聚结构和分支结构表示或由汇聚结构和顺序结构表示。

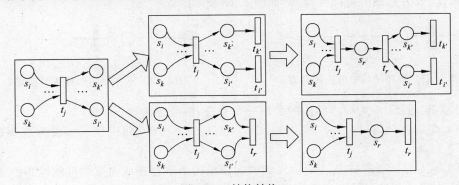

图 5.23　结构转换 5

上述分析证明了结构集{顺序结构、汇聚结构、分支结构}组成了 WSCPAM 的结构完备集。

4）基于结构的顺向瓶颈定位分析

瓶颈分析中所使用的符号及说明如图 5.24 和图 5.25 所示。

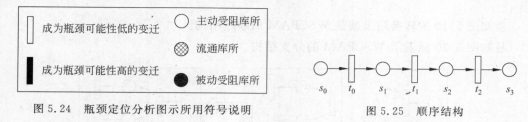

图 5.24　瓶颈定位分析图示所用符号说明

图 5.25　顺序结构

下面介绍顺序结构。

因为在顺序结构不存在被动受阻库所，所以另外两种库所可能的几种分布如图 5.26 所示。

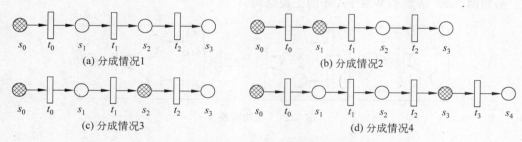

(a) 分成情况1　　　　　　　　　　(b) 分成情况2

(c) 分成情况3　　　　　　　　　　(d) 分成情况4

图 5.26　顺序结构中不同状态库所的分布

首先对图 5.26(a)进行分析，由算法 5.20 可知，此时只有库所 s_0 可以作为当前库所进行瓶颈定位分析。因为当前库所 s_0 为流通库所，也就是说变迁 t_0 是可实施的，就存在从 s_0 途经变迁 t_0 流向 s_1 的托肯流，如果：

（1）$\lambda_0 > \lambda_1$，则说明正常情况下对 s_1 而言托肯流入速度大于流出速度，从而 s_1 应该成为流通库所，但 s_1 却为主动受阻库所，从而说明变迁 t_0 发生了阻塞，它成为瓶颈的可能性高，即如图 5.27 所示。

（2）$\lambda_0 \leqslant \lambda_1$，$\lambda_1 > \lambda_2$，说明正常情况下，$s_2$ 应该成为流通库所与图示不符，从而说明 t_1 发生了阻塞，t_1 成为瓶颈的可能性高，即如图 5.28 所示。

图 5.27　顺序结构中的瓶颈预测 1

图 5.28　顺序结构中的瓶颈预测 2

依次类推，假设 t_r 为顺序结构的最后一个变迁，继续分析如下：

（3）$\lambda_0 \leqslant \lambda_1$，$\lambda_1 \leqslant \lambda_2$，$\cdots$，$\lambda_{j-2} \leqslant \lambda_{j-1}$，$\lambda_{j-1} > \lambda_j (j \leqslant r-1)$，则说明 t_{j-1} 成为瓶颈的可能性高。

（4）$\lambda_0 \leqslant \lambda_1$，$\lambda_1 \leqslant \lambda_2$，$\cdots$，$\lambda_{r-2} \leqslant \lambda_{r-1}$，则说明该结构中不存在成为瓶颈可能性高的变迁。

下面对图 5.26(b)进行分析，在图 5.26(b)中库所 s_0 和 s_1 均可作为当前库所。

当 s_0 作为当前库所进行分析时：

(1) $\lambda_0 > \lambda_1$，根据图 5.26(a)的分析可知在这种情况下 t_1 成为瓶颈的可能性小；

(2) $\lambda_0 \leqslant \lambda_1$，说明正常情况下 s_1 的队列长度应小于等于 s_0 的队列长度，如果这个条件不满足，则说明 t_0 成为瓶颈的可能性高如图 5.29 所示。

图 5.29　顺序结构中的瓶颈预测 3

无论是哪种情况，之后都将当前库所修改为 s_1，然后继续进行分析。当 s_1 作为当前库所进行分析时，情况同图 5.26(a)的分析。

下面考虑一般的情况，假设 s_f 是顺序结构的首库所，s_r 是顺序结构的尾库所($r > f$)，s_f 到 s_i 连续 $i-f+1$ 个库所均为流通库所($f \leqslant i \leqslant r$)，$s_{i+1}$ 到 s_r 均为主动受阻库所。根据前面的算法 5.20 可知 s_f 到 s_i 之间的任何一个库所都有可能被选为当前库所，不失一般性，可以假设首先选择 $s_j(f \leqslant j \leqslant i)$ 为当前库所，为了能够嵌套调用前面的分析方法，做如下算法处理：

算法 5.22：顺序结构的瓶颈预测算法

输入：WSCPAM

输出：瓶颈预测结果

1　从 s_j 开始逆向搜索找到 s_f

2　如果 s_f 状态为"尚未分析"，则将 s_f 作为当前库所进行分析，其分析过程即为图 5.26(b)的分析过程，并将 s_f 的状态修改为"已分析过"；否则继续判断 s_f 直接后继库所是否是"尚未分析"库所，如果是则令它为当前库所，执行图 5.26(b)的分析过程，将该库所的状态修改为"已分析过"

3　重复上述过程，直到当前库所为 s_i，如果 s_i 的状态为"尚未分析"，则执行图 5.26(a)的分析过程，并将 s_i 的状态修改为"已分析过"；否则算法结束

鉴于图 5.26(c)、图 5.26(d)所示结构以及对图 5.26(a)和图 5.26(b)的分析，我们考虑更一般的情况(如图 5.30 所示)：假设 s_f 是顺序结构的首库所，s_r 是顺序结构的尾库所($r > f$)，把连续出现的流通库所称为流通库所集 C，把连续出现的主动受阻库所称为主动受阻库所集 B。可见更一般的顺序结构两种库所的分布为：$C_1 B_1 C_2 B_2 \cdots C_K B_K$，其中 $s_f \in C_1$，$s_r \in B_k$。(需要说明的是，s_r 即可能为主动受阻库所也可能流通库所，如果 s_r 为流通库所，那么以它为当前库所，将进行汇聚结构的分析。在顺序结构分析中，把 s_r 处理为主动受阻库所)

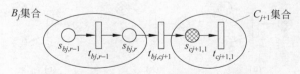

图 5.30　顺序结构中的更一般情况的瓶颈预测分析

可见 $C_i B_i$ 即为图 5.26(b)所示的一般情况，因此无论当前库所落在哪一个流通库所集里，均可以调用算法 5.21 进行分析，因此在这种情况下只需要增加对边界的处理。也就是说，当前库所 $\in C_j(j = 1, 2, \cdots, k-1)$ 时，需要增加 $B_j C_{j+1}$ 交界处的处理。令 $t_{cj,bj}$ 为连接集合 C_j 和 B_j 的变迁，$t_{bj,cj+1}$ 为连接集合 B_j 和 C_{j+1} 的变迁，$s_{cj,r}$ 是 C_j 的尾库所，$s_{cj,r}$ 的后继变迁

为 $t_{cj,bj}$，$s_{bj,r}$ 是 B_j 的尾库所，$s_{bj,r}$ 的后继变迁为 $t_{bj,cj+1}$，$s_{cj+1,1}$ 是 C_{j+1} 的首库所。

$\lambda_{cj,bj} \leqslant \lambda_{bj,1}$，$\lambda_{bj,1} \leqslant \lambda_{bj,2}$，$\cdots$，$\lambda_{bj,r-2} \leqslant \lambda_{bj,r-1}$，$\lambda_{bj,r-1} > \lambda_{bj,cj+1}$，则说明 $t_{bj,r-1}$ 成为瓶颈的可能性高；易知在这种情况下，$t_{bj,cj+1}$ 成为瓶颈的可能性很小。

上述分析算法太过复杂，需要进一步简化，化简的规则是：从当前库所开始只进行前向结构分析，不进行逆搜索（算法 5.5 的步骤 1）；如果当前库所 s_i 的直接后继库所 $s_i \triangleright$ 仍为流通库所则更新当前库所，继续进行结构分析，否则分析过程终止。假设 s_i 的后继变迁为 t_i，$s_i \triangleright$ 的后继变迁为 $t_{i\triangleright}$。

算法 5.23：更一般情况下的顺序结构瓶颈预测算法

输入：WSCPAM

输出：瓶颈预测结果

1　如果 $s_i \triangleright$ 为主动受阻库所，则执行步骤 2，否则执行步骤 3
2　$\lambda_i > \lambda_{i\triangleright}$，则说明正常情况下对 $s_i \triangleright$ 而言托肯流入速度大于流出速度，从而 $s_i \triangleright$ 应该成为流通库所，但 $s_i \triangleright$ 却为主动受阻库所，从而说明变迁 t_i 发生了阻塞，它成为瓶颈的可能性高，执行步骤 7
3　如果 $s_i \triangleright$ 为流通库所，则执行步骤 4，否则执行步骤 7
4　$\lambda_i \leqslant \lambda_{i\triangleright}$，说明正常情况下 $s_i \triangleright$ 的队列长度应小于等于 s_i 的队列长度，如果这个条件不满足，则说明 $t_{i\triangleright}$ 成为瓶颈的可能性高，执行步骤 7
5　如果 $|\cdot\ t_{i\triangleright}| = 1\ \&\&\ |\ t_{i\triangleright}\ \cdot| = 1$，则执行步骤 6，否则执行步骤 7
6　$s_i \leftarrow s_i \triangleright$，对更新后的 s_i 调用算法 5.22
7　整个算法结束

下面介绍分支结构（见图 5.31）。

图 5.31　分支结构

显然，可以得到以下几点认识：

（1）根据被动受阻库所的定义易知 s_i 只可能是主动受阻库所或流通库所。

（2）由于我们进行的是前向结构分析，故在此结构中只有 s_i 可能被选为当前库所。

（3）根据前面的算法 5.21 可知当前库所只能是被动受阻库所或流通库所。

基于以上 3 点可以得出结论：在分析分支结构时，只有当 s_i 为流通库所时才有意义。因此在有结构分析意义下，三种库所在分支结构的分布有如图 5.32 所示的几种。

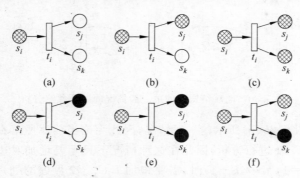

图 5.32　分支结构中不同状态库所的分布

根据三种类型库所定义进行简单分析可知：如果 t_i 的后置库所是流通库所，那么该库所所属的后继结构可能是顺序结构或分支结构；如果 t_i 的后置库所是被动受阻库所，那么该库所所属的后继结构为汇聚结构（如图 5.33 所示）。也就是说，图 5.32(b) 中的 s_j 所属的后继结构可能是顺序结构或分支结构；图 5.32(c) 中的 s_j、s_k 所属的后继结构可能分别是顺序结构或分支结构；图 5.32(d) 中的 s_j 所属的后继结构是汇聚结构；在 5.32(e) 中，s_j、s_k 均是汇聚结构，需要注意的是 s_i 和 s_j 不可能同时属于同一个汇

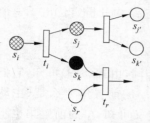

图 5.33　分支结构中的瓶颈预测分析

聚结构，否则它们可以合并成一个库所；图 5.32(f) 中，s_j 的后继结构为顺序结构或分支结构，s_k 的后继结构为汇聚结构。

算法 5.24：分支结构瓶颈预测算法

输入：WSCPAM

输出：瓶颈预测结果

1　如果 s_j、s_k 同为主动受阻库所，则说明变迁 t_i 成为瓶颈的可能性高，否则执行步骤 2
2　如果 s_j 为被动受阻库所，则执行步骤 5
3　如果 s_j 为流通库，则执行步骤 4，否则执行步骤 5
4　如果 s_j 的后继结构为顺序结构，则对 s_j 执行图 5.26(b) 的分析过程；如果为分支结构，则对 s_j 调用算法 5.23；然后执行步骤 6
5　对 s_j 调用算法 5.26
6　对 s_k 重复步骤 2~5

下面考虑更一般的情况，如图 5.34 所示的分支结构。

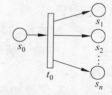

图 5.34　更一般的分支结构

假设用 S_{t_0} 表示 t_0 的后置集，$\hat{S}_{t_0}$ 表示 t_0 后置主动受阻库所集，$\check{S}_{t_0}$ 表示 t_0 后置被动受阻库所集，$\vec{S}_{t_0}$ 表示 t_0 后置流通库所集，$\bar{S}_{t_0}$ 表示 t_0 后置终止库所集，显然有 $S_{t_0} = \hat{S}_{t_0} \cup \check{S}_{t_0} \cup \vec{S}_{t_0} \cup \bar{S}_{t_0}$。由前面的分析可知，此时 s_0 是流通库所，是当前库所。

算法 5.25：更一般情况下的分支结构瓶颈预测算法

输入：WSCPAM

输出：瓶颈预测结果

1　如果 $\check{S}_{t_0} \cup \vec{S}_{t_0} = \varnothing$，则 t_0 成为瓶颈的可能性高，否则执行步骤 2
2　如果 $\check{S}_{t_0} \neq \varnothing$，则执行步骤 3，否则执行步骤 5
3　选择 $\check{S}_{t_0}$ 中一个尚未被访问过的库所 s_i，对 s_i 调用算法 5.26，并把 s_i 标记为已访问过
4　如果 $\check{S}_{t_0}$ 中还有尚未被访问过的库所，则重复步骤 3，否则执行步骤 5
5　如果 $\vec{S}_{t_0} \neq \varnothing$，则执行步骤 6，否则执行步骤 8
6　选择 $\vec{S}_{t_0}$ 中一个尚未被访问过的库所 s_j，如果 s_j 的后继结构为顺序结构，则对 s_j 执行图 5.26(b) 的分析过程；如果为分支结构，则对 s_j 调用算法 5.23；并把 s_j 标记为已访问过
7　如果 $\vec{S}_{t_0}$ 中还有尚未被访问过的库所，则重复步骤 6，否则执行步骤 8
8　整个算法结束

说明：在具体实现时，做了简化处理：对于算法 5.24 中的两个循环——步骤 3 与步骤 4，步骤 6 与步骤 7，只要对集合 $\breve{S}_{t_0}$ 或 $\vec{S}_{t_0}$ 中的一个库所通过结构分析定位出了一个可能的瓶颈，那么循环就结束。

下面介绍汇聚结构（见图 5.35）。

在计算库所 s_i 和 s_j 的平均消耗时延时，因为它们的 f_k 相同，由式(5-9)可知，它们的平均消耗时延要么同为大数，要么同为小数。也就是说，变迁 t_k 的前置集要么是（主动或被动）受阻库所集，要么是流通库所集。根据被动受阻库所的定义可知，t_k 的前置集也不可能只包含被动受阻库所（被动受阻库所的存在依赖于主动受阻库所的存在），所以对于前置集大小为 2 的变迁 t_k 而言，各种库所在其前置集中分布共有 $[1+(2-1)]+1=3$ 种，如图 5.36 所示。

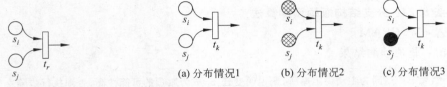

图 5.35   汇聚结构   (a) 分布情况1   (b) 分布情况2   (c) 分布情况3

图 5.36   汇聚结构中不同状态库所的分布

对于一般情况，即 t_k 的前置集大小为 n 的情况，根据上面的分析，可知共有 $(1+(n-1))+1=n+1$ 种库所的分布。

根据定义，当前库所只能是被动受阻库所或流通库所，所以不对图 5.36(a)所示情况进行结构分析。

算法 5.26：汇聚结构瓶颈预测算法

输入：WSCPAM

输出：瓶颈预测结果

1   如果 t_k 前置集均为流通库所(图 5.36(b)所示)，则说明 t_k 成为瓶颈的可能性大，否则执行步骤 2(图 5.36(c)所示)

2   此时说明瓶颈可能发生在 s_i 的前置区域，对 s_i 进行逆向结构分析，即调用算法 5.28

下面考虑更一般的情况，如图 5.37 所示。

用 S_k 表示 t_k 的前置集，$\hat{S}_k$ 表示 S_k 中主动受阻库所构成的集合，$\breve{S}_k$ 表示 S_k 中被动受阻库所组成的集合，$\vec{S}_k$ 表示 S_k 中流通库所构成的集合，显然有 $S_k=\hat{S}_k\cup\breve{S}_k\cup\vec{S}_k$，且 $\hat{S}_k\cup\breve{S}_k=\varnothing$，$\vec{S}_k\neq\varnothing$ 或者 $\hat{S}_k\neq\varnothing$，$\vec{S}_k=\varnothing$（此时 $\breve{S}_k$ 可空可非空）。则算法 5.26 修改为：

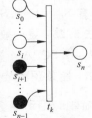

图 5.37   更一般的汇聚结构

算法 5.27：更一般情况下的汇聚结构瓶颈预测算法

输入：WSCPAM

输出：瓶颈预测结果

1   如果 $\vec{S}_k\neq\varnothing$，则说明 t_k 成为瓶颈的可能性大，否则执行步骤 2

2   如果 $\hat{S}_k\neq\varnothing$ && $\breve{S}_k\neq\varnothing$，则对 $\hat{S}_k$ 中的某个尚未访问的库所 s_i 的前置区域进行结构分析，即调用

算法 5.28 对 s_i 进行逆向结构分析,并将 s_i 打上已访问过的标志

3. 重复步骤 2 直到 $\hat{S}_k$ 中再也找不到尚未被访问过的库所为止

说明:

(1)"如果 $\ddot{S}_k \neq \varnothing$,则说明 t_k 成为瓶颈的可能性大",这是因为如果 t_k 的前置集中如果存在流通库所,那么就不可能存在主动受阻库所和被动受阻库所。如果存在被动受阻库所,则一定存在主动受阻库所,这时流通库所也只能变换成被动受阻库所。所以说 $\ddot{S}_k \neq \varnothing$,就意味着变迁 t_k 的前置集所包含的库所都是流通库所。

(2)在具体实现时,做了简化处理:对于算法 5.27 中的循环——步骤 2 与步骤 3,只要对集合 $\hat{S}_k$ 中的一个库所通过逆向结构分析定位出了一个可能的瓶颈,那么循环就结束。

基于结构的逆向瓶颈定位分析。

通过前面的分析,我们知道只有在对汇聚结构进行顺向结构分析时需要对某个主动受阻库所进行逆向结构分析。逆向结构分析有图 5.38 所示的几种情况。

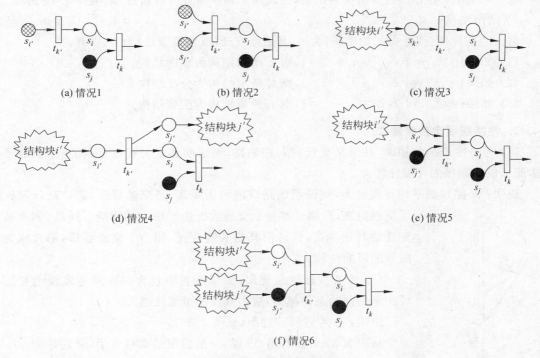

图 5.38 逆向结构分析

备注:结构块代表顺序结构或汇聚结构或分支结构

假设逆向分析的起始库所为 s_i,现分析如下:

(1)显然图 5.38(a)和图 5.38(b)是逆向结构分析的递归结束条件。

(2)图 5.38(d)中,s_i 的前置结构是分支结构,s_i 的前置变迁 $t_{k'}$ 的其他分支不对 s_i 分支的性能构成影响,因此图 5.38(d)与图 5.38(c)等价。

(3)图 5.38(c)、图 5.38(e)和图 5.38(f)的处理类似,就是对 s_i 前置结构中的主动受阻库所进行递归逆向结构分析(如图 5.38(c)、图 5.38(e)中的 $s_{i'}$,图 5.38(f)中的 $s_{i'}$、$s_{j'}$),而

无论它们的前置结构块是什么结构(顺序结构或者分支结构或者汇聚结构)。

算法 5.28：逆向结构分析算法

输入：WSCPAM

输出：分析结果 $s_i\triangleright$ 的后继变迁为 $t_{i\triangleright}$

1　假设 s_i 的前置变迁为 $t_{i\triangleright}$，如果 $|\cdot t_{i\triangleright}|=1$，则执行步骤 2，否则(即 $|\cdot t_{i\triangleright}|>1$ 执行步骤 3

2　假设 $s_i\triangleright\in\cdot t_{i\triangleright}$，如果 $s_i\triangleright$ 为流通库所，则变迁 $t_{i\triangleright}$ 成为瓶颈的可能性大，执行步骤 6，否则(即 $s_i\triangleright$ 为主动受阻库所)执行步骤 5

3　如果 $\forall s\in\cdot t_{i\triangleright}$，$s$ 均为流通库所，则变迁 $t_{i\triangleright}$ 成为瓶颈的可能性大，执行步骤 6，否则执行步骤 4

4　如果 $\exists s\in\cdot t_{i\triangleright}$ 且 s 为主动受阻库所且尚未被访问过(因为 $\cdot t_{i\triangleright}$ 可能包括多个主动受阻库所，需要对它们依次进行逆向结构分析)，则执行步骤 5，否则执行步骤 6

5　用 $s_i\triangleright$ 替换 s_i，执行步骤 1，即递归调用算法 5.28

6　算法结束

备注：假设 s_i 的前置变迁为 $t_{i\triangleright}$，如果 $|\cdot t_{i\triangleright}|=1$，则说明 s_i 的前置结构为顺序；如果 $|\cdot t_{i\triangleright}|>1$，则说明 s_i 的前置结构为汇聚，因此这个判断条件可以通过"结构发现"得到。

5) 结构发现

假设当前库所(或逆向起始库所)为 s_i，其后继变迁(或前置变迁)为 t_i，则有：

(1) 如果 $|\cdot t_i|=1$ && $|t_i\cdot|=1$，则 s_i 所属结构为顺序结构。

(2) 如果 $|\cdot t_i|=1$ && $|t_i\cdot|>1$，则 s_i 所属结构为分支结构。

(3) 如果 $|\cdot t_i|>1$ && $|t_i\cdot|=1$，则 s_i 所属结构为汇聚结构。

2. 性能瓶颈定位策略二

(1) 考查变迁的利用率，如果某变迁的利用率高，则说明其是关键变迁，相当于交通要道，那么成为瓶颈的可能性较大。

说明：某路口的平均车流量大，则说明该路口的利用率高，是交通要道，若该路口发生了交通阻塞，则将会对整个交通状况造成很大的影响。同理，如果某变迁的利用率高，则说明其是关键变迁，相当于交通要道，那么成为瓶颈的可能性较大。

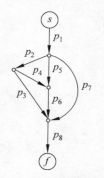

图 5.39　进程前趋图

(2) 考查变迁的前置集，如果前置集包含的库所越多说明变迁可实施的制约条件越多，成为瓶颈的可能性越大。

说明：参考进程前趋图(见图 5.39)。

从图 5.39 可以看出，进程 P_8 的前驱活动有 3 个，分别是 P_3、P_6 和 P_7。也就是说，P_8 的执行需要受到这 3 个进程的制约；而 P_5 的执行只受到一个进程 P_1 的制约。也就是说，P_8 的执行受非自身因素的影响要高于 P_5。

同理，考查变迁的前置集，如果前置集包含的库所越多说明变迁可实施的制约条件越多，变迁可实施受到外界的影响越高，不能成为可实施的概率就越高，因此，成为瓶颈的可能性越大。

在变迁利用率高的前提下，考查变迁的前置集的平均托肯数。如果这个值过小，说明变迁长期处于空或轻负载条件下又因为它是关键变迁，因此会对整个 Web 组合服务的性能产生较大影响,但此时只能将瓶颈定位在该变迁的前端区域这样一个比较宽泛的范围,在这个范围内我们可以继续收敛直到定位到某个变迁(为了简化计算,我们把这种情况也处理为该变迁成为瓶颈的可能性越大);如果过大,大于变迁到其后置集的平均托肯流速,则说明变迁超负荷工作,成为瓶颈的可能性越大。

定义 5.30　瓶颈风险系数 Γ

$$\Gamma = a \times U(t) + b \times |\cdot t| + c \times |\overline{N_t} - \overline{AR_t}|$$

其中 $U(t)$ 为变迁 t 的利用率;$|\cdot t|$ 为变迁 t 的前置集的大小;$\overline{N_t}$ 为变迁 t 的前置集的平均托肯数;$\overline{AR_t}$ 为变迁 t 到后置集的平均托肯流速;$a+b+c=1$。

对所有的变迁求它们的瓶颈风险系数 Γ,该参数最高的变迁为预测瓶颈。

5.4.5　模型性能瓶颈定位策略的实现

1. 性能瓶颈定位策略一的实现

1) 子程序说明

(1) 求每个变迁的可实施度 f 的子程序 EnablingQuotiety。

(2) 将库所划分为两个不相交集 $\dot{E}$ 和 $\overline{E}$ 的子程序 DividePlaceSet。

(3) 求库所平均消耗时延 τ 的子程序 AveConTimeLapse。

(4) 将 $\dot{E}$ 划分为三个不相交集 $\hat{S}$、$\check{S}$ 和 $\acute{S}$ 的子程序 CreateDisjoinSet。

(5) 顺向结构分析子程序 DownArcAnalyse。

- 结构发现子程序 FindStructureType;
- 顺序结构顺向分析子程序 SequenceDownArcAnalyse;
- 分支结构顺向分析子程序 SplitDownArcAnalyse;
- 汇聚结构顺向分析子程序 JoinDownArcAnalyse;
- 逆向结构分析子程序 ConverseArcAnalyse。

说明:$\dot{E}$ 为非终止库所集;$\overline{E}$ 为终止库所集;$\hat{S}$ 为主动受阻库所集;$\check{S}$ 为被动受阻库所集;$\acute{S}$ 为流通库所集。

2) 数据结构说明

(1) 定义一个足够大的数 ω。

(2) 设置一个大小与库所数相同的一维数组 PT,每个数组元素对应一个库所的平均消耗时延。

(3) 初始化三个空集合 $\hat{S}$、$\check{S}$ 和 $\acute{S}$(每个集合中的元素对应的存储映像为<库所编号,访问标志>),访问标志为 FREE 表示该库所未被访问过,为 VISITED 表示已被访问。

(4) 设置一个大小与变迁数相同的一维数组 TQ,用来存放每个变迁的可实施度。

(5) 定义以下符号常量用来表示结构类型:

```
#define    ERROR_DIRECT      -3              //表示给的方向参数有误
#define    ERROR_TYPE        -2              //表示结构判断有误
#define    STRUCTURETYPE     0
#define    SEQUENCE          STRUCTURETYPE+1
#define    SPLIT             STRUCTURETYPE+2
```

```
#define   Join                STRUCTURETYPE+3
```

（6）定义以下符号常量用来表示结构分析方向：

```
#define   DIRECTION    10
#define   FORWARD      DIRECTION+1
#define   BACKWARD     DIRECTION+2
```

（7）定义以下符号常量用来表示库所访问状态：

```
#define   VISIT_FLAG   20
#define   VISITED      VISIT_FLAG+1
#define   FREE         VISIT_FLAG+2
```

（需要说明的是每个库所的访问状态信息是全局性的）

3）算法总流程

（1）求非终止库所集 $\dot{E}$ 和终止库所集 $\bar{E}$。

（2）求出非终止库所集 $\dot{E}$ 中所有库所的平均消耗时延 τi，调用子程序 AveConTimeLapse。

（3）根据 τi 的大小将非终止库所集 $\dot{E}$ 分成三个不相交集 $\hat{S}$、$\check{S}$ 和 $\acute{S}$，调用子程序 CreateDisjoinSet，且三个集合中的库所均被标注为尚未访问过。

（4）如果 $\check{S}$ 非空，则执行步骤（5），否则执行步骤（7）。

（5）取 $\check{S}$ 中任意一个尚未被访问过的库所 s 为当前库所，把 s 标注为"已访问"，然后对 s 调用顺向结构分析子程序 DownArcAnalyse。

（6）如果 $\check{S}$ 中仍有尚未被访问过的库所，则执行步骤（5），否则执行步骤（7）。

（7）如果 $\acute{S}$ 非空，则执行步骤（8），否则执行步骤（12）。

（8）$\acute{S}$ 中的库所是否均被访问过，如果是的，则执行步骤（12），否则执行步骤（9）。

（9）按照 τ 的大小对 $\acute{S}$ 中的库所进行降序排序。

（10）取出 $\acute{S}$ 中尚未被访问过的库所中 τ 值最大的库所 s'，把 s'标注为"已访问"，然后对 s 调用顺向结构分析子程序 DownArcAnalyse。

（11）如果 $\acute{S}$ 中仍有尚未被访问过的库所，则执行步骤（10），否则执行步骤（12）。

（12）算法结束。

4）算法描述

（1）主程序

函数名：BaseOnStrucLockedBottleNeck

函数功能：实现基于结构分析的性能瓶颈定位策略

入口参数：SPN，库所个数 n，变迁个数 m，记录库所平均托肯数的数组 $\bar{u}$

出口参数：给出系统中可能的性能瓶颈，并图形化显示出来（标注为红色）

```
1    Ė、Ē ←调用子程序 DividePlaceSet(SPN,n);
2    TQ←EnablingQuotiety(ū,SPN,m);
3    PT←AveConTimeLapse(ū,SPN,m,TQ,Ė);
```

```
4    Ŝ,Š,Ś←CreateDisjoinSet(ū,PT,m,Ė);
5    if(Š≠∅){
6      while(Š 中仍有尚未被访问的库所)
7        sᵢ←取 Š 中任意一个尚未被访问的库所;
8        将 sᵢ 标注为"VISITED";
9        result←DownArcAnalys(sᵢ,Ŝ,Š,Ś,ū);
10       if(result≠-1)
11         将 result 的信息写入瓶颈队列;
12     }
13   if(Ś≠∅){
14     if(∃s(s∈Ś && s 尚未被访问))
15       按 τ 的大小对 Ś 进行降序排列;
16       while(Ś 中仍有尚未被访问的库所)
17         sⱼ←取当前 τ 值最大的尚未被访问的库所;
18         将 sⱼ 标注为"VISITED";
19         result←DownArcAnalys(sⱼ,Ŝ,Š,Ś,ū);
20         if(result≠-1)
21           将 result 的信息写入瓶颈队列;
22     }
23   根据瓶颈队列图形化显示出瓶颈的可能位置;
```

(2) 库所的划分

函数名：DividePlaceSet

函数功能：将库所集 S 划分为两个不相交集 $\dot{E}$ 和 $\bar{E}$

入口参数：SPN,库所的个数 n

出口参数：非终止库所集 $\dot{E}$；终止库所集 $\bar{E}$

```
1    初始化两个集合 Ė、Ē 为空;
2    for(k=0;k<n;k++)
3      f(|sk·|!=0)Ė←Ė∪{sₖ};
4      else Ē←Ē∪{sₖ};
5    返回集合 Ė、Ē;
```

(3) 变迁的可实施度的求解

函数名：EnablingQuotiety

函数功能：所有变迁的可实施度 f

入口参数：记录库所平均托肯数的数组 ū;SPN;变迁的个数 n

出口参数：变迁 t 的可实施度(用一个大小为 n 的一维数组 TQ 表示)

```
1    初始化一个大小为 n 的一维数组 TQ,使其所有元素值为 0;
2    or(k=0;k<n;k++)
3      求变迁 k 的前置集;
```

```
4        TQ[k]=min{ū[i] | si∈变迁 k 的前置集};
5    返回一维数组 TQ;
```

(4) 库所平均消耗时延的求解

函数名：AveConTimeLapse

函数功能：求非终止库所集 $\dot{E}$ 中所有库所的平均消耗时延 τ

入口参数：记录库所平均托肯数的数组 $\bar{u}$；SPN；库所的个数 n；变迁可实施度数组 TQ；非终止库所集 $\dot{E}$

出口参数：库所 s 的平均消耗时延（用一个大小为 n 的一维数组 PT 表示）

```
1    初始化一个大小为 n 的一维数组 PT,使其所有元素值为 0;
2    for(k=0;k<n;k++)
3        if(sₖ∈Ė)
4            求 sₖ 的后置变迁 tₖ;
5            if(TQ[tₖ]==0) PT[k]=ω;
6            else PT[k]=ū[k]/λₖ+TQ[tₖ];
7    返回一维数组 PT;
```

(5) 不相交集的求解

函数名：CreateDisjoinSet

函数功能：求非终止库所集 $\dot{E}$ 的三个不相交库所集 $\hat{S}$,$\check{S}$ 和 $\acute{S}$

入口参数：记录库所平均托肯数的数组 $\bar{u}$；库所平均消耗时延数组 PT；库所的个数 n，非终止库所集 $\dot{E}$

出口参数：主动受阻库所集 $\check{S}$；被动受阻库所集 $\check{S}$；流通库所集 $\acute{S}$

```
1    初始化三个集合 Ŝ,š,ś 为空;
2    f←FREE;                          //f 为访问标志
3    for·(k=0;k<n;k++)
4      if(sₖ∈Ė)
5        if(PT[k]==ω)
6          if(ū[k]!=0)š←šU(sₖ,f);
7          else Ŝ←ŜU(sₖ,f);
8        else ś←śU(sk,f);
9    返回集合 Ŝ,š,ś;
```

(6) 顺向结构分析

函数名：DownArcAnalyse

函数功能：对给定库所进行顺向结构分析

入口参数：主动受阻库所集 $\hat{S}$，被动受阻库所集 $\check{S}$，流通库所集 $\acute{S}$，终止库所集 $\bar{E}$，记录库所平均托肯数的数组 $\bar{u}$，给定库所 s_i

出口参数：瓶颈可能性高的变迁编号；或者返回 -1，表示没有瓶颈

```
1    调用子程序 FindStructureType(sᵢ,FORWARD);
2    type←子程序 FindStructureType 返回的类型信息;
3    tᵢ←子程序 FindStructureType 返回的变迁信息;
4    result←-1;                                    //result 用来存放分析结果
5    if(type==SEQUENCE)
6        result←调用子程序 SequenceDownArcAnalyse(sᵢ,tᵢ,Ŝ,Š,Ś,Ē,ū);
7    else if(type==SPLIT)
8        result←调用子程序 SplitDownArcAnalyse(sᵢ,tᵢ,Ŝ,Š,Ś,Ē,ū);
9    else if(type==JOIN)
10       result←调用子程序 JoinDownArcAnalyse(sᵢ,tᵢ,Ŝ,Š,Ś,Ē,ū);
11   返回 result;
```

（7）判断结构类型

函数名：FindStructureType

函数功能：判断给定库所的结构类型

入口参数：给定库所 s_i，判断方向 direct，SPN

出口参数：若 direct 为 FORWARD，则返回库所 s_i 的结构类型和它的后置变迁编号；若 direct 为 BACKWARD，则返回库所 s_i 的结构类型和它的前置变迁编号

```
1    if(direct==FORWARD)
2        tᵢ←sᵢ 的后置变迁;
3    else if(direct==BACKWARD)
4        tᵢ←sᵢ 的前置变迁;
5    else
6        return(ERROR_DIRECT,-1);
7    pre←|·tᵢ|;                                     //变迁 tᵢ 的前置集大小
8    suc←|tᵢ·|;                                     //变迁 tᵢ 的后置集大小
9    if(pre==1 && suc==1)
10       return(SEQUENCE,ti);
11   if(pre==1 && suc>1)
12       return(SPLIT,ti);
13   if(pre>1 && suc=1)
14       return(JOIN,ti);
15   return(ERROR_TYPE,-1);
```

备注：结构类型用符号常量 SEQUENCE、SPLIT、JOIN 表示。

备注：这里需要设计一个结构体来存放该函数的返回信息。

（8）顺序结构顺向分析

函数名：SequenceDownArcAnalyse

函数功能：对给定库所进行顺序结构顺向分析

入口参数：主动受阻库所集 $\hat{S}$，被动受阻库所集 $\check{S}$，流通库所集 $\acute{S}$，终止库所集 $\bar{E}$，记录库所平均托肯数的数组 $\bar{u}$，给定库所 s_i，s_i 的后置变迁 t_i

出口参数：瓶颈可能性高的变迁编号；或者返回 -1，表示没有瓶颈

```
1    result←-1;                          //result 用来存放分析结果
2    sⱼ←tᵢ 的后置库所;
3    if(sⱼ∈Ē)
4        return result;
5    tⱼ←sⱼ 的后置变迁;
6    if(sⱼ∈Ŝ && λᵢ>λⱼ)
7        result←变迁 tᵢ 的编号;return result;
8    if(sⱼ∈Ś && λᵢ≤λⱼ)
9        if(ū[sᵢ]< ū[sⱼ])
10           result←变迁 tⱼ 的编号;return result;
11       else if(|·tⱼ|==1 && |tⱼ·|==1)
12           sᵢ←sⱼ;sⱼ 将标注为"VISITED";tᵢ←tⱼ;
13           return SequenceDownArcAnalyse(sᵢ,tᵢ,Ŝ,Š,Ś,ū);
14   return result;
```

(9) 分支结构顺向分析

函数名：SplitDownArcAnalyse

函数功能：对给定库所进行分支结构顺向分析

入口参数：主动受阻库所集 $\hat{S}$，被动受阻库所集 $\check{S}$，流通库所集 $\acute{S}$，终止库所集 $\bar{E}$，记录库所平均托肯数的数组 $\bar{u}$，给定库所 s_i，s_i 的后置变迁 t_i

出口参数：瓶颈可能性高的变迁编号；或者返回-1，表示没有瓶颈

```
1    if(sᵢ∉Ś) return-1;
2    初始化三个集合为空 Ŝₜᵢ、Šₜᵢ、Śₜᵢ;
3    求 tᵢ 的后置库所集 Sₜᵢ;n←|Sₜᵢ|;
4    for(k=0;k< n;k++)
5        if(Sₜᵢ[k]∉Ē && Sₜᵢ[k]∈Ŝ)
6            Ŝₜᵢ←Ŝₜᵢ∪{Sₜᵢ[k]};
7        else if(Sₜᵢ[k]∉Ē && Sₜᵢ[k]∈Š)
8            Šₜᵢ←Šₜᵢ∪{Sₜᵢ[k]};
9        else if(Sₜᵢ[k]∉Ē && Sₜᵢ[k]∈Ś)
10           Śₜᵢ←Śₜᵢ∪{Sₜᵢ[k]};
11   if(Šₜᵢ∪Śₜᵢ==∅)return tᵢ;
12   if(Šₜᵢ≠∅)
13       while(Šₜᵢ仍有尚未被访问过的库所)
14           sⱼ←按序取 Šₜᵢ中一个尚未被访问过的库所;
15           tⱼ←sⱼ 的后置变迁;
16           将 sⱼ 的状态标记为"VISITED";
17           result←JoinDownArcAnalyse(sⱼ,tᵢ,Ŝ,Š,Ś,ū);
18           if(result≠-1)  return result;
19   if(Śₜᵢ≠∅)
```

```
20    while(Šₜᵢ仍有尚未被访问过的库所)
21      sⱼ←按序取Śₜᵢ中一个尚未被访问过的库所;
22      将 sⱼ 的状态标记为"VISITED";
23      调用子程序 FindStructureType(sⱼ,FORWARD);
24      type←FindStructureType 返回的类型信息;
25      tⱼ←FindStructureType 返回的变迁信息;
26      if(type==SEQUENCE)
27        result←SequenceDownArcAnalyse(sⱼ,tⱼ,Ŝ,Š,Ś,Ē,ū);
28      if( type==SPLIT)
29        result←SplitDownArcAnalyse(sᵢ,tᵢ,Ŝ,Š,Ś,Ē,ū);
30      if(result≠-1) return result;
31  return-1;
```

备注：$\hat{S}_{tᵢ}$表示 t_i 后置主动受阻库所集；$\check{S}_{tᵢ}$表示 t_i 后置被动受阻库所集；$\acute{S}_{tᵢ}$表示 t_i 后置流通库所集。

（10）汇聚结构顺向分析

函数名：JoinDownArcAnalyse

函数功能：对给定库所进行汇聚结构顺向分析

入口参数：主动受阻库所集$\hat{S}$，被动受阻库所集$\check{S}$，流通库所集$\acute{S}$，终止库所集$\bar{E}$，记录库所平均托肯数的数组$\bar{u}$，给定库所s_i，s_i的后置变迁t_i

出口参数：瓶颈可能性高的变迁编号；或者返回-1，表示没有瓶颈

```
1   if(sᵢ∉Ś‖sᵢ∉Š)return-1;
2   初始化三个集合为空 Ŝₜᵢ、Šₜᵢ、Śₜᵢ;
3   求 tᵢ 的前置库所集 Sₜᵢ;n←|Sₜᵢ|;
4   for(k=0;k<n;k++)
5     if(Sₜᵢ[k]∉Ē && Sₜᵢ[k]∈Ŝ)
6       Ŝₜᵢ←Ŝₜᵢ∪{Sₜᵢ[k]};
7     else if(Sₜᵢ[k]∉Ē && Sₜᵢ[k]∈Š)
8       Šₜᵢ←Šₜᵢ∪{Sₜᵢ[k]};
9     else if(Sₜᵢ[k]∉Ē && Sₜᵢ[k]∈Ś)
10      Śₜᵢ←Śₜᵢ∪{Sₜᵢ[k]};
11  if(Śₜᵢ≠∅)return tᵢ;
12  if(Ŝₜᵢ≠∅ && Šₜᵢ≠∅)
13    while(Ŝₜᵢ仍有尚未被访问过的库所)
14      sⱼ←按序取Ŝₜᵢ中一个尚未被访问过的库所;
15      将 sⱼ 的状态标记为"VISITED";
16      result←ConverseArcAnalyse(sⱼ,Ŝ,Š,Ś);
17      if(result≠-1)  return result;
18  return-1;
```

备注：$\hat{S}_{tᵢ}$表示 t_i 前置主动受阻库所集；$\check{S}_{tᵢ}$表示 t_i 前置被动受阻库所集；$\acute{S}_{tᵢ}$表示 t_i 前置流

通库所集。

2. 性能瓶颈定位策略二的实现

实现性能瓶颈定位策略二的算法如下所示。

函数名：LocalBottleneck_two

函数功能：性能瓶颈定位

入口参数：变迁的利用率，即数组 U；变迁前置集的平均托肯数 N；变迁到后置集的托肯流速 AR；变迁的个数 n

出口参数：变迁 t 的参数 Γ 的值（用一个大小为 n 的一维数组 Γ 表示）

```
1   初始化一个大小为 n 的一维数组 Γ,使其所有元素值为 0;
2   for(k=0;k<n;k++)
3       m←|变迁 k 前置集大小|;
        //a,b,c 是三个全局变量,其和为 1,最好能在界面上提供配置这些参数的文本框,初始设置
        为 0.5,0.25,0.25
4       Γ[k]=a*U[k]+b*m+c*abs(N[k]-AR[k]);              //图形化显示结果
5   找出 Γ 中前⌊n*20%⌋大的值所对应的变迁 ID,即相应的下标值;
6   在相应的 peri 网中,将对应变迁的颜色变成红色,以示是预报瓶颈;
7   返回一维数组 Γ;
```

5.5　本章小结

本章以海量信息环境下的 Web 服务组合为背景，以动态 Web 服务组合的性能分析为主要研究方向，分别从以下三个方面进行了深入的探讨。

（1）建立适用于 Web 服务组合的性能分析模型。本文根据 Web 服务组合的逻辑约束，选用 SPN 建模工具生成性能分析模型 WSCPAM。

（2）求解 Web 服务组合的各项性能指标。本文提出 WSCPAM 模型与性能指标求解模型 MC 进行转换的形式化规则和模型的高速转换算法。针对 MC 模型给出基于高斯消元法的可达状态稳定概率的求解算法。最后根据可达状态的稳定概率得到求解各项性能指标的算法。

（3）对 Web 服务组合进行性能瓶颈定位。文本基于性能分析模型 WSCPAM 提出了两种瓶颈定位策略：其中一种是基于结构的瓶颈定位策略，它是通过结构中库所状态的不同分布进行性能分析并最终预测可能发生瓶颈的位置；另一种策略则是根据库所或变迁节点的各项性能来预测可能发生瓶颈的位置。

参 考 文 献

[1]　蒋运承,史忠植.OWL-S 的形式语义[J].计算机科学,2005,32(7)：5-7.

[2]　李发英,朱海滨.基于 OWL 本体和描述逻辑的 Web 服务匹配模型研究[J].科学技术与工程,2006,6(20)：3306-3309.

[3]　郑红军,张乃孝.软件开发中的形式化方法[J].计算机科学,1997,24(6)：90-96.

[4]　Ulrich Herzog. Formal Methods for Performance Evaluation[C]. 7th International School on Formal Methods for the Design of Computer, Communication, and Software Systems, SFM 2007, Bertinoro, Italy, May 8-June 2, 2007.

[5]　林闯,李雅娟,王忠民. 性能评价形式化方法的现状与发展. 电子学报, 2002, 30(12A): 1917-1922.

[6]　Fu X. Formal Specification and Verification of Asynchronously Communicating Web Services[D]. University of Califomia. 2004.

[7]　Fu X, Bultan T, Su J W. Analysis of interactiong BPEL Web services[C]. In: Proc. Of the 13th Int'l Conf. on World Wide Web. New York: ACM Press, 2004. 621-630.

[8]　Bultan T, Fu X, Hull R, et al. Conversation SPecification: A New APProach to Design and Analysis of E-service Composition. Proceedings of WWW, 2003.

[9]　Fu X, Bultan T, Su J. WSAT: A tool for formal analysis of Web service compositions. To appear in the Proc. of 16th Int. Conf. on Computer Aided Verification(CAV), 2004.

[10]　Foster H, Uchitel S, Magee J, et al. Model-based verification of Web service compositions. In Proceedings of the 18th IEEE International Conference on Automated Software Engineering Conference(ASE), 2003.

[11]　Magee J, Kramer J. Concurrency-State Models and Java Programs[M]. John Wiley, 1999.

[12]　Narayanan S, Mcllraith S A. Simulation, Verification and Automated Composition of Web Services. Proceedings of the eleventh international conference on World Wide Web, 2002: 77-88.

[13]　Fu X, Bultan T, Su J. Analysis of interacting Web services. In Proceedings of the 13th International World Wide Web Conference(WWW), pages 621-630, New York, May 2004.

[14]　Fu X, Bultan T, Su J. Conversation protocols: A formalism for specification and verification of reactive electronic services. In Proc. 8th Int. Conf. on Implementation and Application of Automata (CIAA), volume 2759 of LNCS, pages 188-200, 2003.

[15]　Fu X, Bultan T, Su J. Realizability of conversation protocols with message contents. To appear in the Proc. of 2004 IEEE Int. Conf. on Web Services(ICWS), 2004.

[16]　Fu X, Bultan T, Su J. Model checking XML manipulating software. To appear in the 2004 Int. Symp. on Software Testing and Analysis(ISSTA), 2004.

[17]　Alur R, Etessami K, Yannakakis M. Realizability and verification of MSC graphs. In Proc. 28th Int. Colloq. on Automata, Languages, and Programming, 2001.

[18]　Brown A, Fuchs M, Robie J, et al. Wadler. MSL a model for W3C XML Schema. In Proc. of 10th World Wide Web Conference(WWW), pages 191-200, 2001.

[19]　Brand D, Zafiropulo P. On communicating finite-state machines. Journal of the ACM, 30(2): 323-342, 1983.

[20]　Fu X, Bultan T, Su J. Model checking XML manipulating software. To appear in the 2004 Int. Symp. on Software Testing and Analysis(ISSTA), 2004.

[21]　廖军,谭浩,刘锦德. 基于 Pi-演算的 Web 服务组合的描述和验证[J]. 北京: 计算机学报, 2005, 28 (04): 635-643.

[22]　廖军. 面向服务的计算 SOC 中服务组合的研究[D]. 成都: 电子科技大学, 2006.

[23]　Jun-Jang Jen. Towards a universal servic-computing platform via virtual service maehine[C]. In: Proeeedings of the 2001 ACM symposium on Applied computing, LasVegas, Nevada, United States, 2001, 663-667.

[24]　Mark Doernhoefer. Surfing the net for software engineering notes[J]. ACM SIGSOFT Software Engineering Notes archive, Vol. 30, No. 6, 2005, 5-13.

[25] Michael Huth，Mark Ryan. Logic in computer science：modeling and reasoning about systems[M]，second edition. Cambridge unversity press，2004.

[26] Koehler J，Srivastava B. Web service composition：current solutions and open problems. In：Workshop on Planning for Web Services[C]. In：Preceedings of the 13th International Conference on Automated Planning & Scheduling，Trento，Italy，2003，28-35.

[27] Tadao Murata. Petri Nets：Properties[J]. Analysis and Applications Proc. Of the IEEE，1989，77(4).

[28] 吴钊. 保证服务质量的动态 Web 服务组合及其性能分析研究[D]. 武汉：武汉大学，2007.

[29] Bause F，Kritzinger P. Stochastic Petri Nets[M]. Vieweg，Braum-scweig，1996.

[30] Kobayashi H. Modeling and Analysis-An Introduction to System Performance Evaluation Methodology[M]. London：Addison-Wesley，1978.

[31] Tran-Gia P. Analytische Leistungsbewertung verteilter Systeme. German：Springer，1996.

[32] Gross D，Harris C M. Fundamentals of Queuing Theory（Second Edition）[M]. New York：John Wiley&Sons，1985.

[33] Kishor S. Trivedi. Probability and Statistics with Reliability，Queuing，and Computer Science Applications[M]. Prentice-Hall，1982.

[34] Stewart W J. Introduction to the numerical solution of Markov chains. Princeton University Press，1994.

[35] Stewart W J. Numerical Analysis Methods. In G. Haring，Ch. Lindemann，and M. Reiser，editors，Performance Evaluation：Origins and Directions，LNCS 1769，355-376. Springer，Berlin，Heidelberg，2000.

[36] Bolch G，Greiner S，Meer H de，et al. Trivedi. Queuing Networks and Markov Chains[M]. New York：John Wiley&Sons，1998.

[37] Stewart W J. Introduction to the numerical solution of Markov chains[M]. New Jersey：Princeton University Press，1994.

6.1 总结

针对 Web 服务组合概念建模方法展开研究,本书提出了一种基于 OWL-S 标准的 Web 服务组合概念建模模型 OWSCCM 模型及 Web 服务组合概念建模方法,给出了 OWSCCM 模型的详细定义,并对基于 OWSCCM 模型的 Web 服务组合概念建模方法的体系结构、工作机制以及各个子逻辑模块的设计思想进行了详细的说明。通过对一个实例进行概念建模的过程可以看出,OWSCCM 模型具有以下优点:

(1) 通过引入领域本体,易于用户理解 Web 服务组合的结构,便于用户与设计人员交流。

(2) 通过引入"用户服务组合数据控制流逻辑树"和"本体服务组合数据控制流逻辑树"的概念,使得业务逻辑的描述更加简洁直观,易于实现 Web 服务组合在业务层面上的模型验证。

(3) 由于所提出的 Web 服务组合概念建模方法是基于三层视图的,因此可以在不同抽象层次上刻画组合服务,提高了模型的可重用性。

(4) 利用现有的 OWL-S 到 BPEL4WS 标准之间的映射算法,从基于 OWSCCM 模型建立的抽象 Web 服务组合可以快捷地导出性能分析模型,可提高 Web 服务组合的性能分析和优化效率。

(5) 通过采用分布式的架构,可有效地避免性能瓶颈,提高 Web 服务组合系统的概念建模效率。

基于 OWSCCM 模型我们开发了一款 Web 服务组合概念建模软件—VFWCT。VFWCT 是一款支持 OWSCCM 模型的、可视化的 Web 服务组合概念建模软件工具。该软件工具已经于 2009 年 10 月在中华人民共和国国家版权局取得了软件著作权证书(登记号:2009SR046959)。并已将相关的研究成果和工具发表在国际会议上[24,25]。

本书主要针对动态 Web 服务组合中 QoS 驱动的服务选择问题进行研究,主要的创新性研究工作包括:

(1) 提出了一种多侧面、层次化、统一的综合 QoS 模型。本书提出了 Web 服务 QoS 概念模型,刻画了实际应用中 QoS 属性的应用环境和要求。在分析其特点和概念模型的基础上,进一步提出了一种基于类结构的 Web 服务 QoS 属性描述模型。与现有的 Web 服务 QoS 模型相比,本书所提出模型的定义结构和属性类型定义可从更多方面描述说明 Web 服务 QoS 属性,使得 QoS 属性定义更加清晰全面,为 Web 服务 QoS 属性的可扩展性支持提供了可能。

（2）提出了一种针对信息完备情况下，基于模糊集理论支持混合 QoS 属性综合评价的 Web 服务选择方法。将模糊 QoS 属性转换为三角模糊数表示，在此基础上建立包括确定数、区间数和三角模糊数等混合 QoS 指标的判断矩阵，利用经过拓展的 COWA 算子对区间数和三角模糊数进行精确化，对得到判断矩阵应用改进的标准化方法处理，从而得到规范判断矩阵。在此基础上，采用考虑理想值灰色关联度的两阶段优化方法获得主观权重，通过优化的熵值赋权模型获得客观权重，最后将主客观权重采用线性加权法综合得到最后的综合权重。在理想点法（TOPSIS）的基础上，考虑候选服务与最优理想服务的灰色关联度，通过定义隶属度函数作为贴近度函数衡量候选服务的相对优劣。和类似方法比较，这些方法可以支持多种不同类型的 QoS 属性，而且概念清晰、计算步骤较为简单、易于编程实现。本书采用的赋权方法支持对只提供部分权重信息数据的处理，采用灰色关联度隶属关系排序方法能够更为准确和全面地反映各 QoS 属性在用户需求中的差别。

（3）提出了一种针对信息不完备情况下，基于粗糙集理论的 QoS 驱动 Web 服务方法。利用基于粗集改进量化容差关系的不完备 QoS 数据补齐算法对不完备信息进行处理。采用基于信息依赖度的整体离散化方法将连续 QoS 数据转换为离散化数据。在 Web 服务选择空间较大时，给出了基于粗集扩展区分矩阵的服务预筛选方法。最后给出基于粗集相似度和权重的服务排序算法。

针对动态 Web 服务组合设计阶段的仿真需求，本书介绍的主要研究成果包括以下几个方面。

（1）提出了一个基于 Petri 网的仿真方案和仿真平台。在该平台中可以对已经建模完成的组合服务进行动态模拟，也能手工建立组合服务并进行动态模拟，适应不同的模拟需求；此外可以订制模拟的时间长度以及进行性能监测的时间起始点和间隔，以适应不同的模拟目的。

（2）在仿真平台中，设计了性能瓶颈定位和优化方法的接口，为进一步实现和测试新的瓶颈定位、优化方法提供良好扩展机制，与此同时我们实现了具体的简单变迁瓶颈定位方法、综合变迁瓶颈定位方法，以及简单减半优化方法和按比例优化方法。

（3）在仿真平台中，通过设置不同的模拟条件、检测条件，调用不同的瓶颈定位和优化方法，进行了大量的对比实验，进一步验证了所提出的基于两种瓶颈定位方法和两种优化方法的有效性和准确性。

针对动态 Web 服务组合运行阶段的性能分析需求，本书介绍的主要研究成果包括以下几个方面。

（1）提出了一套基于数值分析的动态 Web 服务组合的性能分析的完整技术方案，并设计实现了性能分析软件工具，该工具可以根据输入的 BPEL 文件生成分析所用的性能模型 WSCPAM，实现了 WSCPAM 到马尔可夫链的转换，能正确求解所定义的各项性能指标，并能图形化显现每一步得到的结果。

（2）提出了两种性能瓶颈定位方法，并设计实现了这两种性能瓶颈定位策略，瓶颈预测结果能够图形化显示；与仿真组的对比实验表明，两种策略下得到的瓶颈预测结果与仿真得到的瓶颈预测结果一致。

（3）设计并实现了性能模型的结构验证，保证参与运行的模型均具有良结构。

（4）根据结构验证的结果和瓶颈预测的结果生成优化建议，并利用系统的消息通信子系统将该建议发送给模型组，形成负反馈环，从而实现 Web 服务的自动更换、升级或重组。

性能分析软件工具具有友好的交互界面，能够以 BPEL 文件和 WSDL 文件为输入，对二者进行解析后能够生成相应的 Petri 网，并从 Petri 网生成马尔科夫链，并在马尔科夫链的基础上进行 Web 服务组合的瓶颈分析和定位，并给出预测结果。Petri 网、马尔科夫链以及瓶颈分析和定位的结果都以图形化的方式展现出来，便于用户查看和分析。

基于数值分析的组合 Web 服务性能分析软件工具以上游 Web 服务组合程序模块输出的 BPEL 文件和 WSDL 文件为输入，对二者进行解析后生成相应的 Petri 网，并从 Petri 网生成马尔科夫链，并在马尔科夫链的基础上进行 Web 服务组合的瓶颈分析和定位，然后将瓶颈分析和定位的结果反馈给 Web 服务组合程序。

6.2　展望

Web 服务组合概念建模技术是基于多个抽象层次 Web 服务组合视图的，能够在不同抽象层次上刻画组合服务，这样可以很好地实现 Web 服务组合方案的高度重用性。

语义 Web 服务技术的出现使得 Web 服务组合实现了从缺少语义信息到包含丰富语义信息的转变。利用 Web 服务组合所包含的丰富语义信息，未来将着重研究如何增强对 Web 服务组合方案的推理能力，实现高度自动化的 Web 服务自动发现、组合及运行。

考虑到当前的网络应用现状（客户机一般都具有较强的存储、计算能力），未来主流的 Web 服务组合概念建模工具将更多地采用分布式的运行结构，以此降低进行 Web 服务组合概念建模过程中产生性能瓶颈的概率。

发展通用、统一的 Web 服务组合概念建模语言，可以与当前大多数主流的 Web 服务组合描述语言和执行语言相兼容。在该语言中，类似面向对象的语言中把万事万物都定义为对象，万维网上的所有资源都将被定义为 Web 服务，不仅能够实现对所有网络资源的自由调用，而且能够通过对各类不同资源的组合调用实现信息的高度互联互通，最终为实现一个完美的普适计算平台打下坚实的基础。

今后的工作中，在基于服务质量的 Web 服务选择方法研究领域中，进一步完善和深化本文的工作，具体内容包括：

（1）在现有 QoS 模型基础上，进一步研究 Web 组合服务 QoS 属性预测方法，基于对成员服务 QoS 属性以及组合服务执行流程的估计，计算执行期 QoS 属性。节点候选服务 QoS 属性与服务所在环境上下文之间存在相关关系，如服务请求的时刻、网络区域等。通过研究这些相关关系的数学模型，能够利用服务环境上下文信息对服务 QoS 属性做出较为准确的估计。

（2）建立基于 QoS 的 Web 服务选择方法框架模型，将现有的基于局部 QoS 约束和全局 QoS 约束的服务选择优化方法统一起来，定量研究不同应用情况下最高效的组合优化方案。

基于仿真的方法，主要针对动态 Web 服务组合的设计阶段，可以高效地为 Web 服务的动态组合提供重组建议。然而由于特定的条件设置以及仿真环境的限制，组合 Web 服务的仿真执行很少与直接部署于实际运行环境进行比较。如果能够在仿真运行的同时，与实际运行环境中所收集到的性能数据进行对比,将有助于改进仿真平台的不足,完善仿真平台的条件假设、更加真实地模拟实际运行环境和参数。

目前有代表性的适合以 BPEL 描述的组合 Web 服务的执行引擎包括 JBoss Riftsaw 和 ActiveBPEL。其中开源工作流引擎 ActiveBPEL 完整地实现了 BPEL4WS 标准,并且提供了包发布、流程持久化、事件通知等灵活机制,此外其开源模式对于社区兴趣培养和推广标准非常有用,因而广为业界欢迎。

在我们的仿真平台中,也是以 BPEL 来描述组合 Web 服务,因此自然会在今后的工作中,进一步探讨如何将组合 Web 服务同时提交给仿真平台以及 ActiveBPEL 引擎中分别执行,在执行过程中,分别收集相应的性能数据,进行比较,完善仿真平台的各种环境假设,从而进一步研究更有效的瓶颈定位方法和优化方法。

相关的形式化方法可分为三类:操作类、描述类和双重类。操作类的形式化方法基于状态和转移,主要包括有限状态机、Petri Net 等;描述类的形式化方法则通过逻辑或代数给出系统的状态空间;双重类的形式化方法则综合了前两种方法的特点。目前应用于 Web 服务组合性能分析的形式化方法主要是操作类的和描述类的。第 5 章采用的形式化方法就是操作类的。将双重类的形式化方法应用到 Web 服务组合的性能分析中也是今后的一个尝试方向。而将各种形式化的方法应用到 Web 服务组合的性能分析工作中仍将是一种发展趋势。